Dear readers
My wish is for you to immerse yourself in the world I crafted, connect to the characters, and get lost in the twists and turns.
I'm so thrilled you're taking this journey with me!
Thank you so much for allowing my words into your life!
Warmest regards,

親愛的讀者，

得知大家即將讀到我的作品《家弒對決》中文版，我簡直太興奮了。身爲作者，看到自己的文字能傳達到全球讀者的心靈、思緒和眼中，眞的非常榮幸。

希望這本書帶給各位在閱讀時的樂趣與我在寫作時一樣多。我的心願是大家能沉浸在我打造的世界，與書中角色建立連結，沉浸在轉折當中。能有你們和我一同踏上這段旅途，足以讓我欣喜若狂。

眞心感謝各位讀者讓我的文字進入你們的生命。

獻上最溫暖的問候，

芙麗達・麥法登

THE HOUSEMAID IS WATCHING

An absolutely gripping psychological thriller packed with twists

家弒對決

芙麗達·麥法登——著
FREIDA MCFADDEN
章晉唯——譯

目次

序曲

到處都是血。

我這輩子從沒見過這麼多血。血浸濕了奶白色的地毯，滲入周圍的木地板，櫟木咖啡桌腳也血跡斑斑。一小滴一小滴的血呈完美橢圓狀，一路延伸到白色皮沙發椅，大滴的血順雪花石膏牆面流下。

簡直沒完沒了。仔細查看，車庫的車上會不會也有血跡？草坪的葉面上？城鎮另一頭的超市裡？

更慘的是，我也滿手是血。

屋裡真的太髒了。時間不多了，但我好想把屋子上下都打掃乾淨。就我所知，東西一被弄髒，尤其是地毯，一定要在血乾掉前馬上清理。一旦乾了，汙漬永遠都洗不掉。

苦的是再怎麼清理，那具屍體依然躺在血泊中。

我評估現場情況。ＯＫ，這很不妙。屋裡本來就會有我的指紋，但我指甲縫和掌紋都卡著深紅色凝結的血塊，這可不好解釋。而我襯衫正面的深色血跡，也不可能聳聳肩輕鬆帶過。我這下麻煩大了。

前提是我被人逮到。

我看著雙手，考慮先洗掉手上的血，還是直接逃跑。如果先洗手，我會浪費寶貴的時間，搞不好會被人發現。如果我馬上逃跑，我會滿手是血，無論碰到什麼都會留下血跡。

就在這一刻，門鈴響了。

門鈴聲響徹屋內，我動也不敢動，大氣都不敢喘一口。「有人嗎？」熟悉的聲音響起。

拜託走開。拜託。

屋內一片寂靜。門外的人不久就會以爲沒人在家，另找時間再來拜訪。一定得是如此，不然我就完了。

門鈴再次響起。

快走。求求妳走吧。

我平時不禱告，但這一刻我眞想雙膝跪地。對，要不是怕膝蓋沾到血，我一定跪下。

對方一定會以爲沒人在家。沒人按門鈴會超過兩次。正當我以爲自己逃過一劫，門把晃了晃，隨即轉動起來。

不會吧，門竟然沒鎖。五秒鐘之內，按鈴的人便會走進屋子。她會走到客廳。然後她會看到……

這一切。

我別無選擇，一定要逃。沒時間洗手了，沒時間擔心會留下血腳印。我一定要趕快離開這裡。

但願不會有人發現我做了什麼好事。

第一部

米莉

Part Ⅰ

MILLIE

（三個月前）

1

我好愛這棟房子。

我愛這棟房子的一切。我愛前院的大草坪，後院甚至還有一塊更大的草坪（不過兩塊草坪都有點枯黃）。我好愛房子的大客廳，裡面有好幾件家具，不是只有一張小沙發和一組電視。我愛一面面觀景窗，讓我能俯瞰社區，我最近才在雜誌讀到，這座城鎮非常適合養育小孩。

我愛這棟房子，最主要的原因是，這房子是我的。羅可斯街十四號全是我的。好啦，還要再繳三十年貸款才眞的算是我的。我臉貼近牆，手一面撫摸著新客廳的牆面，一面欣賞著全新花紋壁紙，滿心想著我有多幸運。

「媽媽又在親房子了！」我身後傳來尖叫。

我馬上從牆邊彈開，但我九歲的兒子又不是抓到我外遇。對於這棟房子，我愛得無比坦蕩，我好想爬到屋頂上吶喊出對它的愛（我們家有超棒的屋頂。**我愛這棟房子**）。

「你怎麼沒去整理你的東西？」

尼可的紙箱和家具已堆放在他房間，他明明應該待在房間拆箱，卻對著牆壁不斷丟接棒球，一球球打在我美麗的花紋壁紙上。我們住進來還不到五分鐘，我就能從他深棕色雙眼中看出，他拿定主意要把這裡毀了。

這世上我最愛的當然是我兒子。假設我必須在尼可和這棟房子之間做抉擇，我當然會選尼可。無庸置疑。

但我只是說，要是他敢搞破壞，哪怕是一丁點，他都要禁足到鬍子長出來為止。

「我明天再整理。」尼可說。他的人生哲學似乎是凡事明天再說。

「現在去怎麼樣？」我建議。

尼可將球向上拋，球差點擦到天花板。要是家裡有貴重物品，我恐怕已心臟病發。

「等一下。」他說。

意思是他永遠不會去。

我望向樓梯。對，我們家有**樓梯**！實實在在的樓梯。對，樓梯每踏上一階都會咿呀作響，欄杆抓太用力還可能會斷掉。但我們家有樓梯，是能通往**另一個樓層**的那種。

你能想見，我真的是在紐約市住太久了。長島那件事之後，要搬回來這邊生活，我內心滿是猶豫，但那已是快二十年前的往事。早已是遙遠的過去。

「安妲？」我朝樓梯上喊：「安妲，妳能下來嗎？」

過一會，我十一歲的女兒從樓梯口探出頭，她波浪般濃密的黑髮垂落，深色雙眼瞧著我。她眼珠的顏色和尼可一樣都是遺傳自父親。但安妲和她弟弟個性截然不同，我們一抵達，她就乖乖去整理房間。她是那種超級優秀的學生，不需別人叮嚀，都會提前一週自動自發寫好功課。

「安姐，」我說：「妳整理完了嗎？」

「快了。」不意外。

「妳能幫尼可拆箱嗎？」

安姐毫不猶豫點頭。「沒問題。來吧，尼可。」

尼可馬上察覺機不可失，他能趁機將大半工作交給姊姊。「OK！」他開心答應。

尼可總算停下手中可怕的棒球，一步跨兩階飛奔上樓，和安姐進了房間。雖然說了也是白說，但我最近告訴安姐，別什麼事都幫弟弟做。不過我手邊還有六十個紙箱要拆，所以我要求不多，他們只要能整理完就好。

我們能買到這棟房子算是非常幸運。在這之前，我們買房已出價過六次，六次都沒買到，而且有的社區環境甚至還比這裡差。這裡以前是座農莊，房子設計古樸雅緻，城鎮的公立學校評價又高，我當時覺得機會渺茫。所以當房仲通知我們買到房子，我差點開心落淚。尤其價格還比我們出價低了一成！

宇宙巧妙的安排下，老天總算決定賜予我們一點好運。

我站在前窗，望向停在家門前的搬家貨車。我們和另外兩戶人家住在一條無尾巷，我看見對面屋子窗前有個人影。想必是我的新鄰居，希望他們好相處。

貨車傳來碰一聲，我趕緊開門去察看發生什麼事。我小跑到外頭，我丈夫和來幫忙的朋友正好走下貨車。我原本想雇搬家公司，但他堅持找朋友幫忙。確實沒錯，我們的每一毛錢都必須省下來付貸款。就算價格低一成，我們夢寐以求的房子仍不便宜。

我丈夫抱著客廳沙發一角，T恤已被汗水浸濕，貼在身上。我看到身子不禁一縮。他已四十好幾了，我眞怕他閃到腰。我們之前討論時，我說怕他閃到腰，結果他嗤之以鼻，好像那是他這輩子聽過最蠢的事，但我自己是每兩週就會閃到腰一次。還不是因爲搬沙發，而是**打噴嚏**。

「小心一點好嗎，恩佐？」我說。

他抬頭望向我，咧嘴一笑。我馬上融化。這正常嗎？其他女人嫁給老公十一年之後，還會時不時感到雙膝發軟嗎？

沒有嗎？難道只有我嗎？

也不是**每分鐘**都這樣。但是，哇，他仍讓我好暈。這是件好事，他每年都莫名變得更性感（反觀我每年只會再老一歲）。

「我很小心。」他說：「再說這沙發？很輕！一點重量都沒有。」

沙發另一端的男子不禁翻白眼。但不得不說，這沙發不算重。沙發是ＩＫＥＡ買的，但因爲我們前一組沙發是路邊撿的，所以相比之下算是大大升級。恩佐以前認爲公寓外路邊撿來的家具最好。

和那時相比，我們多少有所成長。我希望如此。

恩佐和朋友把沙發搬入我們美麗的新家，我再次抬頭望向對面的房子。羅可斯街十三號。屋裡仍有人從窗口盯著我。屋內十分陰暗，我什麼都看不到，但剪影仍停留在窗邊。

有人在看著我們。

這沒什麼好擔心。那裡住的是我們的新鄰居，我相信他們對我們很好奇。以前每次看到公寓外有搬家貨車，我都會站在窗前看是誰搬來，恩佐見了都會大笑，叫我別看了，趕快去自我介紹。

這就是我和他的差別。

當然，我們的差別不只如此。

我想努力改變，變得像我丈夫一樣友善，於是我舉手朝剪影揮手。乾脆和羅可斯街十三號的新鄰居打聲招呼好了。

但窗前的人影沒有回應。窗板一瞬間關上，剪影消失。

這歡迎眞是熱烈。

2

恩佐將剩下的紙箱搬進屋裡，我站在稀疏的草坪前，一面逃避拆箱，一面幻想草坪經我丈夫巧手整理後會多麼綠意盎然。講到保養草坪，恩佐可說是魔法師，我們也算是因此邂逅。這塊草坪看來狀況不佳，土壤鬆散，處處發黃，但我知道一年之後，我們家的草坪會是社區中最漂亮的。

我還沉浸在幻想中，隔壁羅可斯街十二號的前門打開了。一個女人從房子走出，她牛奶糖色的秀髮燙了個鮑伯頭，上身是合身的白色罩衫，下身搭紅色裙子，腳上穿著能把人眼珠子挖出的細跟高跟鞋。（我腦袋爲何老是往這方向想？）

她感覺十分友善，不像住對面的鄰居。她越過兩家之間的石磚道，舉起手，熱情打招呼。

「妳好！」她語氣熱情奔放。「**眞是**太開心了，終於見到新鄰居了！我是舒瑟特．洛威。」

我伸出手，握了握她有彩繪指甲的手。以女生來說，她手勁大得驚人，握得我手好痛。「我是米莉．阿卡迪。」我說。

「見到妳眞是**太好了**，米莉。」她說：「妳住在這一定會很滿意。」

「我已經很滿意了。」我坦白說：「這棟房子簡直是我夢寐以求。」

「哦，可不是嗎。」舒瑟特頭左搖右擺。「這房子空了好一陣子，因爲妳懂的，房子小不大好賣。但我早就知道，一定會有適合的家庭。」

小？她是在偷酸我心愛的房子嗎？「總之我很喜歡。」

「沒錯。裡面好舒適，對不對？而且這房子……」她目光掃過我家門階，門階已稍微歪斜，但恩佐承諾會修好。屋內許多東西需要修繕，這是其中之一。「很復古。**非常**復古。」

沒錯，她絕對是在揶揄我的房子。

但我不在乎。我仍舊很愛這房子。我才不管傲慢的鄰居怎麼想。

「所以妳有工作嗎，米莉？」舒瑟特藍綠色的眼珠注視我的臉。

「我是社工。」我略帶驕傲回答。雖然我已從事社工多年，但內心仍感到十分驕傲。沒錯，工作很累人，靈魂會被榨乾，薪水也毫不起眼。但我仍熱愛這份工作。「妳呢？」

「我是不動產經紀人。」她也同樣爲自己驕傲。啊，難怪她會以房產角度挑剔我家房子。「房市現在正熱。」

這倒是眞的。我突然想到，這棟房子的買賣不是由舒瑟特負責。如果她是房屋仲介，她的鄰居爲何不把房子交給她來賣？

恩佐搬著更多紙箱，從貨車後方走出，他的T恤緊貼胸膛，黑髮濕漉漉。我記得那一箱是書，裝的時候我還擔心那箱太重。但現在他不只搬那個紙箱，上面還疊著另一個箱子。我光看他搬背都痛了。

舒瑟特也望向他，目光一路尾隨他從搬家貨車移動到前門，嘴角勾出大大的笑容。

「妳的搬家工人**好帥**喔。」她說。

「其實，」我說：「那是我丈夫。」

她嘴巴張大，目瞪口呆。看來比起房子，她更在意他。「真的假的？」

「嗯哼。」恩佐將紙箱放到客廳，現在又走出來。他哪來那麼大的力氣？他走到貨車前，我招手要他過來。「恩佐，來見見我們的新鄰居，舒瑟特。」

舒瑟特馬上拉了拉罩衫，將一束牛奶糖色的頭髮塞到耳後。我非常確定，她巴不得拿出折疊鏡檢查儀容，重補口紅。但來不及了。

「你好！」她熱情奔放，手向前伸出。「很高興見到你！你叫恩佐，對不對？」

他和她握手，露出大大的笑容，眼角出現皺紋。「對，我是恩佐。妳叫舒瑟特？」

她咯咯笑，激動點頭，反應有點誇張，但說句公道話，恩佐有刻意施展魅力。我丈夫在這個國家生活二十年，吃飯聊天時，他的口音其實並不重。但當他想施展魅力，就會故意加重口音，彷彿才剛從船上下來一樣：「我，剛下船咧。」類似這樣。

「你們一定會愛上這裡。」舒瑟特向我們保證。「這條無尾巷十分寧靜。」

「我們已經愛上了。」我說。

「你們的房子眞是小巧可愛。」她又創造了新說法，暗諷我們房子其實比她的小。

「好適合你們和孩子，尤其是即將出生的寶寶。」

她一面說，一面望著我的小腹，但裡面絕對沒有任何小寶寶。距離我上次懷孕已過了九年。

最糟的是，恩佐轉頭望向我，臉上一時間閃現興奮神情，但**他明知道**我生尼可是緊急剖腹產，當場順便完成了結紮手術。我低頭望向肚子，發現我襯衫確實不巧鼓鼓的。眞是尷尬死了。

「我沒懷孕。」爲了舒瑟特，當然也爲了丈夫，我坦白告訴她。

舒瑟特一手摀住嘴巴。「哦，天啊，眞對不起！我只是以爲……」

「沒關係。」我趕緊打斷她，以免她把情況弄得更糟。老實說，我喜歡自己的身材。我二十多歲時是個紙片人，但現在我終於能展露女性曲線，我敢說我丈夫也很愛。

話是這麼說，但這件衣服一定要丟掉。

「我們有兩個孩子。」恩佐摟住我肩膀，無視舒瑟特的羞辱。「兒子叫尼可，女兒叫安妲。」

這兩個孩子讓恩佐感到無比驕傲。他是個好父親，要不是我生兒子差點難產而死，他可能會想再生五個。我們樂意領養，或成爲寄養家庭，但由於我的背景，完全不可能。

「妳有孩子嗎，舒瑟特？」我問。

她搖搖頭，一臉驚恐。「當然沒有。我不是當母親的料，我們家只有我和丈夫強納森。我們享受沒有孩子的生活。」

太好了，她有自己的丈夫。她最好別接近我丈夫。

「但你們對面的鄰居家有個小男孩。」她說：「他現在三年級。」

「尼可也是三年級。」恩佐興奮地說：「也許他們可以交朋友？」

因為搬家，我們讓孩子在學期中轉學。相信我，你絕不會想在三月中讓兩個小學生離開班上。我內心充滿罪惡感，但同時負擔新屋貸款和舊房租金，我們絕撐不到學期末，所以別無選擇。

尼可像他爸一樣外向，感覺不太受影響。對尼可來說，在一班新同學面前耍寶，會是一場有趣的冒險。安妲靜靜接受消息，但我後來發現，她想到要和兩個最好的朋友分開，躲在房間裡哭了。我希望到了秋天，姊弟倆都能安頓下來，學期中搬家的創傷能成為遙遠的回憶。

「你們可以去認識一下。」舒瑟特聳聳肩。「住那的女人叫珍妮絲，但她不怎麼友善。除了帶兒子搭校車，她幾乎足不出戶。我通常只看到她朝窗外望，盯著街道看。**老愛管別人閒事**。」

「哦。」我說，心裡納悶珍妮絲到底要怎麼不出門，卻又愛管閒事。

我望向對面的羅可斯街十三號。明明現在是大白天，屋裡的人都在，窗戶看進去卻是一片漆黑。

「但願你們家窗戶有裝百葉窗。」她告訴我：「以免她望過來一覽無遺。」

恩佐和我同時轉頭，望向我們的新房，我們突然驚覺整棟房子都沒有裝百葉窗和窗簾。我們怎麼沒想到？沒人提醒我們要買百葉窗！我們之前住過的房子都是早就裝好了！

「我會買百葉窗。」恩佐在我耳邊嘟噥。

「謝謝你。」

舒瑟特發覺我們毫無頭緒，一臉不可思議。「你們的不動產經紀人沒提醒你們嗎？」

我想舒瑟特是在暗示如果是她，一定會提醒買家。但爲時以晚，我們暫時不會有百葉窗。

「我有推薦的公司能幫你們安裝百葉窗。」她說：「去年我們家就是找他們裝的。他們幫我們在一、二樓裝了美麗的蜂巢式窗簾，在閣樓裝了漂亮的百葉窗。」

我無法想像那要花多少錢，肯定遠超出我們的預算。

「沒關係，謝謝妳，」恩佐說：「我可以。」

她朝他眨眼。「對，我相信你可以。」

她是認眞的嗎？這女人居然在我面前和我丈夫調情，我有點受不了。也不是說別的女人不會，但老天啊，我們是鄰居耶。這女人不能低調一點嗎？我好想說幾句話，但我才剛搬來五分鐘，不想馬上到處樹敵。

「還有，」她說：「我想邀請你們一家人來吃晚餐。你們夫妻倆，當然，還有……孩子也一起。」想到我們孩子要進到她家，她閃現不怎麼高興的神情。她甚至還不知道，尼可無論去哪，不到五分鐘就會打破東西。

「當然好，感謝妳的邀請。」恩佐說。

「太好了！」她朝他燦笑。「明天晚上怎麼樣？我想那時你們的廚房還沒弄好吧，這樣你們就不用煩惱了。」

恩佐抬起眉毛望著我。他有滿滿的社交能量，但我個性內向，所以我很感謝他讓我決定。老實說，我不想和這女人共度夜晚。她讓我有點**難以招架**。但如果我們要在這裡生活，應該要敦親睦鄰吧？正常的郊區家庭都會**這樣**吧？也許我跟她變熟之後，她不會那麼令人難以忍受。

「好啊，」我說：「那眞是太好了。我們在長島這一帶都沒認識人。」

舒瑟特仰頭大笑，露出一排珍珠般的白牙。「哦，米莉……」

我望向恩佐，他則聳聳肩。我們都不知道這話哪裡好笑。「怎麼了？」

「妳不知道自己在說什麼。」她咯咯笑。「沒人會說『在長島這一帶』。」

「不……不會嗎？」

「不會！」她搖搖頭，彷彿我太荒唐了。「是在長島上。妳不是在一個區域，那麼說聽起來好蠢。妳在一座島上。」

恩佐撓撓深色頭髮。順道一提，他頭上沒半根白髮，我則全靠染劑撐住，在尼可出生後，我簡直是滿頭白。恩佐只有鬍子長一點，才會看到幾根白鬍鬚。但我跟他抱怨時，他會在自己頭皮上大找特找，硬找出一根白髮給我看，好像那能安慰到我。

「我不懂，」我說：「所以大家要說自己住在夏威夷上嗎？或住在史坦頓島上？」

她笑容一垮。「不對，史坦頓島完全不一樣。」

我望向恩佐，他顯然是興味盎然。「總之我們很高興住到長島上，舒瑟特。期待明天能和你們吃晚餐。」

「等不及了。」她說。

我擠出笑容。「我要帶什麼嗎？」

「哦。」她食指點著下巴。「不如你們負責甜點？」

這下好了。我現在得搞清楚，自己要帶什麼甜點才能達到舒瑟特的標準。我想帶一盒奧利奧餅乾恐怕不行。「沒問題！」

舒瑟特沿人行道走回她的大房子，高跟鞋敲響路面，我聽了只覺得肚子深處一陣糾結。買下這房子時，我好興奮。我們擠在狹窄小公寓多年，如今終於擁有一棟夢想中的房子。

但我現在第一次冒出疑問：搬來這裡是不是徹底錯了？

3

今晚我們一家四口在廚房餐桌上吃晚餐。你知道廚房餐桌是什麼嗎？那是指**廚房裡面的餐桌**。沒錯，我們家廚房現在空間大到放得下一整張餐桌。以前的廚房即使只站一個人都嫌擠。

有家餐廳之前透過電子郵件寄了份菜單來，我們點了他們的中國菜。我和恩佐對食物都不挑剔。他唯一不吃的是義大利菜。他說吃一次失望一次，因爲沒有一家餐廳做對。但他會吃外送披薩。畢竟按他的標準，那其實不算義大利食物。

安妲一樣不挑食，但尼可對食物特別挑。所以我們吃花椰菜牛肉撈麵時，我爲兒子另外準備一盤白飯，加上一塊奶油，灑上大量鹽巴。我很確定現在奶油米飯已在他血管中徜徉。

「這是我們來到新家的第一餐，」我驕傲宣布：「廚房餐桌終於正式接受了我們的洗禮。」

「媽，妳幹麼一直那樣說？」尼可問：「爲什麼每個東西，妳都說接受我們洗禮？」

老實說，我不確定他之前有沒有聽我用過「洗禮」這個詞，但這幾小時內，我用過這個詞至少五次了。我們剛才坐在沙發，我說客廳接受了我們的洗禮。他拿棒球去後院時，我說後院接受了他的洗禮。我可能也說過馬桶即將接受我的洗禮。

「你媽只是為新房子興奮。」恩佐越過餐桌握住我的手。「她沒有錯。這是棟非常美麗的房子。」

「是不錯啦。」尼克同意。「但我希望房子是紅色的，然後上面有黃色的拱門。」

OK，我很確定兒子是在說他想住在麥當勞。

我不在乎。我為了兩個孩子買下這棟房子。之前在布朗克斯，我們一家人擠在小公寓，安妲走路回家時，男人都色瞇瞇盯著她看。現在這裡學區優良，孩子能在後院玩耍，能在社區散步，不用擔心被搶。就算他們不領情，這卻是我們能為孩子做出最好的決定。

「媽？」安妲撥著盤中的撈麵，我發現她沒怎麼吃。「我們明天要上學嗎？」

她深色的眉毛糾結起來。我這兩個孩子都跟他們爸爸長得非常像，彷彿是他的複製人，而我只是孕母。安妲長得很美，有一頭烏黑長髮，一雙深棕色大眼睛幾乎占據了半張臉。恩佐說她很像他妹妹安東妮雅。她現在正要轉大人，有朝一日，她會成為讓人忍不住回頭的女人。那天到來時，我相信恩佐肯定會天天帶球棒上街巡邏。他不願承認，但他非常保護女兒。

「妳準備好上學了嗎？」我問她。

「準備好了。」她嘴上是這樣說，但卻是搖著頭。

「現在春假剛結束。」我說：「同學大概都一週沒見面。他們搞不好都忘記彼此了。」

安妲一點都不覺得好笑，但尼可咯咯笑了。

「我明天載妳去。」恩佐說：「我們坐我的貨車去。」

她雙眼一亮，因爲她很愛坐父親的貨車。「我可以坐前座嗎？」

恩佐抬起眉毛望向我。他很寵孩子，因此我感激他會先徵詢我的意見。

「說眞的，親愛的，」我說：「妳還太小，不能坐前座。但就快可以了。」

「我明天想搭校車！」尼可大聲說。以前的學校離家近，他沒坐過校車，所以對他來說，搭校車好比參觀滿是奧柏倫柏人的巧克力工廠。他滿腦子都對校車充滿期待。「拜託，媽？」

「當然沒問題，」我說：「安妲，妳想坐爸爸的車……」

「不用，」她語氣堅定回答：「我和尼可一起搭校車。」

別的不說，但我女兒眞是全心全意保護著弟弟。我聽人家說有新寶寶到來時，小孩會非常嫉妒，但安妲是第一眼就愛上尼可。她把所有玩偶都扔到一旁，專心照顧他。我有好幾張可愛到不行的照片，是安妲把尼可抱到大腿上，餵他喝奶瓶。

「還有……」尼可舀了一口白飯，大概只有百分之八十順利塞入嘴中。剩下的散落在他大腿和地上。「我能養寵物嗎，媽？拜託？」

「嗯。」我說。

「妳自己說我長大、更能負責之後，就可以養。」尼可提醒我。

好，他**確實**長大了。但要說負責任的話……

「養狗怎麼樣？」安妲期盼地問道。

「我們考慮養狗前，還要先將院子圍起來。」我跟他們說。何況增加家庭新成員前，我希望經濟能更穩定些。

「那烏龜怎麼樣？」安妲說。

我打寒顫。「不要，拜託不要烏龜。我**討厭**烏龜。」

「我不要狗或烏龜。」尼可說：「我想要養螳螂。」

我差點被花椰菜噎到。「**什麼？**」

「螳螂其實很好養。」恩佐附和：「照顧起來非常容易。」

我的天啊，恩佐知道尼可想把這鬼生物帶進家裡？「不准。我們不准養螳螂。」

「媽，爲什麼？」尼可追問：「牠們超酷。我會養在房間，妳平常絕不會看到。除非妳想看。」

他給了我一個超可愛的笑容。他現在有一張可愛的圓臉，牙齒缺了個洞。但看得出來，再過六、七年，他會與當年還是單身的父親一樣，帥到讓人心碎。

「不管看不看得到，」我說：「我都會知道牠在你房裡。」

「我們不會讓牠跑出來。」恩佐跟我說，他露出一模一樣的笑容。可惡，我老公怎麼可以這麼帥。

「你要餵牠吃什麼？」我問。

「蒼蠅。」尼可說。

「不准。」我搖搖頭。「不准。我們不要養那種東西。」

「別擔心。」尼可說：「那種蒼蠅**不會飛**。」

「牠們會**走路**。」恩佐開玩笑。

「不會花多少錢的。」尼可補充說：「我們會自己養蒼蠅。」

「不要、不要、不要、不要。」

恩佐手伸到餐桌下，按了按我膝蓋。「米莉，我們讓孩子轉學，帶他們搬到這。如果尼可想養螳螂……」

狗屁。是**他自己**也想養螳螂。恩佐一定也覺得那種鬼東西很酷。

我望向安妲求救，但她只是專心在盤子上堆麵條。她用撈麵拼出自己的名字。她平常不會玩食物，所以她一定是十分焦慮。

「假如我說好，」我說：「我們要去哪買螳螂？」

恩佐和尼可擊掌。要不是知道會有蟲要進家門，心裡怕得要命，我一定會覺得這對父子很可愛。

「我們可以買螳螂蛋。」尼可解釋。天啊，我們討論了多久？感覺他們腦中已有非常完整的計畫。「蛋孵化之後會有上百隻。」

「上百隻……」

「但不用擔心，」恩佐馬上說：「牠們會吃掉彼此，所以最後通常只會剩一、兩隻。」

「然後我們就能洗禮牠們了。」尼可接著說：「OK嗎，媽？」

我想像舒瑟特．洛威發現自己完美的無尾巷不只有螳螂，還有一塊無翅蒼蠅繁殖場，她會有多崩潰。這是整件事唯一有趣之處。好啦，我想我只能答應了。但我向老天發誓，如果我美麗的新家全都是蒼蠅，尼可就給我搬出去。

4

再讓我拆一個箱子，一定會吐出來。

我今天拆了五十億個紙箱。那還是保守估計。我站在主臥浴室，盯著紙箱上我用麥克筆寫的「浴室」兩字，我一點都不想拆開它，就算裡面是浴室必需品也一樣，也許今晚我用手指刷牙就好。

門外腳步聲傳來，一秒後，恩佐探頭進浴室。他看到我站在浴室紙箱前，露出笑容。

「妳在幹麼？」他問。

我肩膀垂下。「拆箱。」

「妳拆一晚上了。」他說：「夠了。我們明天再拆。」

「但我們**需要**這些東西。這是浴室用品。」

恩佐本想勸退我，但他改變了主意。他手伸進舊牛仔褲口袋，掏出隨身攜帶的摺疊刀。這把刀是他小時候父親送的禮物，上面刻著他名字的縮寫：E．A。刀已用了近四十年，但刀刃依舊鋒利，輕鬆割開了紙箱的膠帶。

我們一起將浴室用品拿出。我第一次見到這男人，他讓我雙膝發軟，我不曾想像有朝一日，我們會一起站在浴室，拿出一塊塊肥皂和黏膩的洗髮精瓶罐。但怪的是，恩佐竟愛上了家居生活。

我們同居不到一年，雖然勤於避孕，但我月經仍沒來。我告訴他時，內心無比懼怕，可是他聽了竟高興得不得了。**我們要有家庭了！**他說。他父母和妹妹都已過世，我從未想過擁有自己的家庭對他來說多重要。一個月後，我們結婚了。

如今十年過去，我們搬來郊區，過著我這輩子都不曾夢想過的家居生活，不論是跟恩佐，或是跟**任何人**。許多人會感到無聊，但我每分每秒都好喜歡。我唯一想要的就是平靜正常的生活。只是比起大多數人，我花了比較長的時間才走到這一刻。

恩佐將刀收起，紙箱東西都拿出來了。我們完成了。ＯＫ，我們房子還有五十億個紙箱，至少現在解決一個，所以現在是五十億減一個紙箱。我希望在未來三、四十年能拆完箱子。

「好，」恩佐說：「今天的工作完成了。」

「對。」我同意。

他回頭望向鋪好新床單的雙人加大床，然後他轉頭望向我，臉上掛著笑容。

「幹麼？」我逗他：「你想幫那張床洗禮嗎？」

「沒有，」他說：「我想**玷汙**那張床。」

我才笑一聲，他便把我抓過去公主抱起，越過門檻，來到我們美麗新主臥室的床邊。我原本想提醒他小心背，但既然他搬得動比我重兩倍的紙箱（我希望啦），我想他知道自己的能耐。他一路走到床邊，將我放到床上。

恩佐扯下T恤，爬到我身上，親吻我的脖子。雖然我好想投入，但我目光忍不住飄向床旁邊的兩扇落地窗。我們爲何沒裝百葉窗？哪個白痴搬家不先確認窗戶擋起來沒？

我從床上一眼便看到對面的房子。那房子的窗戶一片漆黑，但樓上其中一扇窗，我察覺到一點動靜。至少我覺得有。

恩佐注意到我身體僵硬，抽開身子。「怎麼了？」

「窗戶，」我低聲說：「什麼都看得到。」

他抬起頭，從我們的窗戶望向羅可斯街十三號。「燈都暗著。他們睡覺了。」

我這次朝窗外望，沒看到任何動靜。但我剛才有看，就一秒鐘前。我很確定。「我覺得他們沒睡。」

他朝我眨個眼。「那讓他們一飽眼福。」

我瞪著他。

「好啦，」他嘟噥：「我們關燈怎麼樣？」

「好。」

恩佐從我身上爬下，去關電燈開關，房間全黑。

我在床單上扭動，目光怎麼都離不開毫無遮蔽的窗戶。「你有想過這房子爲什麼賣這麼便宜嗎？」

「便宜？」恩佐脫口而出。「付頭期款就花光我們存款了！貸款還要——」

「可是售價低於我們出價，」我說：「**沒有東西**的售價會低於出價。」

「這棟房子還有待整修。」

「其他房子也是。」我撐起身體。「而且之前我們每次競標都失敗。」

恩佐露出不耐煩的表情。「我們買下妳夢寐以求的房子，現在妳又對這房子有問題？我們剛好很幸運啊！有那麼難相信嗎？」

因爲面對現實吧，我從未幸運過。

「米莉……」恩佐用他沙啞的嗓音說，他知道我無法抗拒他的魅力。但我還是往窗外望了最後一眼，即使是在街的另一邊，我發誓我看到有雙眼睛盯著我。

偷看著我們。

5

今天孩子要去新學校。

安妲穿上我爲她特選的上學第一天洋裝。那是一件淡粉紅色的無袖洋裝，要是我兒子，大概還沒出前門，身上就會弄得東一塊泥、西一塊油汙，但女兒很喜歡她那件洋裝，肯定會想方設法維持乾淨。至於尼可，我只慶幸他找了件沒有破洞的乾淨衣服。

校車站牌在羅可斯街十三號前，於是我趕著孩子出門，走過羅可斯街十二號舒瑟特家，來到另一個鄰居門前，我確定他們從昨天開始，便趁我家還沒百葉窗，就把握機會一直盯著我們。不出所料，有個女人帶著孩子站在校車站牌旁，但她那樣子和我想像的截然不同。

首先那女人比我預期年長。孩子朋友的父母中，我不是最年輕的，但這女人老到能當**我媽**了。她骨瘦如柴，一頭粗硬白髮，細長手指像爪子一樣。雖然舒瑟特說她兒子和尼可同年，但她身旁的小男生看起來至少比我兒子小兩歲。身形和母親一樣削瘦，雖然是溫暖的春天，他卻穿著一件高領厚羊毛衣，感覺超癢、超不舒服。

當然，也許她不是他母親，而是他奶奶。她絕對能當他奶奶，但我絕不會開口問。我又不是舒瑟特。第一次見面別問對方這種事，就像我絕不會問：「妳懷孕了嗎？」（都怪那件鼓起的蠢襯衫）。

我走近時，女人透過牛角粗框眼鏡瞇眼看我。我不禁注意到她眼鏡上有條銀鍊，我總覺得那是老年人才會有的，但安妲在布朗克斯的朋友也有，所以也許現在又流行起來了。

「妳好！」我開心說，決定要展現友善。畢竟我希望能在長島這一帶交到朋友。哎呀，我是說在長島上。

那女人擠出虛偽的笑容，活像在做鬼臉。「妳好。」她用我這輩子聽過最冷漠的語氣回答。

「我叫米莉。」我說。

她盯著我，眼神空洞。多數人這時會自我介紹，但她顯然沒得到暗示。

「他們是尼可和安妲。」我又說。

她終於一手放到小男孩肩膀。「他是史賓塞，」她說：「我是珍妮絲。」

男孩突然轉身，他書包底下有勾子，女人手中牽了一條繩子勾在上面。我的天啊，是牽繩。那可憐的孩子有牽繩！

「很高興見到你。」我說。還是我應該喊他**乖狗狗**？「我聽說史賓塞在讀……三年級？」

話才說出口，我卻覺得更不像了。小男孩比尼可矮了快一個頭，尼可個頭也不過剛好是同年級的平均身高。但史賓塞點點頭，「對。」他確認。

「酷斃了！」尼可雙眼一亮。「我老師是克麗蕊。你是誰？」

「**你的**是誰。」珍妮絲糾正他。

尼可疑惑望向她，眨眨深棕色眼睛。「我說我老師是克麗蕊。」他緩緩重複，好像覺得她很笨。我忍住笑。

珍妮絲還來不及解釋自己在糾正他文法，史賓塞便大聲說：「我也是！我老師也是克麗蕊！」

兩個男孩開始熱烈交談，我看了好開心。尼可個性外向，就連最害羞的孩子，他也能交朋友。我好羨慕他。

我朝珍妮絲露出心照不宣的笑容。「看來尼可在這交到他第一個朋友了。」

「對。」珍妮絲語氣毫無熱忱。

「也許他們能找時間一起出去玩？」

「也許。」她皺起眉頭，臉上的皺紋更深了。「你兒子疫苗都打了嗎？」

公立學校要求孩童接種所有疫苗，她明知故問。但算了，順著她就好。「有。」

「包括流感？」

現在甚至不是流感好發的季節，但隨便啦。「有。」

「一定要小心。」她說：「史賓塞身體非常弱。」

男孩確實看來體弱多病，他皮膚白得幾近透明，身材嬌小，穿著厚重巨大的羊毛衣。但他和尼可聊著聊著，臉頰有了血色。

「我剛搬來這裡，很希望能認識鄰居，」我說：「我先生和我今晚要與舒瑟特和強納森吃飯。」

「哦。」她噘起嘴，一臉嫌惡。「要是我，我會小心那女人。」她意有所指望著我。「尤其要看緊英俊的丈夫。」

我不喜歡她的暗示。沒錯，舒瑟特非常迷人，沒錯，她有點太愛調情。但我相信我丈夫。他不會和隔壁鄰居出軌。聽珍妮絲對別人說三道四，我覺得不太舒服。

「舒瑟特感覺……人不錯。」我有禮回答，但有點心虛。

「哼，她才不好呢。」

我不知道該怎麼回應，幸好校車來了，珍妮絲將小孩從牽繩解開（但我相信她有植入GPS晶片到他腦中或身體裡）。我眼眶微微泛淚和尼可道別，但他毫無反應，只顧著和新朋友聊天。他讓我親了他額頭一下，還好心等走上校車才伸手擦拭。安妲不一樣，她給我大大的擁抱，久到我眞想直接載她去學校。

「妳一定會交到一大堆朋友。」我低聲向她耳語。「做自己就好。」

安妲一臉懷疑。呃，我不敢相信我說出這句話。要別人做自己就好，這根本是史上最爛的建議。每次有人跟我說這句話，我都覺得**討厭**死了。但我沒有更聰明的建議。如果有的話，我會有更多朋友。

我希望恩佐在。他會知道要說什麼才能逗她笑。但他有園藝工作，一早便出門了，所以只剩我。

「我下午會在家等你們！」我在他們上車後喊道。我今天上半天班，以確保他們回家時我在家，不過日後，他們會比我早三十分鐘或一小時回到家。

校車門關上，載走我兩個孩子。我內心一陣焦慮，每次和孩子分開我都會有這種感覺。我一輩子都會這樣嗎？懷他們時，感覺輕鬆多了。好啦，懷尼可的第三孕期例外，我差點被子癇前症害死，也因此下定決心結紮。

校車開離無尾巷，我才發現珍妮絲盯著我，她一臉驚恐。

「怎麼了嗎？」我盡其有禮問她。

「米莉，」她說：「妳不是眞的要他們自己走回家吧？」

「哦，是啊。」我指向不過幾步之外的房子。「我們就住在**那裡**。」

「所以呢？」她回嘴。「我們住在這裡。」她指向她家，就在我們正背後。「我一秒都不會放史賓塞單獨一人。壞人要抓妳小孩，一眨眼就會抓走。」

說到這，她手指在我面前一彈，表示威脅就在一瞬間。

「但這座城鎮滿安全的。」我語氣猶豫，不敢直接告訴這女人，她把讀小學的兒子繫上牽繩有多荒唐。

「這只是假象。」她嗤之以鼻。「妳知道三年前，有個八歲的男孩在街上直接不見了嗎？」

「**這裡**嗎？」

「不是，是附近的城鎮。」

「哪裡？」

「我說了，是**附近的城鎮**。」她瞪我一眼。「他母親才放開手一**秒**，他就被抓走了。完全不見蹤影。」

「眞的假的？」

「眞的。他們盡全力搜尋。打電話給警方、ＦＢＩ、ＣＩＡ、國民警衛隊和靈媒。甚至連靈媒都找不到他，米莉。」

我不知道這起誘拐事件來龍去脈，但我確定沒在新聞上看到過。而且甚至不是發生在這裡的事。珍妮絲嘴上說是「附近的城鎮」，但搞不好根本在加州。我不知道自己該不該跟她分享，大多數誘拐事件都是家人所爲。看來珍妮絲內心已有定見。史賓塞很可能要被拴到三十歲了。

「這也沒辦法，他們最後還是得自己回家。」我說：「我和丈夫都要工作，沒辦法每天接他們回家。」

她不可思議看著我。「妳要工作？」

「嗯，對。」

她朝我吐舌頭。「我丈夫過世留給我足夠的錢，我再也不需要工作了。」

「嗯，眞好。」

「眞令人難過，」她繼續說：「你的孩子會老是見不到母親的身影。他們值得母親隨時陪在身邊，但他們永遠無法體會這點。」

我嘴巴張大。「我孩子知道我愛他們。」

「但想想妳錯過了多少！」她大喊：「妳不會難過嗎？」

我差點大喊「至少我孩子沒拴在繩子上」，我能忍住簡直是奇蹟。兩個孩子知道我愛他們，但我也熱愛工作，我樂於在醫院爲大眾奉獻。即使我沒那麼愛我的工作，但恩佐的工作還在發展期，我們現在需要兩份收入。

「我們還過得去。」我只這麼回答。

「好吧，雖然陪孩子的時間有限，但我相信你們已經盡力了。」

我默默覺得自己和珍妮絲不會成爲好朋友。能搬到這裡讓我好興奮，但我開始覺得自己選了鎮上最不友善的無尾巷。一個鄰居會挑逗我丈夫，另一個鄰居批評我在母職上的付出。

我再度懷疑起，搬到這裡是不是徹底錯了？

6

今天孩子上學都十分順利。

孩子一下校車，就嘰哩呱啦講一大堆第一天在學校的事。尼可已和三年級班上所有小孩打成一片，中午他成功從鼻子噴出牛奶（這是他好幾個月來都在練習的技巧）。安妲不如弟弟熱情，但她向我保證她有交到新朋友。學年中轉學很辛苦，我爲這兩個孩子感到驕傲。

「這週末有少棒選拔。」尼可說：「爸什麼時候回家？他答應要陪我練習。」

我看手錶。舒瑟特要我們六點去她家，現在剩不到一小時。我很了解恩佐，他會拖到最後一刻。「應該快回來了。我希望。」

「什麼時候？」他追問。

「快了。」他看來很不滿意，於是我又說：「不如這樣，你要不要自己去後院打球？」

他雙眼一亮。「我好喜歡家裡有後院，媽。」

我也是。

尼可自己去後院練習，這點在城裡根本辦不到。我上樓進到臥室，在眼下抹上一層遮瑕膏，最近感覺我天天都在用遮瑕。接著我上睫毛膏，結果有一塊不小心掉到眼睛裡，害我淚水狂流，只好全洗掉。我塗上裸唇口紅，就是看起來塗了跟沒塗一樣的口紅。我不懂他們爲何出這種產品，但更應該問的是，我爲何要買？

我們還沒買全身鏡，於是我站在洗手台小梳妝鏡前，前後伸展，檢查外表。我搔首弄姿一陣，終於覺得自己能出門見人。總之我還要搞定甜點，那會是我今晚的任務。

我趁下班去超市買了蘋果派。好，別誤會——我對所有的蘋果派都沒有偏見。但我下樓到廚房，把蘋果派從超市購物袋拿出來一看，果不其然，任誰都可以一眼看出這是當地超市買來的廉價蘋果派。

我完全能想像舒瑟特的評價。她們家甜點可能都來自某家法式甜點店。

我撕下塑膠包膜，保留了錫箔盒。接著我從餐具抽屜拿出叉子，以藝術家細膩手法，將派的邊緣弄得參差不齊，並戳了中間幾下。現在這個蘋果派絕對不像出自中央廚房了。這下能假裝蘋果派是我自己烤的嗎？似乎有點機會。

我還在端詳蘋果派，前門咿呀一聲打開。恩佐回家了。謝天謝地，我們時間不多了。我衝到前門去見他，但我的臉馬上垮下來。我丈夫從頭到腳都是沙土。離要去舒瑟特家晚餐時間還剩……

十五分鐘。太好了。

「米莉！」他看到我笑容滿面，但我發現他盯著蘋果派看。「蘋果派……我最喜歡的美國甜點！」

「我做的。」我試試水溫。

「眞的嗎？看起來像超市買的。」

可惡。看來我弄得不夠粗糙。

他走來親我，但我向後退，舉起一手擋住他。「你好髒！」

「我剛才在挖洞。」他說得理所當然。「我和尼可玩完棒球會去沖澡。他想練習。」

「恩佐。」我狠狠瞪他。「舒瑟特邀我們吃晚餐！我們再十五分鐘就要過去了。記得嗎？」

他一臉茫然看著我。雖然他工作不曾爽約，但不可思議的是，不管安排任何社交活動，他都會忘記。

「哦。」他說：「那個有寫在家庭行事曆上嗎？」

恩佐總要我把約會寫在手機的家庭行事曆上，但就我所知，他這輩子沒看過。「有，我有寫。」

「哦。」他用滿是泥土塊的手搔搔脖子。「那我……我現在去沖澡。」

說眞的，有時候我感覺自己像有三個孩子。他其實比較像我第二個小孩，因爲安妲還比較像大人。

我望回蘋果派。我突發奇想，把派扔入烤箱。派是熱的話，也許比較像是我做的。我莫名想讓舒瑟特，洛威刮目相看。過去我幫人打掃時，替許多像舒瑟特這樣的女人工作，但以往我是家事幫傭，還不曾以不同身分和她們相處。

我不喜歡舒瑟特，但我如果能和洛威一家人交朋友，那會是一大進步，代表我終於過上夢寐以求的正常生活，也是我願意付出一切追求的生活。

7

二十分鐘後，我們站在羅可斯街十二號門口。

恩佐準備的時間比我想像中久。恩佐確實迅速沖好澡，卻穿了皺巴巴的牛仔褲和T恤跑下樓，我早該想到的。於是我叫他上樓，換上稍微體面一點的衣服。現在他身上這件黑色正裝襯衫，是六個月前我發現他竟沒有一件好襯衫，便替他買了的。如我所料，襯衫完美映襯了他的深色眼珠和頭髮，帥得讓人不敢逼視。但我也不意外的是，他看來非常不自在，好像今晚某一刻他會受不了把衣服扯開（舒瑟特看了肯定會**瘋掉**）。

蘋果派熱好了，看上去更像自己做的，拿著非常燙手。我現在雙手像著火一樣，巴不得趕快把派放下。

尼可拉扯著他的短袖襯衫，這孩子比他爸更可能因爲不舒服把襯衫扯破。「我們一定要吃這無聊的晚餐嗎？」

「對。」我說。

「但我想和爸爸打棒球。」

「我們不會待太久。」

「他們晚餐煮什麼？」

「我不知道。」

「我們在那可以看電視嗎？」

我轉頭瞪兒子。「不行，**不准**。」

我望向恩佐，請他附和，但他只一臉憨笑。他可能自己也很想看電視。

我雙手被超市蘋果派燙了一分鐘後，一名陌生女人打開前門。她大約六十歲，斑白頭髮向後綁成髮髻，身材像美式足球防守線衛一樣壯。我這輩子從沒見過那麼完美的姿態，彷彿在她頭上放本書，兩天後再看書仍在原處。她穿了件印花洋裝，圍了件白圍裙。她用灰濛呆滯的雙眼直直盯著我，讓我全身發毛。

「嗯，妳好……」我猶豫說。我看一下門口的門牌號碼，好像我是不小心走錯門一樣。「我是米莉。我們是來……」

「米莉！」

聲音越過應門的女人，從屋內深處傳來。舒瑟特馬上走下樓梯，她看來有點手忙腳亂，但是每一根頭髮又都是服服貼貼。她身穿綠色洋裝，讓我發現她眼睛說是藍色，其實更偏綠色，真不知她穿哪種奇蹟胸罩，幾乎讓她胸部快頂到下巴。她牛奶糖色的頭髮光澤閃耀，彷彿才剛走出理髮店，皮膚也像在發光。她看起來美豔動人。

我望向恩佐，看他有沒有發現她多美，但他忙著拉襯衫的釦子。他**真的**很討厭這件襯衫。希望他能忍到我們回家。

「米莉和恩佐！」她大喊，雙手一合，滿溢喜悅，尋常鄰居來訪應該不會這麼開心吧。「我**好**高興你們來了。還故意晚到，好貼心。」

少在那邊誇張，我們明明只晚五分鐘。

「嗨，舒瑟特。」我說。

「你們見過瑪莎了。」舒瑟特目光閃爍，一手放上婦人的肩膀。「她一週有兩天會來幫忙。強納森和我眞的太忙了，瑪莎簡直是救星。」

「是喔。」我喃喃說。

我過去當過許多家庭的瑪莎。但我沒法像眼前這女人扮演得這麼好。她活脫像是五〇年代的幫傭，唯一只差手拿小雞毛撢子和一台吸塵器，配上可笑的大馬達。

但她莫名嚇人，可能因爲她死盯著我瞧，彷彿眼睛離不開一樣。我習慣女人目不轉睛看恩佐，但這女人對他或孩子都毫無興趣。她的目光像雷射一樣聚焦在我臉上。

看什麼看到這麼入迷？我牙齒上有菠菜？我長得像哪個名人？她想要張簽名照嗎？

「要請瑪莎替你們準備什麼喝的嗎？」舒瑟特問我和恩佐，但眼睛只望著我丈夫。

「水？紅酒？我記得我們也有美味的石榴果汁。」

我們兩人搖搖頭。「不用，謝謝妳。」我說。

「妳確定？」她說：「瑪莎會幫忙拿來，不麻煩。」

我望向老婦人，她仍直挺挺站在原地，等著聽到吩咐，便衝去廚房拿飲料來。「不麻煩。」她附和，她聲音低沉沙啞，彷彿不常開口。

「沒關係。」我向她說，內心希望她離開。但她沒走。

舒瑟特終於注意到尼可和安妲，他們耐心依偎在門口。「這一定是你們家孩子，眞是太可愛了。」

「謝謝。」我說。每當有人稱讚孩子，家長老愛回「謝謝」，像孩子是自己的所有物似的，我總覺得很古怪，可輪到我時，我自己也這麼回答。舒瑟特注意力回到恩佐身上。

「他們長得跟你一**模**一**樣**。」

「沒有啦。」恩佐明擺著在說謊。「安妲的嘴巴和嘴唇像米莉。」

「嗯，我看不出來。」舒瑟特說。

她當然看不出來，因爲根本不像。兩個孩子長得一點都不像我，不只如此，連個性也不像我。尼可非常像恩佐，然後我完全不知道我聰明拘謹的女兒遺傳自誰。

「對了，」舒瑟特說：「我剛才聽到一個**超棒**的消息。瑪莎服務的另一個家庭搬走了。我想她一定很樂意爲你們服務。」

「哦。」恩佐和我四目相交。有人打掃家裡，我**當然**很高興，但我們負擔不起。「謝謝妳的好意，眞的，但我覺得……」

「我週四早上有空。」瑪莎對我說。

「你們週四早上方便嗎？」舒瑟特問我。我要怎麼跟房子大我兩倍的女人解釋，我們請不起清潔婦？就算我們錢夠，瑪莎也莫名令我超不舒服。「嗯，時間是可以，但……」

我不想直接說我不想找瑪莎，但我一時想不到委婉的藉口，舒瑟特目光便向下一飄，看到我手中的蘋果派。她發出銀鈴般的笑聲。「哎唷，米莉，妳派是掉到地上是不是？」

呃，我想我弄得**過於**粗糙了。

至少趁瑪莎進廚房時，我將蘋果派偷渡到了客廳咖啡桌上。這客廳比我們家大多了。屋裡每一處都比我們家大了兩倍，甚至可能有三倍。這棟房子看來和我們的一樣古老，都是建造於十九世紀晚期，外觀和當時差不多，但和我們不同的是，這棟房子的內裝已全部改建。恩佐也答應我內裝會改建，但我猜可能要花上十年。

「房子好漂亮，」我說：「你們家空間好大。」

舒瑟特手放在一件大家具上，我想那是個古董衣櫃，讓我不禁想在自己家裡也放個古董衣櫃（開什麼玩笑？我們家有桌椅就謝天謝地了）。「這三棟房子以前都是農舍。」她說：「這棟房子是莊園主人住的主屋。羅可斯街十三號是僕人宿舍。」

「我們的房子呢？」我問。

「我記得是給動物住的。」

什麼？

「酷斃了！」尼可說：「我房間一定是豬舍！」

好，她一**定**是故意鬧我們吧。我是說，如果那棟房子是給動物住的，怎麼會有樓梯，對吧？也許樓梯是後來才建的。我**的確**好像有聞到……

「強納森！」舒瑟特大喊。

舒瑟特藍綠色的眼睛望向通往二樓的樓梯，一個男人走下樓。他穿著白色正裝襯衫，打著深藍色領帶，他和我丈夫截然不同，感覺非常習慣正裝，外表看來平凡無奇，五官溫和順眼，淡棕色頭髮修剪整齊，鬍子刮得乾乾淨淨。他只比我高幾公分，身材乾瘦，感覺是走在人群中就會隱身不見的那型。

「你們好，」他露出友善的微笑說：「你們一定是米莉和恩佐。」他轉頭向孩子說：「還有兩個小跟班。」

見識舒瑟特的虛偽後，強納森感覺好似一口新鮮空氣。「對，我是米莉，」我說：「你一定是強納森。」

「沒錯。」他和我握手，他的手掌光滑細嫩。舒瑟特和我握手時，手勁大到像要把我手骨捏碎一樣，但他不會。「很高興終於見面了。」

強納森接著和恩佐握手，就算他有被我丈夫的塊頭嚇到（有些缺乏安全感的男人會這樣），他也沒表現出來。

我直覺喜歡強納森，說不上原因，只是一種感覺。我這輩子在許多家庭工作過，讓我變得非常擅長看人。

尤其是夫妻。

從身體語言能讀出不少端倪。有些丈夫會用特定手勢展現自己的權力。例如不親吻嘴唇，只親吻額頭，或走路時一手放在妻子腰部。那些動作不明顯，但我已懂得觀察。不過強納森沒對舒瑟特做那些事。他們看來就是一對幸福伴侶，沒任何異狀。

「所以你們喜歡新房子嗎？」他問我們。

「我好愛。」我脫口而出。剛得知我們房子是畜舍，原本十分羞恥，現在全拋到腦後。「我知道不大，可是——」

「不大？」強納森大笑。「我覺得那大小剛好。當初那棟房子如果空著，我一定會買那棟。我們這棟房子大得太誇張，尤其我們只住兩個人。」

強納森再得一分。

「所以你們沒有小孩？」恩佐問他們。

強納森來不及回答，舒瑟特便說：「哦，**沒有**。我們不是喜歡**小孩**的那種夫妻。小孩又吵又髒，還一直要人照顧——我沒有冒犯的意思。願意犧牲照顧小孩的人絕對都是聖人。」她邊說邊大笑，彷彿別人放棄生活養小孩十分可笑。「但只是不適合我們。我們意見一致。是不是，強納森？」

「對，沒錯。」他心平氣和說：「舒瑟特和我在這點想法一致。」

「每個人想法不同。」我說。

但我不禁發現，舒瑟特滔滔不絕說著沒生孩子的好處時，強納森一臉悶悶不樂。我好奇他們在生小孩上，是不是眞的「意見一致」。生不生小孩，我絕沒有意見，但夫妻爲了另一半放棄夢想，總讓人感到難過。

「我才在跟米莉說，他們房子舒適又古色古香，我好喜歡。」舒瑟特說：「對啦，這棟房子眞的太寬敞、太豪華了。說眞的，我們有這麼多空間，眞不知道該怎麼辦。尤其後院大到不行。」

一提到「後院」，恩佐勁都來了。「如果你們需要有人整理後院，我是做園藝的。」

舒瑟特眉毛抬高。「眞的嗎？」

他激動點頭。「我在布朗克斯有不少客戶，但現在想來這發展。進城車要開好久。」

「長島高速公路眞是要命。」舒瑟特附和。

說得沒錯，尤其是照恩佐那種開車方式。每次他開上四九五號州際公路，我都相信他遲早會死無全屍。但他在布朗克斯的生意經營得不錯，爲了往後不需天天長途奔波，他正努力在長島開發客戶，目標是在未來幾年將工作移轉到附近社區。附近有錢家庭不少，他的工作有望成長和拓展。

「我擅長園藝設計。」恩佐又說：「無論你們希望怎麼整理後院，我都可以。」

「什麼都可以嗎？」舒瑟特問，語氣全是暗示。

「所有園藝服務，沒錯。」

她一手放上他的二頭肌。「這主意不錯，我也許能麻煩你。」

所以呢？**她手就留在那邊**，放在我丈夫的肌肉上。也停太久了吧？我的意思是，手放在丈夫以外男人的肌肉上應該要限時，對吧？

但沒關係。畢竟她丈夫也在。強納森看來一點都不在意。他可能知道舒瑟特愛跟人打情罵俏，已習慣視而不見。

我告訴自己不需要擔心。

也差點就說服了自己。

8

我從沒吃過這麼精緻的晚餐。好，首先餐桌上有名牌。名牌！但我沒想到他們竟安排舒瑟特和恩佐坐一邊，我和強納森坐另一邊。再來，我們家小孩甚至不和我們同一桌！巨大的桃花心木桌再加上兩張椅子明明綽綽有餘，但他們在餐廳另一邊設了張小桌。我們簡直需要望遠鏡才看得到孩子。

「我想說孩子會需要隱私。」舒瑟特說。

就我所知，孩子從來不需要隱私。**從來不需要**。我們家到最近上廁所才終於不像是家庭時光。而且孩子的桌子也太小，頂多只適合放在娃娃屋的客廳。我從孩子表情看得出，他們十分不開心。

「那是給嬰兒用的桌子。」尼可嘟噥：「我不想坐那裡！」

「Fai silenzio（安靜）。」恩佐低聲喝斥。

我們兩個小孩當然都會說義大利文，小時候恩佐常對孩子說義大利文，所以他們長大都說雙語。他說姊弟倆都有嚴重的美國腔，但我聽起來很流利。無論如何，聽到老爸發出警告，兩人都安靜下來，他們不情願地坐到小得誇張的桌邊。看到兩個孩子愁眉苦臉坐在小桌子前，我有點想拍照留念，但我猜他們會生氣。

恩佐望著面前的餐具，一樣滿臉困惑。他坐到自己的座位上，拿起其中一支叉子。「爲什麼有三支叉子？」他想知道。

「哦，」舒瑟特耐心解釋：「一支當然是晚餐叉，一支是沙拉叉，還有一支是義大利麵叉。」

「義大利麵叉和晚餐叉哪裡不一樣？」我問。

「哦，米莉。」她大笑。她沒回答，但我覺得這是個好問題。

「所以你們覺得這社區怎麼樣？」強納森坐入高背木椅，小心將餐巾鋪到大腿，開口問我們。

我在座位上移了移身子。椅子感覺貴得要命，全實木製成，但坐起來竟然很不舒適。

「我們很喜歡。」

舒瑟特托著下巴。「你們見過**珍妮絲**了嗎？」

「有。」

「她超怪，對不對？」她刺耳笑了笑。「那女人連自己的影子都怕。而且她好吵！對不對，強納森？」

強納森拿水杯喝一口，淡淡朝妻子笑了笑，但不發一語。雖然這話不算很過分，但我很高興他沒有加入，說起鄰居的壞話。反觀舒瑟特……

「她確實用**牽繩**拴著兒子。」我回想。「繫在他的書包上。」

舒瑟特咯咯笑一陣。「她對孩子過度保護，超好笑。她覺得到處都有小精靈伺機抓走她小孩。」

「聽說附近的城鎮有小孩被綁架，害她疑神疑鬼的。」

「沒錯。」她搖頭晃腦。「當時一對父母親在爭奪監護權，父親把小孩載出境，去了加拿大。他們後來有把孩子找回來了。當時新聞一直報，但她搞得好像這裡鬧鬼一樣！住她隔壁，這根本不算什麼。她這人離譜的事可多了。」

我皺起眉頭。「還有什麼事？」

「我們有次在後院烤肉，」她說：「我們根本沒烤什麼。就幾隻小龍蝦和一塊菲力牛排。而且也不過只請幾個客人來，對不對，強納森？」

「我其實不大記得了，親愛的。」他說。

「總之，」她繼續說：「我們烤肉烤到一半，警察來了！珍妮絲打電話報警，說我們在後院燒東西！妳能相信居然有這種事？」

「你們後院有烤架？」恩佐聽了滿是興致。

「你們也應該裝一組。」強納森說。

「或來用用看我們家的，」舒瑟特提議：「你想的話，隨時歡迎你來試一試。」

「可以嗎？」他興奮地問。

說來好笑，近二十年前，我第一眼看到恩佐，就感覺他是我這輩子遇過最有魅力的男人，帥到令人**難以招架**。但到今天我才了解一件冰冷的事實：這男人此生最大的夢想竟是在後院烤漢堡。至少看到他跟舒瑟特問東問西的樣子，無論誰都會覺得他的畢生心願就是烤漢堡。我也想一起聊，但舒瑟特每次和他說話，就非得一**直**摸他手臂。

話說，聊天用不著一直碰別人手臂吧。這很難嗎？

幸好瑪莎從廚房走出來，打斷了烤肉的話題。她端出四人的沙拉盤。我不知道沙拉裡面有什麼，但聞起來有覆盆子和小塊乳酪。

「謝謝妳，瑪莎。」我發現舒瑟特懶得道謝，便自己開了口。

我等她回答「不客氣」，但她只再次盯著我，直到我轉頭。

有瑪莎在一旁盯著，我吃不下去，所以我等她離開才吃起沙拉。我不算特別愛吃沙拉，但哇。我的意思是，**哇喔**。如果所有沙拉都這麼好吃，我**可以**愛吃沙拉。我眞沒想到沙拉能這麼美味。

「米莉，」舒瑟特咯咯笑說：「妳居然用義大利麵叉吃沙拉！」

誒，**是嗎**？我望向大家，每個人都拿著和我不同的叉子，但老實說，每支叉子在我眼中都長一個樣。恩佐對叉子的理解絕對沒比我好多少，但他指著離我盤子最遠的叉子。他怎麼知道的？

哇，這怪尷尬的。我趕緊換了叉子。

「所以你是做什麼工作，強納森？」我轉移話題，把叉子之亂抛到腦後。

「金融。」

我露出微笑。「聽起來很有趣。」

他聳聳肩。「能繳帳單，養得活我們。當然不像舒瑟特工作那麼精采。」

他說著將手伸過桌子，握住她的手。她讓他握了一下，隨即抽開。「我喜歡跟人相處。」她說：「工作的關係，我認識鎮上所有人。其實……」她眼睛睜大，突然想到。「我能幫上你的忙，恩佐。」

恩佐皺起眉頭。「我？」

「對！」她用餐巾沾沾嘴唇，我不禁發現她口紅完好無缺。我相信我的口紅在吃萵苣葉時就掉光了，但我想沒關係，因爲口紅顏色就和我唇色一樣。「你想多找幾個客戶，對不對？我認識附近所有買新房的人。我可以在歡迎手冊裡放上你的名字。」

他嘴巴張大。「妳願意幫我？」

「當然願意，小傻瓜！」她說完又碰了他手臂。又碰！她想締造世界紀錄嗎？「我們是鄰居啊，對不對？」

「妳又不知道我做得好不好。」

恩佐園藝上**確實**厲害。當然，有部分女人雇用他只是因爲他很帥，但**保住**客戶靠的是工作品質，這點他心裡有數。但他也強烈希望能先證明自己的能力。

「這樣的話，」她說：「也許你應該私下向我表現一下。」

我不喜歡這個發展。

「我們後院好需要有個人來整理。」舒瑟特解釋：「我好希望後院有整齊的花草，可惜我不懂園藝。如果你能讓我看看你的本事，再教我怎麼照顧，我會很樂意將你推薦給我認識的人。」

恩佐望向我。他張開嘴，正準備詢問我意見，這時舒瑟特開口：「你知道我最喜歡你們倆什麼嗎？你們信任彼此，不像許多夫妻。米莉，這種小事，恩佐不用問妳吧？」

於是他合上嘴。

「所以你覺得怎麼樣？」她問他：「我們講定了嗎？」

我望向強納森，向他求救，我好希望他出聲反對。但他只是坐在那，一口口吃著美味的沙拉，絲毫不擔心。廢話，他**有什麼**好不高興？？恩佐不過是來隔壁整理後院花草，他沒必要吃醋。

況且說實話，舒瑟特不是第一個覬覦我丈夫的女人。她不是第一個，也不會是最後一個。

只不過舒瑟特的挑逗讓我特別不爽，她跟那些尋常的婆婆媽媽只是因爲養眼而盯著我丈夫看不同。但是差在哪裡，我也說不上來。

「沒問題，」恩佐說：「我很樂意。」

瑪莎又從廚房出來，端出更多盤食物。我望向孩子桌，看他們有沒有乖乖吃沙拉（通常要靠威脅懲罰他們才會吃），結果我傻眼了，連尼可都把沙拉吃光。我還有點羨慕的是，孩子就只有一支叉子。

瑪莎收走沙拉盤，放下另一盤菜，看來應該是義式料理。可惜舒瑟特不知道，恩佐對義大利菜特別挑剔。好啦，她現在該知道了。

恩佐低頭看向這道菜，深吸一口氣。「這是諾瑪意大利麵嗎？」

舒瑟特興奮搖頭晃腦。「沒錯！我們的廚師是義大利人，聽你口音，我想你來自西西里，所以他猜你可能會喜歡這個。」

我屏息以待，等恩佐將餐盤推開，或可能出於禮貌吃個幾口。但他卻舀了一大口義大利麵塞入嘴中，感動到雙眼幾乎泛淚。「Oddio（我的天）……味道和我nonna（祖母）以前做的一模一樣。」

「你喜歡眞是太好了！」她喜出望外說：「口感超好，對不對？當然，我相信沒有米莉做的那麼好吃。」

「米莉不會做這道菜。」恩佐說。

舒瑟特長睫毛如翅拍動。「不會嗎？」

桌邊每個人都望向我，好像我是全宇宙最糟糕的妻子，因爲我不會爲丈夫做什麼鬼諾貝爾義大利麵，管它叫什麼名字。不是啊，我每次做義大利菜，他的反應都像我想毒死他一樣。誰知道他會愛這道菜愛到哭？

我拿起叉子，叉起好像是茄子的東西，放入嘴中，然後……

哇，有夠好吃。我是不會哭，但這義大利麵眞是太美味了。

「哦，米莉，」舒瑟特咯咯笑說：「妳用到甜點叉了！」

今晚結束前，要是我還沒拿叉子刺死舒瑟特，唯一的原因只可能是我不確定要用哪一支。

9

「妳生氣了。」恩佐說。

我生氣的原因是舒瑟特明明要我帶甜點，卻仍請廚師做了精緻的巧克力舒芙蕾，但我不知道恩佐是何時發現的。也許是我拿著蘋果派回家時，一路上都沒說半個字。也許是我將動都沒動過的派塞入冰箱時，大力甩上冰箱門。也許是我氣沖沖上樓走進臥室，重重關上門，直到和孩子道晚安時才出來。

「我會吃蘋果派。」他說著上了床，爬到我身旁。「我愛蘋果派。我不在乎有沒有掉到地上。」

「我沒有把派掉到地上。」

「沒有嗎？」

我呻吟一聲。恩佐不懂我在氣什麼，這讓我很難發脾氣。何況他沒穿上衣，讓我更難發脾氣。

「你眞的非得去幫舒瑟特整理後院嗎？」我說。

他向後靠到枕頭上，嘆口氣。「哦。原來是這件事。」

「所以呢？眞的一定要嗎？」

「妳爲什麼那麼在意？」

「因爲。」

「因爲不是回答。」他這句話令我惱火，因爲我也常對孩子這樣說。

「我只是覺得舒瑟特有別的心思。」

「心思？」

我雙手交叉於胸前。「你心裡有數。」

「我不知道。」

「我的天啊。」我用力翻身。「恩佐，那女的一整晚都在跟你調情，臉皮超厚！一秒都沒停過！」

他手摀胸口，假裝無比害怕。「女人和我調情？Ma va'（屁啦）！我怎麼抵抗得了她的誘惑？」

我翻白眼。「好啦，好啦……」

「我們可能要一起逃跑。」

「好——啦。」

他朝我咧嘴一笑。「謝謝妳擔心我。但米莉，妳知道我絕不會愛上別的女人。」

「哦，是嗎？」

「真的。」他說：「我要是出軌就太傻了。」

「是嗎？」

「哦，是啊。」他翻身側躺，用手撐著頭。「妳是我老婆，也是我孩子的母親。我非常愛妳。」

「好啦……」

「何況，」他補了一句：「我怎麼敢背叛妳。我還想好好呼吸。」

我哼一聲。「最好是。」

「而且妳怎麼會擔心舒瑟特？」他回嘴：「舒瑟特……**她**才該擔心妳吧。」

「哈哈，眞好笑。」

「我不是在開玩笑。」他說，但他嘴唇在抽動。「我很怕妳，米莉．阿卡迪。」

我朝他做鬼臉。「對啊。說得像**你**是個好好先生一樣。」

實話實說，我們兩人都做過非常可怕的事，甚至不可告人的事，但我總安慰自己，那全是爲了正義。不過要是列表計算的話，我的戰績遠勝過丈夫。畢竟他做的事從沒讓他失去過自由。

但當然，那只是就我所知。我覺得恩佐在國外曾有過另一段人生，那些事我一無所知。我有一次鼓起勇氣問他有沒有殺過人，他放聲大笑，好像我在開玩笑，但他沒有否認。而且後來他馬上換了話題。

我只問過一次。因爲那次之後，我不確定自己想不想知道。

恩佐手指緩緩滑過我的下巴。「米莉……」他輕聲說。

我回頭一望，月光透過窗戶灑入臥室。「你什麼時候要裝百葉窗？」

「明天。我**保證**。」

我閉上雙眼，試著享受丈夫的撫摸，他雙唇印上我頸子。但我閉上眼時注意到了別的事。屋內某處傳來一個聲音。

我雙眼瞬間大睜。「你有聽到嗎？」我問他。

他頭從我脖子抬起。「聽到什麼？」

「有個聲音。聽起來像……什麼在刮牆。」

那聲音令人心煩，像指甲刮黑板一樣。一次又一次。

而且是從屋內傳來的。

他朝我咧嘴一笑。「也許有個鐵勾手男想爬到屋頂上找自己的手？」

我一巴掌拍在他頭上。「我說眞的！那**是**什麼聲音？」

我們兩人默默躺一會，豎耳去聽。當然，那聲音不見了。

「我沒聽到。」恩佐說。

「對啊，聲音停了。」

「哦。」

「但那**是**什麼聲音？」

「可能是房子在安頓。」

「房子在**安頓**？」我皺眉看他。「我根本沒聽過這說法。你隨口瞎掰的吧？」

「不是，是眞的。妳是房屋專家嗎？房子經常發出聲音。那只是房子的聲音。沒什麼大不了。」

我沒被說服，但聲音停止了，我也無法反駁。

他抬起眉毛。「所以……我可以繼續嗎？」

屋內有刮牆聲，再加上窗戶一覽無遺，我其實沒什麼興致。但恩佐又親吻著我的脖子，不得不說，這讓我非常難拒絕。

10

週四早晨是我放假的時間。

孩子會自己走到校車站牌，這一切從昨天開始。我相信珍妮絲看到兩個孩子自己等車，一定大受震撼，但我不擔心。我人在房子正面的窗戶看著他們（窗戶現在有百葉窗了，謝謝你，恩佐），看著校車來接他們，並駛向學校。

他們沒事。做母親的就是會處處擔心，但我絕不會變成把孩子拴在牽繩上的母親。當媽的就算再怎麼放不下心，有一天也是要學著放手。

他們出門之後，房子十分安靜。安妲一般都在房間獨處，但尼可總是像一陣旋風轉來轉去。他一不在家，房子便是一片死寂。以前在小公寓時，他們不在就十分安靜，現在我們住到大房子，又更加安靜了（是很**舒適**沒錯）。房子靜到會出現回音。**回**音耶。

我不知道自己要幹麼。也許我會替自己做早餐，然後找本書來讀。

我走到廚房，拿出一盒蛋。年紀大了，我想吃得更健康一點。聽說蛋要吃得健康，不能用油或奶油煎（簡直太過分了，煎蛋才好吃啊）。但我還是乖乖煮水，準備來顆無油雞蛋。就在這時門鈴響起。

我匆忙走向前門，沒看是誰，直接打開門，畢竟我現在是住在這個社區。以前我們住在布朗克斯，一定會先確認門外是誰才開門。如果是不認識的人，我會請他出示證件，舉到貓眼給我看。但這個社區相當安全。我不需再擔心了。

但我開門時大吃一驚，是舒瑟特的清潔婦瑪莎站在那，她身穿印花洋裝，圍著潔白圍裙，一手拿著橡膠手套，另一手拿著多功能拖把。

「妳好。」我說，因爲我不確定要說什麼。

瑪莎一樣用尖銳的目光瞪著我，寬大的臉上戴著口罩。「今天週四。我來打掃。」

什麼？我記得她有提到週四有空，但我不記得自己有答應。尤其我印象很深，我當時想找個委婉方式說我們沒興趣，但後來舒瑟特羞辱我的蘋果派，我就忘了說。但她也沒事先確認，自己想來就來嗎？

還是舒瑟特叫她來的？

「嗯，」我說：「謝謝妳跑這一趟，可是我那天晚上正要說，我們其實不用……」

瑪莎一動也不動。她沒聽懂。

「聽著，」我說：「我們不……我是說，我可以自己打掃房子。妳不需要——」

「妳丈夫叫我來的。」瑪莎打斷我。

什麼？「他……他說的？」

她微乎其微點頭。「他打給我。」

「嗯，」我又說：「等我一下。」

恩佐今天不需早起，所以他早上在補眠。我跑上樓梯，他仍躺在床上，我把他搖醒。

他眼睫毛動了動，但他沒睜開眼。我又搖更大力，他終於睡眼惺忪望向我。

「米莉？」他咕噥。

「恩佐，」我說：「你有打電話給舒瑟特推薦的清潔婦嗎？」

他緩緩從床上坐起，揉揉雙眼。以前有時候，他能馬上清醒，翻身跳下床瞬間精神抖擻。但那個樣子的他，我甚至早在孩子出生前都很久沒看到過了。現在他光是要把話說清楚，大概都要等個五分鐘。

「有。」他終於說：「我有打給她。」

「你爲什麼要打給她？我們負擔不起清潔婦！」

他打呵欠。「沒關係。沒那麼貴。」

「恩佐……」

他又花幾秒鐘才完全醒來。他雙腿從床上盪下。「米莉，妳一直爲大家打掃。從我認識妳到現在都一樣。所以這次，讓別人替妳打掃。」

我雙手擰在一起。「可是——」

「沒有可是。」他說：「她一個月只會來兩次。不會花太多錢。還有，尼可現在會倒垃圾了，安妲會洗碗。我和他們說好了。」

我又想抗議，但能不做家事其實**挺不賴的**。他說得對，我一直在打掃。我原本在爲別人打掃房子，後來爲孩子打掃。恩佐確實也有幫忙，但要打理一家四口的屋子，其實不容易。

「不會花太多錢。」他又強調一次。「妳值得。」

可能吧。也許我眞的值得。總之他心意已決，我不會和他爭。

只是爲何非得是**瑪莎**？

我回到客廳，瑪莎十分有效率，她馬上找到我們的清潔用具，已著手打掃。好，她一直盯著我確實很怪，但許多人都不擅長社交，她感覺相當稱職。我工作的大多數家庭都有無數指示，希望一切照他們習慣，但我發過誓，如果我有天能請人幫忙，我不會那麼討人厭。

「恩佐說沒問題。」我告訴她。

她簡短向我點個頭。瑪莎惜字如金。她讓我想到英國皇宮守衛，不能說話和微笑。

我試著在廚房煮蛋，但我很難專心，因爲瑪莎就在旁邊，俐落刷洗檯面，每過幾秒便瞅我一眼。現在這個廚房比城裡舊公寓的大上不少，但和她一起待在這感覺很不自在，有夠尷尬，好像我是那種雇得起幫傭的時尚貴婦。其實說來好笑……就算這棟房子價格打了九折，我們都差點買不起。而且這棟房子搞不好以前是給動物住的呢（這句話根本胡說。我的意思是，「搞不好」這三字應該要拿掉）。

我笨拙地站到一旁，讓瑪莎清理。「不好意思。」我喃喃說。

以前我當清潔婦，大多數人會在我打掃時離開家，這樣很好。有些雇主特別愛指導我做事，就算沒有，他們在家，也會讓我覺得有人默默評價妳。也有些人會一直盯著我，確認我沒偷東西。即使上述情況都沒發生，有人在其實也很**擋路**。

最後我索性不煮蛋了。我拿了根香蕉，這是我唯一想得到不用料理的早餐。我拿著發黑的香蕉到客廳，拿起手機，一屁股坐到沙發上。

也許我應該換成週三早上放假。

我整理電子郵件，處理能處理的。孩子到新學校不到一週，我已經收到數十封學校的來信。校長感覺每天都硬要寄信給家長。這是和布朗克斯公立小學最大的不同。這裡我們不用付學費，但家長期待很高。所以天天都會收到電子郵件。

我最後把學校寄來的每一封電子郵件都刪了。是說，不過就是書展和什麼樂高午餐活動，學校要寄多少封信來才夠？

吃香蕉好空虛，但確實塡了點肚子。既然瑪莎在打掃，我想乾脆出門辦點事。當我從沙發起身，轉過身時，差點嚇破膽。

瑪莎直挺挺站在廚房門口。

她動也不動，簡直像個機器人，還是應該說是「生化人」？無論如何，我眞的被嚇一大跳。我以爲她在廚房裡忙，但看來她一直站在那盯著我，天曉得看了多久。我發現她時，她也沒別開頭，簡直是理直氣壯盯著我瞧。

「什麼事？」我說。

「我不想打擾妳。」她說。

「嗯，沒關係。妳需要什麼？」

她猶豫幾秒，彷彿在斟酌用詞。最後她脫口而出：「你們家烤箱清潔劑在哪？」

她用力瞪我就爲了**這個**？就只是找不到烤箱清潔劑？眞的只是這樣？

「在烤箱旁邊的櫃子裡。」還會在哪？

瑪莎聽了點點頭，回到廚房。但我仍有點不自在。就算恩佐希望請清潔婦，也不代表非得請瑪莎。我不想要一個會時時盯著我看的清潔婦。但換個角度，她已經上工了。如果我們要找別人，就必須解雇她。我這輩子從沒解雇過別人，也不希望這麼做。

或許一切都會沒事。畢竟她現在知道烤箱清潔劑在哪了，恩佐也說，她的費用非常合理。舒瑟特的家一塵不染，想來她非常稱職。

如恩佐所說，我値得。

11

尼可今天和住在羅可斯街十三號的史賓塞約好要一起出去玩。

他們差點約不成。我們在這裡住了兩週，這回才首度獲准。我還得提供尼可的疫苗紀錄給珍妮絲檢查，我沒在開玩笑。我好驚訝她沒要求血液和尿液樣本。

但這很値得，因爲尼可一到週末總是閒不下來，這邊又不像在舊家他有許多朋友可找。他們約週日下午三點在史賓塞家，但從一點鐘開始，尼可大約每隔十五分鐘就會問一次時間到了沒。後來只要再聽到他叫一聲「媽」，我都想尖叫。

「媽，」他兩點四十五分說：「我可以帶小奇異果去史賓塞家嗎？」

恩佐和尼可不想等螳螂蛋孵化，讓所有螳螂吃來吃去，於是他們直接買了隻小螳螂，上週一已送達。尼可不知哪來的點子，幫牠取名爲小奇異果，致敬他最喜歡的水果。

「你想再去他家的話勸你別帶。」我回答。

尼可考慮一會。「我可以帶棒球和球棒嗎？」

上週五少棒選拔，尼可順利通過，這樣一來，他不但能交到新朋友，也能發洩過剩的精力。反正他現在變得比以前更沉迷棒球，恩佐每天晚上都和他打球。看他們倆玩球好可愛，因爲恩佐每一球都像在播報眞正的棒球比賽。**打擊手站到本壘板了，他揮棒打擊……**

飛出去了！他跑向一壘、二壘……

「好。」我允許了，但有點擔心尼可會打破窗戶，把珍妮絲氣到中風。他很會打球，但不太會控制力道。

終於（終於！）三點了，我們從家裡出發。安妲躺在沙發上看書，她一頭烏亮黑髮鋪展在身後。我再次讚嘆我女兒真是美麗。我覺得她自己一點都不覺得。不過等她發覺自己美貌那天，沒人躲得過她的魅力，只能祈求老天保佑。

「安妲，」我說：「妳想跟我們一起去嗎？」

安妲望向我，好像我發瘋了。「不用，謝謝妳。」

「妳有想約出去玩的朋友嗎？」我問她。「我可以載妳。」

她搖搖頭。我希望她在學校有交到朋友。她不像尼可外向，但她在學校總有一小群好朋友。只是五年級要交新朋友一定很辛苦，但安妲個性不會抱怨。也許我可以找一天晚上，母女倆一起出去玩，趁機刺探。

我想邀恩佐一起，但後來我發現整個下午都沒見到他人。他一定在工作。他有很多城裡的客戶，但他想把所有工作移轉到長島，所以一直在努力招攬生意。而且他非常擔心貸款付不出來。我很感激他的努力，但我也希望他能多在家。

看來就只有我和尼可了。於是我抓起皮包，帶著尼可越過無尾巷走向羅可斯街十三號，那棟曾是僕人宿舍的房子。我們經過舒瑟特房子時，我不禁注意到後院傳來許多聲響。他們在後院幹麼？

珍妮絲替我們開門，一見是我們，表情馬上垮下，彷彿她雖然邀請了，但暗自希望我們不會出現。

「哦，」她說：「好吧，請進。」

「謝謝。」我說。

我們踏過地墊，進到她家，她指著我們雙腳。「脫鞋。」

我脫下包頭涼鞋，尼可把球鞋隨便踢到一旁，衝下走廊。我看了嚇死，趕緊去把球鞋撿起，輕手輕腳放到鞋架上。我們今天都沒出門，眞不懂他球鞋怎麼會滿是泥巴。我望向他襪子，也是一樣髒兮兮的。到底爲什麼？

「你襪子爲什麼那麼髒？」我問他。

「我剛才在後院玩啊，媽。」

「穿著**襪子**？」

尼可聳聳肩。

最後他脫下了襪子，那雙腳也髒兮兮的，但我想至少比鞋襪來得乾淨。今晚我要把這小鬼抓去浸漂白水。

雖然史賓塞和尼可兩天前才在學校碰面，但他們像久別重逢一樣，十分開心見到彼此。他們衝向後院，珍妮絲對史賓塞大喊：「小心！」

珍妮絲雙手緊擰，望向後院。我不知道自己是否該留下，也不知道她希不希望我留下。她看來很需要喝杯酒放鬆一下。等她終於轉向我，我以爲她會問我要不要喝檸檬水、吃點乳酪或餅乾，結果她卻說：「妳多久替尼可檢查一次頭蝨？」

我嘴巴張大，眞想發脾氣，但尼可其實染上頭蝨三次了。安妲也是，而且她更難處理，畢竟你不可能把八歲女孩剃成光頭。這種創傷是多年後會在心理諮商提起的事。兒子的頭我當然剃了。尼可起初不怎麼開心，但後來恩佐也說要剃光頭，一切就變好玩了。

「他沒有頭蝨。」我說。

她眯眼盯著我。「可是妳怎麼**知道**？」

我不知道該怎麼回答。「他沒有癢，所以……」

「妳家有好的頭蝨梳嗎？」

「嗯，有……」

「哪個牌子？」

我怕自己會崩潰。我的意思是，我跟大家一樣討厭頭蝨，甚至有過之而無不及。但我不想聊這種話題。

「聽著，」我說：「我差不多要走了……」

「哦。」珍妮絲表情一垮。「我以爲妳會待一會。我搾了新鮮果汁。」

她一臉失落，是眞心很失望。聽到我是職業婦女，她的反應雖然失禮，但想到她如果整天都待在家，一定是非常寂寞。我是一向不太擅長交朋友。所以說不定珍妮絲和我只是一開始頻率沒對好，她搞不好能成爲我在長島這一帶的第一個朋友。我是說，長島上的。

「我想我可以喝杯果汁。」我說。

珍妮絲聽到開心了一點，我隨她走進廚房。不意外，她的廚房一塵不染。地板看起來比我的流理台還乾淨。廚房裡也和我家一樣有張餐桌，上面還擺放好餐具和杯墊。珍妮絲打開冰箱拿出巨大的玻璃壺，裡面裝著有顆粒的濃稠綠色液體。她倒了滿滿兩杯，把其中一杯從流理台推給我。

「別忘了用杯墊。」我將玻璃杯拿到餐桌時她叮嚀。

珍妮絲坐到我對面，我看了看玻璃杯中的液體。總之應該是液體，至少算是液態。

「所以這是什麼？」

「是果汁啊。」她說，好像我問了蠢問題。

這杯綠色果汁顏色鮮豔又層次豐富，我好想問她裡面究竟放了哪些東西。我想不到自己喜歡什麼綠色的水果。哦，美國蜜甜瓜，但我不知道變飲料我會不會喜歡。

但她直盯著我瞧，我發覺自己必須喝一口「果汁」。好啦，也許只是賣相不好。一定是這樣。我握住玻璃杯，拿到嘴邊，倒入口中。我喝下一大口……

我的老天。

不只沒賣相，入口更是難喝。這一定是我此生喝過最噁心的東西。我硬是逼自己克制住，才沒把那口吐回杯裡。味道簡直像她拔了後院的草，連同泥巴打成汁。

「好喝吧，對不對？」珍妮絲暢快喝了一口。「而且不光這樣，這也非常營養。」

我只能點頭，因爲我還在努力吞嚥。

「所以，」她說：「你們喜歡新房子嗎？」

「我非常喜歡。」我老實回答：「還需要整修一下，但我們住得非常開心。」

「買新房多半都這樣。」她說：「我相信你們價格買得很漂亮。」

我舔了舔嘴唇，但馬上後悔，因爲嘴唇也沾滿果汁。「怎麼說？」

「因爲沒人想買。」

珍妮絲這句話讓我忘了嘴中的苦味。「什麼意思？」

她聳聳肩。「只有另一人下標，他後來棄標了。」

這和仲介跟我們說的不一樣。當時仲介是暗示有其他人下標，但他們價格開得更低。她說謊了嗎？這棟房子舒適美麗，學區優良，有興趣的眞的只有我們？

怎麼可能？

「爲什麼沒人下標？」我問珍妮絲，努力掩飾內心好奇。

「我完全不知道，」她回答：「外觀看來是棟好房子。蓋得很堅固。屋頂沒漏水。」

這倒讓人鬆了口氣。

「一定是**屋子裡**有問題。」她又說。

屋子裡有問題？應該有數十對夫妻參觀過，難道屋子裡有什麼東西嚇跑了他們？

我不禁想到晚上讓我睡不著覺的可怕刮牆聲。我們接到電話，說是買到了房子時，我眞的好開心。但自從搬來之後，我天天都在擔心自己犯下大錯……

「所以，」珍妮絲乾脆地轉換話題：「那天與舒瑟特和強納森的晚餐怎麼樣？」

我頭瞬間抬起，內心燒起一把無名火。OK，我終於懂她爲何希望我留下。她想套我話，讓我對鄰居說三道四。這才是我坐在這的原因，不是爲了嚐她的特調果汁。

「很不錯。」我說。我才不想亂罵舒瑟特，讓話傳回去。

「不錯？怎麼可能。」

「他們感覺人很好。」

她噘起嘴。「他們人才不好。相信我。我住在他們家隔壁五年了。」

我咬著舌頭才把話吞回肚裡，因爲舒瑟特也這樣形容她。看來這兩家人有不少恩怨。話說回來，舒瑟特人其實不算特別好相處。我吃晚餐時有努力想要多認識她，結果到最後卻更討厭她。「至少強納森感覺人不錯。」

「她對他很壞。」珍妮絲說。

舒瑟特確實不是世界上最體貼的妻子，但我不敢把話說死。「眞的嗎？」

「他每次想碰她，她都躲著他。」她說：「她一有機會便數落他。他們的性生活我可以想像。」

我盡量不去想像。

珍妮絲目光投向廚房窗戶，從這裡能看到羅可斯街十二號前門。無論誰出誰入，她都能從廚房看得一清二楚。「舒瑟特．洛威是我見過最糟糕的人。」

哇。我也不喜歡舒瑟特，但這話說得眞狠。

「她感覺……」我作勢搖了搖綠色的飲料，但根本不想再喝了。「至少她算友善。」

「妳知道妳丈夫現在在她房裡嗎?」

我**不**知道。珍妮絲從我表情看出端倪，這讓她無比滿足。

「大概一小時前，她打開大門迎接他。」她跟我說。也難怪她會知道，畢竟她能清楚看見舒瑟特家正門。「他現在還在那裡。」

「沒關係。」我擠出笑容，雖然心裡不開心，但我不想讓珍妮絲稱心如意。「他有跟我說最近會去整理她的後院，所以我想他是安排今天去吧。」

「安排在週日?聽起來不是適合工作的日子。」

「恩佐隨時都在工作。他非常忙碌。」

珍妮絲拿起杯子喝一口，並舔掉上唇殘留的果汁。「好吧，反正妳相信他就好。」

「我相信他。」

她朝我勾起嘴角。「那妳就不用擔心了。」

珍妮絲想挑撥離間，但我不想理她。我確實相信恩佐。我是說，對，不論是什麼原因，他要去替迷人的鄰居整理後院，確實是沒跟我先說一聲，但我不會掛心。關於我丈夫，有的事我也許不知情，但我很確定他是個好人。他這一生已反覆向我證明過這點。何況就算他不是好人，我也不認爲他會出軌。

因爲他才不敢。

我很怕妳，米莉．阿卡迪。

他最好把這話放在心上。

12

「你今天去舒瑟特家嗎？」

我趁他刷牙，裝作隨口問問。我不想像個嫉妒心重的妻子，所以這問題感覺很適合趁他刷牙刷到一半問。沒有更隨意的時候了，對吧？

他停下動作，看我一眼。停了一秒後，他才繼續刷牙。「對。我去幫她整理後院，教她一些小訣竅。我答應過的。」

「你沒跟我說你要去。」

「重要嗎？妳需要隨時知道我去哪嗎？」

他將泡沫吐進洗手槽。我回想他看我吐泡沫到洗手槽幾次？數不清了吧。然後我回想他看舒瑟特吐泡沫到洗手槽幾次？從來沒有。

「你週末去哪，」我說：「我希望你能事先告訴我。週末不是應該全家人一起過嗎？你不是一直都這麼說？」

他露出無奈的表情。「米莉，這是工作。我們非常需要錢。妳到底要怎樣？」

「她有付錢嗎？」

他沒回答，所以答案是沒有。

「所以你選在週日去她家，她也沒付錢給你。這怎麼算工作？」

恩佐用水漱口，再次吐到洗手槽，這次吐得更大力。他抬起頭時，一臉不悅。「米莉，她已經幫我介紹兩份工作。她在幫忙。她在幫**我們**。」他手臂朝兩旁一揮。「不然妳覺得我們要怎麼付房子貸款？」

這點合情合理。拓展事業全靠口耳相傳。舒瑟特能幫忙宣傳。

他肩膀垂下。「聽著，我很抱歉我沒告訴妳我去哪裡。但妳要帶尼可去找朋友玩。安妲只想待在家看書。所以我想說沒人需要我，剛好可以去一趟。」

這話他說得也沒錯。恩佐說的每一句話都百分之百正確。恩佐工作再忙，總會空出時間給家人。安妲小時候，他會陪她用玩偶玩扮家家酒。連我都受不了那些無聊的泰迪熊茶會，他卻陪她玩了無數次。他總會用各種好笑的聲音幫泰迪熊配音，不過每隻泰迪熊都會有義大利口音。

「對不起，」我說：「我知道你只是想多找工作。我不是故意要找麻煩。」

他朝我微笑。「妳吃醋有點可愛。妳從沒吃醋過。」

這倒是真的，所以特別好笑。一堆女人對他有好感，但我一直都信任他。我不知道爲何舒瑟特讓我警鈴大響。更何況她是有夫之婦，她又不會想要恩佐和她私奔。

「對不起。」他說：「妳可以原諒我嗎？」

我沒馬上回答，於是他走來吻我。他嘴中散發著薄荷的清新氣息。可想而知，我最後一絲怒氣煙消雲散。我沒辦法氣他太久。

「媽！爸！」門外傳來喊叫。「小奇異果在蛻皮！你們快來看！快點！」

聽到家裡有隻螳螂在蛻皮，浪漫氣氛瞬間蕩然無存。恩佐和我交換眼神。

「等一下，尼可！」恩佐大喊：「我在……跟你媽說話。我們在聊……很重要的事。我晚點去看，好嗎？」

但尼可沒那麼好打發。「什麼時候？」他隔著門說。

恩佐嘆口氣，他發現親密時光已經結束。「等我一下。」他朝我眨眼。「妳想看蛻皮嗎？」

「不用了，謝謝。」

「所以……」他望向臥室門，然後回望我。「我們和好了嗎？」

我只猶豫一下。「對。」

「從現在起，」他說：「我去舒瑟特家都會告訴妳。我向妳保證。」

「不用啦，」我馬上說：「我相信你。」

我發自內心。我完全相信他。

我不相信的是舒瑟特。

13

我半夜眼睛瞬間睜開。

刮牆聲又出現了。

我已經好幾天沒聽到了。我原本希望房屋已「安頓」好，不會再聽到這可怕的聲音，但現在又來了，跟之前一樣吵。

我轉頭看床頭櫃上的時鐘，凌晨兩點。爲何該死的凌晨兩點屋內會傳出刮牆聲？

我屏住呼吸，豎耳去聽。

我覺得不是動物，不是牆裡有老鼠在跑。我是說，我**希望**不是。聲音聽起來像……像有人困住了，想逃出來。

珍妮絲說的話仍讓我難以忘懷。**一定是屋子裡頭有問題**。這房子有問題。而且是房子**裡面**。每個來參觀的人都被嚇跑了。

我腦中一直想著這件事，簡直快把我逼瘋了。

恩佐熟睡在旁，那聲音不足以吵醒他。說實話，我就算在他旁邊吹低音號，他也不會被吵醒。

如果我叫醒他，他一定會不高興。他已經跟我說隔天很早有工作，要開四十分鐘的車過去。但換個角度，他一直覺得我是在亂說，好像全家只有我聽到一樣。

我最後爬下床。反正刮牆聲不停，我絕對睡不著，倒不如乾脆去找看看。臥室外的走廊一片漆黑。我手停在開關前，猶豫要不要開燈。我不想吵醒大家，但也不想摔下樓。雖然我很愛這棟大房子，可是此刻卻懷念起布朗克斯的小公寓，我只要站在中間轉一圈，便能把整個家看遍。而現在的這棟房子有無數的角落和縫隙。有無數能躲人的地方。

雙眼漸漸適應了黑暗，於是我決定不開燈。我小心摸索，走過走廊，來到樓梯口。聲音是從樓下傳來，我很確定。

「有人嗎？」我朝樓下喊。

沒人回答。當然了。

我回頭望向主臥室。好，凌晨兩點，我們家一樓出現像是有人在刮牆的聲音。我真的要自己下去看嗎？雖然恩佐會覺得煩，但叫醒他，讓他陪著比較明智吧？

但我之前和他提過刮牆聲了，他再三強調自己沒聽到，說我在無理取鬧。他一定又會說是房子在安頓，然後翻身繼續睡。何況，我只是要去自家一樓看一看，怎麼會需要男人陪。我不會有事的。

總之我只要尖叫，他就會來了。

我抓住樓梯欄杆。一時間，刮牆聲變大，一股寒意竄過我的脊椎。彷彿弄出聲音的人正朝我走來。

不行，算了算了。我要回頭了，我要去把恩佐挖起來。他再聽不到這聲音的話，他就要去看醫生。

但當我轉身回到臥室……

聲音停了。

我站在原地，等聲音再次響起，卻聽不到一絲聲響。整棟房子一片寂靜。

我五味雜陳，不確定該鬆口氣，還是失望。我慶幸那毛骨悚然的聲音停止了，但這麼一停，我也就沒法知道聲音的來源。

我還是下樓了。我緩緩走下樓梯來到一樓。我們家的一樓感覺無比寧靜。我在昏暗之中瞇眼看到家具的輪廓。目光掃過每個角落，尋找聲音可能的來源。

最後我伸出手，打開電燈。

沒人。一樓空無一人。我想這也不意外，可是……

剛才有刮牆聲，從屋子一樓傳來。那**不是**我的想像。我一下樓，聲音就停了。有可能是有人聽到我來，所以安靜下來嗎？

不對，別胡思亂想。像恩佐所說，可能只是房子在安頓。管他那是什麼意思。

14

「媽。」

我攪拌著一鍋番茄醬，一旁的平底鍋煎著茄子。猜猜我在煮什麼？諾瑪義大利麵。我在網路上查了六個食譜，選出評價最好的一個。然後我出門一趟，買來所有材料。我還去了城鎮另一頭的**高級**超市，我爲這料理已盡心盡力。要是沒能讓恩佐至少滴一滴淚，我會非常失望。

「媽、媽、媽、媽、媽、媽。」

我放下攪拌番茄醬的湯匙，轉頭望向尼可，這孩子完全沒有「耐心」。

今天從少棒練習回家時，我叫他去把髒掉的T恤和牛仔褲換掉，結果他拖到現在都還沒換。但我今天打算睜一隻眼閉一隻眼。他在隊上兩週了，教練跟我說，他現在是明星球員，輪他上場打擊時，所有孩子都會爲他加油，這畫面我看了特別開心。

「媽。」尼可亂糟糟的黑髮蓋在眼前。「爸呢？他說今晚要陪我練習的。」

「他可能想說是晚餐之後？」

他噘起下唇。「可是我想**現在**練習。爸說他要教我投曲球！」

我揚起眉毛。「他會？」

「對！超厲害的，你以爲球會往右，但球會往左，然後往上，然後往下，然後又往右！」

我不知道是不是眞有這種抗地心引力的曲球。反正尼可十分崇拜父親，我相信在他想像中，恩佐能讓曲球穿越時空回到過去。安妲也一樣，姊弟倆都覺得恩佐能在水面行走。而我只是個普通的社區媽媽，做著不及格的義大利料理。但沒關係。我這一輩子都幻想著自己能成爲普通人，所以我很高興自己辦到了。對我來說，我的孩子覺得我很無聊的話，那就太好了。

「我相信他很快會回家。」我說：「我們再過半小時吃晚餐。」

尼可鼻子皺成一團。「妳在煮什麼？」

「你爸最愛的：諾瑪義大利麵。」

「我可以吃起司通心粉嗎？」

讓尼可選的話，他每一餐都會吃起司通心粉，包括早餐。安妲也是。「我另外用奶油和起司拌義大利麵給你。」

尼可感覺很滿意。「晚餐前，我可以自己去後院練習嗎？」

我點點頭，很高興他不用我或恩佐陪，能獨自去後院練習。尼可開心衝向後院，可想而知在晚餐前，他會盡全力把自己弄髒。

回到諾瑪義大利麵。

食譜說把茄子煎到棕色，但茄子一直沒變色，感覺只是變得更糊、更不成形。我不知道我哪個步驟做錯，因爲我手藝明明就很好。爲了恩佐，我非得把這道料理做對，但我似乎就是做不對。當然也不是非得要怎樣，可是……

他一向喜歡我煮的食物。他來到餐桌，即使眼前是簡單的雞肉和米飯，他也會彎身來親親我的臉，以這樣的小動作感謝我爲他做的晚餐。但是，我從沒看過他那天在舒瑟特家吃飯的反應。

我到底哪裡做錯了？爲什麼臭茄子沒變色？

啪啦！

我一聽到玻璃破碎聲，馬上從爐前抬起頭。我兒子是打破東西的高手，所以這聲音我非常熟悉。我也非常熟悉他驚慌的表情，他跑回屋內，手緊握著球棒。

「媽，」他說：「我不小心弄壞東西了。」

眞、是、太、意、外、了。

我跟著他來到後院，我原以爲會抬頭看到我們家臥室窗戶破了，結果情況更糟。窗戶是破了，但不是我們家。是隔壁。

他打破舒瑟特家的窗戶。太好了。他垂下頭，「媽媽，對不起。」

「別對我說。」我告訴他。「你要對洛威太太說。」

我可能也要道歉。我有種預感，舒瑟特恐怕不會輕易放過我。

這不妙。非常、非常不妙。我不知道要怎麼賠償。

我帶著尼可走向隔壁房子，他一副要被我押上電椅一樣。我其實也不好受，但他那反應**眞的**很誇張。他打破東西那麼多次，我還以爲他早已習慣道歉了。

但我們走近時，我聽到屋後傳來一男一女的交談聲。而且不是舒瑟特和強納森。我到哪都認得出那口音。我丈夫在舒瑟特的後院。**又一次**。

恩佐晚上在舒瑟特家幹麼？尤其他**特別**答應過我，說沒告訴我就絕不會自己跑來。

我氣炸了，邁開大步踩過舒瑟特家的前院草坪，走到她門口。因爲恩佐是園藝師，所以我通常不會亂踩別人家的草坪，但我現在不管了。我有夠火大。我用大拇指按下門鈴，不等人應門，馬上又按第二次。以防萬一，我又按了第三次。

「我也可以按嗎？」尼可覺得好玩，也想加入。

「按吧。」

我們至少按了七次，舒瑟特來應門時一臉煩躁。但當我看見她穿著小熱褲和無袖背心，下擺還打結突顯出她的小蠻腰，我覺得她活該被催。就連窗戶破了也是她活該。

「米莉。」她神情惱怒，看到尼可，表情更爲厭煩。「我聽得到門鈴聲。按一下就夠了。」

「恩佐在嗎？」

她的不耐煩瞬間一掃而空，嘴巴勾起一抹微笑。「在。他正在後院幫我整理。」

這時恩佐從後頭出現，他穿著骯髒的白T恤和牛仔褲，雙手沾滿厚厚一層泥土。「我可以跟妳借一下廚房水槽嗎？」他開口問，看到我時，他全身一僵。「米莉？」

舒瑟特等著看這場好戲，雖然我不想令她失望，但我不是來抓姦的。我們有更急迫的事情要處理。我手放上尼可肩膀按了按。

「我打破妳家窗戶了。」他說：「眞的、眞的對不起。」

「我的天啊。」舒瑟特一手摀住胸口。「我**就覺得**我有聽到玻璃破的聲音。」

「尼可。」恩佐皺起眉頭。「我有跟你說在後院打棒球要小心，對吧？」

我對他揚起眉毛。「他**以爲**你要陪他打棒球。」

恩佐聽了內疚全寫在臉上。但他本來就知道是自己不對。你答應九歲的兒子要陪他打棒球，當然就該信守承諾，不然一定會出問題。現在果然窗戶就破了。

「哪面窗戶？」舒瑟特問。

「二樓的窗戶，」我說：「房子側面中間的窗戶。」

「哦。」她以美甲敲了敲下巴。「彩繪玻璃窗啊。」

彩繪玻璃？我的天啊，那聽起來超貴。恩佐眼睛睜大，他一定也在想一樣的事。我們絕對無法賠償一面全新的彩繪玻璃窗。

「不如這樣……」我猶豫地開口。「爲了賠妳那面窗戶，我們罰尼可來妳家做家事？」

舒瑟特一點都不喜歡這提議。她全身僵硬。「我覺得這不妥吧？」

我一定要說服她，因爲我們可**付不起**那面窗戶的錢。「這樣他才能學會爲自己的行爲負責。」

我望向恩佐，要他幫腔。他緩緩點點頭。「對，有道理。舒瑟特，讓我兒子幫你們做家事，這會是個好教訓。」

「我有請人做家事了。」舒瑟特雙手交叉在胸前。「瑪莎一週會來兩天！」

「所以尼可一週還有五天可以過來。」我馬上說。

我很確定舒瑟特會拒絕，但恩佐眉頭緊皺，深色眼睛瞇起。「妳有什麼顧慮，不希望我兒子來妳家嗎？」

最後她雙手朝天一揮。「好啦！他可以幫我做點家事。」

自從舒瑟特要恩佐指點園藝以來，我第一次感到如釋重負。舒瑟特沒提到錢的事。我們應該不需負擔彩繪玻璃的費用，尼可也會因此稍微學到爲自己的行爲負責。我另外想到，尼可在的話，舒瑟特對我丈夫的態度可能會收斂些。

我人生的所有問題都迎刃而解。見舒瑟特一臉不爽，更是大快人心。

15

我接到一份工作，要接格林太太回家。

我知道的就這麼多。格林太太之前輕度心臟病發作，但現在沒事了。意思是她身體已經康復。不過她是否眞的完全康復，我內心存疑。因爲她住院期間一直迷迷糊糊，她家人也說她經常跌倒。我在醫院工作後學到一件事，許多獨居長者其實都不該獨自生活。你要是聽了還不緊張的話，我可以告訴你這些老人有多少個還在開車。

我取得社工學歷後在各式各樣的地方服務過。我一開始是兒保社工，但自從生了孩子，我便再也無法消化孩子的痛苦遭遇，何況伸出毒手的往往是孩子信任的大人。我每晚都會想著當天聽到的恐怖案例，抱著安妲泣不成聲。那段時間，我無比煎熬。

發覺我難以負荷的其實是恩佐，他也爲我打聽到醫院社工有空缺。於是我去應徵了這份工作，這是我此生最正確的選擇。我服務的對象主要是年長者，他們和孩子一樣需要我的幫助，但我從此不再哭著回家。

格林太太躺在醫院床上像顆小花生一樣，她身材嬌小，高齡九十一歲，白髮蓬鬆柔軟，薄被整整齊齊蓋到腋下，身穿著家人從家裡拿來的睡衣。

「妳好，格林太太。」我說：「妳記得我嗎？我是米莉，妳的社工。」

她微笑望向我。「妳是倒垃圾的嗎?垃圾桶已經滿了。」

「不是,我是妳的社工。」我靠近她,指著胸口的胸章。我以爲她沒聽清楚,於是我提高聲音。她的病歷上有註記HOH,意思是重聽。「社工。」

她點頭,表示了解。「妳也能把地拖一拖嗎?」

「不是。」我搖搖頭,再次指指胸章。**「我是妳的社工。我是來幫忙載妳回家!」**

她指著醫院矮櫃上一堆衣服。「妳能幫我摺衣服嗎?」

我來格林太太房間,不是來打掃或摺衣服,但換個角度想,她對房間清潔十分在意。也許我摺好衣服,她就會信任我。說實話,那堆衣服亂七八糟,我看了也受不了。我能想像自己九十一歲,躺在醫院床上,看著骯髒的地板和亂堆的衣服,渾身不對勁(但恩佐那時可能還能搬沙發)。

我沒有拖把,於是我動手摺衣服。格林太太感覺去哪都穿著睡衣。我想像自己變成這樣。期待到了那天,我也能一週七天、每天二十四小時都穿睡衣,不需被人批評。

「嘿!」她大喊。「妳在幹麼?」

「我在替妳摺衣服,格林太太!」我盡量大聲說。

「妳在偷我東西!」她大抽口氣,大拇指按下護理緊急呼叫鈴。「小偷!小偷!快叫警察!」

雖然我知道格林太太年紀大,腦袋不清楚,但我心跳仍漏了一拍。她怎能指控我偷她東西?我只是依照吩咐幫她摺衣服!

沒多久，這樓層健壯的護理督導唐娜匆忙來到病房。格林太太這時已扯著嗓子，大叫我是小偷，要人趕快報警。我手鬆開，雙手高舉，讓衣服落在地上，想清楚表示我沒偷她任何東西。

「怎麼了，米莉？」唐娜用濃重的長島口音說（還是要說長島上的口音？）。

「我……」我用力呑口水。「我什麼都沒偷。我只是在幫她整理衣服。我發誓。」

「騙子！」格林太太尖叫。「她在偷我東西！現在就叫警察！」

我站在病房角落，緊擰雙手，唐娜盡力安撫格林太太。她花了好幾分鐘，直到後來她把電視轉到播放著耶誕歌曲的節目（雖然都已經春天了），格林太太才總算平靜下來。反觀我內心一團亂。

我隨唐娜走出病房，雙膝仍然發軟。唐娜泰然自若，絲毫不受影響。她盤高的髮髻連一根頭髮都沒鬆落。反觀我一回到護理站，頭便開始抽痛。

「妳沒事吧，米莉？」唐娜問我。

「我……我什麼都沒偷。」

「妳肯定沒有。」她拿下脖子上的聽診器。「妳知道她有失智症，對吧？病歷表上有寫。」

病歷表上**確實**有寫。剛才這件事，其他人都能一笑置之，但我辦不到，就因為我的背景。

被判處殺人罪入獄十年，會改變你看待事情的方式。

唐娜對此大概一無所知，我也不想坦白我的過去。事情簡單來說是這樣，少女時期，有個男生想強暴我朋友。我衝去阻止，並拿起一個紙鎮，朝他頭砸下去。沒想到他沒停手。於是我打了他一次又一次。最後他停了手……也停了呼吸。

男生的父母非常有錢，即使他是強暴犯，也仍是他們的驕傲和寶貝，所以他們不肯放過我。或許當時請個好律師，我便能脫身，但我只請得起公設辯護人，而且他不算厲害。我最終被判過失致人於死，在女子監獄關了十年。

這種事我不可能四處宣揚。我雖不後悔幫了朋友，但入獄的事沒什麼好拿出來說的。幾個月前我搬到長島，醫院雇用我時，我有依照規定老實告訴他們。我不確定他們聽了還會不會想雇用我，但最後他們接受了。社工人力太缺了。

但我內心無比焦慮。上一家醫院掉了東西，警方只特別偵訊我一人。他們其實還算客氣，沒把我帶回警局，但顯然因爲我的背景，他們盤問我時格外仔細。

唐娜也這樣看我嗎？她眞的覺得我偷了東西嗎？她**知道**我的過去嗎？

「米莉。」她說。

我額頭冒著冷汗。「什麼事？」

「妳臉色**好**蒼白。先坐一下吧。」

唐娜在我腿軟前，及時拿了張椅子給我。她要我把頭放在雙腿間，然後發揮護理師的專業，檢查我的狀態，同時抓來自動血壓計。

「妳有吃午餐嗎？」她問我。

「嗯哼。」我擠出回答。

「妳看起來有點像是反胃。我幫妳量血壓。」

我覺得自己血壓正常，但唐娜堅持將壓脈帶綁上我的手臂。根本不是血壓的問題。我是怕她發現我殺過人，就這樣而已，眞是的。

我坐在原地讓唐娜測量。我左二頭肌的壓脈帶先綳緊、再放鬆，然後又綳緊，後來又循環兩次。唐娜輕聲咒罵，血壓數值終於出來了。

「哇。」她說。

做完醫療檢查，這種反應是你絕對不希望聽到的。「怎麼了？」

「妳的血壓很高。」她說：「**非常**高。」

「眞的嗎？」

「對。妳上次看醫生的時候血壓正常嗎？」

老實說我不常看病。我結紮前常去看婦產科，但既然我不會再懷孕，感覺就沒必要再去了。我上次看病是三年前，這很諷刺，因爲我在醫院工作，身邊都是醫生。

「我覺得很焦慮。」聽到我血壓過高，我更焦慮了。「可能只是這樣。」

「太高了，米莉。妳應該打給妳的醫生。」

太好了。煩心事又多了一件。「很嚴重嗎？」

「還好。」她說。我還沒鬆了口氣，她補了一句：「只要妳不怕心臟病發或中風就還好。」

哪有這麼誇張。她眞的反應過度。我那麼年輕，哪會心臟病或中風。我身體狀態非常好。我不需要處理血壓的問題。我一定是因爲搬家壓力大，況且昨晚又被屋內的刮牆聲吵醒，幸好在我去查看前聲音就停了。

我相信等一切塵埃落定，我的血壓就會回復正常的。

16

晚上吃完晚餐，恩佐幫忙清理桌面。他現在很主動，至少這些年譏諷過他幾次之後，他有所改進。總之現在他很棒。不用我開口，就會主動把所有碗盤和玻璃杯拿進廚房。

「又是一頓美味的晚餐。」他把兩個盤子放進洗碗機。

我低頭看著手中的盤子。那是尼可的盤子，盤中食物幾乎沒動過。我今天不想聽人抱怨，所以保守起見，也煮了奶油起司通心粉。裡面有他最喜歡的三樣東西：通心粉、奶油和大量起司。他通常會狂吃一波。他和恩佐食量都很大，我常慶幸自己沒被他們吃了。

「尼可還好嗎？」我問：「他沒吃他的奶油起司通心粉。」

「也許他中餐吃太飽？」

「也許吧……」

「也許他吃膩了奶油起司通心粉？」

「絕對不可能。」

他朝我咧嘴一笑。「也許他在吃小奇異果的蒼蠅。」

那可怕的螳螂又蛻皮了。我發現牠每次蛻皮，就會變得更大。在我眼中，牠已經長太大了。但尼可愛死那隻蟲了。他昨晚去羅可斯家做完家事回來，還問我能不能把螳螂帶來餐桌。我說絕對不行。

我看著盤子，忍住想把通心粉吃掉的欲望。我不需要更多卡路里，尤其我現在**健康**有狀況。但我仍覺得自己不用看醫生。我上網查過了，自動血壓計充滿負評，大家都說非常不準。

「對了，」我說：「我今天工作，中間一度好緊張，護理師就幫我測了血壓，結果我血壓有點高。她看見反應好大。」

通常我跟他說白天工作的事，恩佐都能理解，並表示支持和安慰。但他這次皺起眉頭。「爲什麼妳血壓會高？」

「我不知道。」我把通心粉刮進垃圾桶，把盤子立著放入洗碗機。「嘿，我們把碗盤洗一洗吧。」

「可是洗碗機還沒滿。」

「對，但瑪莎明天要來，所以我希望在她來之前，把碗盤洗好收好。」

他搔搔下巴。「我不懂。爲什麼清潔婦要來，我們要先把碗盤洗好？剛才吃晚餐前，妳還吸地。」

「我只是希望她看到所有東西都是乾乾淨淨的。」

「可是她就是**來打掃的**！」他搖搖頭。「這難道就是妳血壓變高的原因？」

「不是，」我嘟噥：「也沒那麼高啦。」

「妳剛剛說很高。」

「哪有，我是說**有點**高。」我想擠過去操作洗碗機。「我們現在可以把碗盤洗一洗了嗎？」

恩佐手伸進廚櫃拿洗碗機清潔劑。他把量杯倒滿，然後用力關上洗碗機，按下按鈕，啓動洗碗程序。接著，他轉頭望向我，強壯手臂交叉在胸前。「好了，洗碗的事解決了。我們可以來聊妳的高血壓了。」

「幹麼。」我翻白眼。「聽著，我要是知道你會小題大作，就絕不會跟你說。」

「我爲什麼不會小題大作？」他回嘴：「妳是我妻子，我希望妳健康，長命百歲。」

「好……是很窩心啦。」我承認：「但你太小題大作了。我只是壓力大，所以血壓變高。」

「好。那妳去看醫生，檢查一下。」

「可是——」

「妳從來不看醫生，米莉。」他說。

「你也是。你年紀還比我還大。」

他想反駁，但後來肩膀垂下。「好啦，那我們兩個都去看醫生。好嗎？」

好啦。**好**。我要是不答應，恩佐肯定嘮叨個沒完，所以我會看去醫生，檢查血壓，但我相信自己身體一點問題都沒有。

「還有，」他說：「我們應該爲彼此保人壽保險。」

我不喜歡這個話題的方向。光要找新的醫生，約時間看診，我就很不舒服了。「人壽保險？有必要嗎？我們爲什麼要保險？」

「爲什麼不保？」他看向窗外，望向洛威家的大房子。「我發生什麼事怎麼辦？妳必須一人帶孩子。妳會需要錢。」

我閉上眼睛，不願去想像丈夫過世。那幾乎無法想像。「好，那你自己保人壽保險。」

「妳也要保。」

「所以我死了你拿得到錢？」

他雙唇緊抿。「米莉，妳知道這不是爲了我。是爲了孩子，讓他們不用露宿街頭。妳知道我們連貸款都繳得很辛苦了。」

他說得沒錯。許多有小孩的人都保了人壽保險。好幾年前，我們有討論過，但我們一想到其中一人會死，都好難過，最後都沒保。

我不確定自己現在血壓高不高，但**感覺**很高。

「我知道這是件難過的事。」恩佐握住我的手。「我永遠不想失去妳。但這樣才是負責任。」

「這倒是眞的。」

「還有，」他又說：「舒瑟特介紹了一個非常好的保險業務。我明天可以打電話給他。」

哦，原來是舒瑟特的主意。一切都合理了。

「所以十一年來，你都不覺得我們需要人壽保險。」我說：「然後舒瑟特一提起，我們**明天**就要打給這傢伙？」

「米莉。」他臉微微發紅，但因爲他膚色深，看起來不是很明顯。「我只是希望無論我發生什麼事，我**都能**好好照顧家人。」

「好啊。OK啊！」

老天啊，他幹麼弄得好像**我**很難搞？人壽保險是大事，對吧？我知道這很重要，但我不想一時衝動就買了，尤其我們可支配收入並不多。

反正我又不是**明天**就會死。

17

「妳要死了嗎，媽媽？」

我和安妲道晚安時，她問我這個問題。她躺在她的雙人床上，小狗圖案的被子拉到下巴，小巧的臉龐寫滿擔憂。安妲總是擔心太多。這女孩將全世界的憂愁都扛在肩上。就連小時候，她也一直在煩惱東、煩惱西，尤其是尼可的事。以前尼可哪怕是擤一下鼻子，她都會擔心到哭。

「我沒有要死了！」我撥開她臉前的幾根黑髮。「妳爲什麼會問？」

「我聽到妳和爸爸在聊。」

好極了。住舊公寓時，因爲很清楚牆壁單薄，孩子一定聽得到我們講話。但住進大房子之後，我們莫名以爲一切不一樣了，但顯然他們每個字都聽得一清二楚。

「我沒有要死了。」我向她保證。

「那你們爲什麼要保人壽保險？」

我感覺「以免我們死掉」不是正確答案。但嚴格來說，這就是正確答案。「只是怕發生莫名其妙的意外。但那不會發生。」

「有可能會。」

安妲擔心時跟恩佐一個樣，眉頭會出現皺紋。她的外表和他十分相像，有一樣的眼睛、鼻子、膚色和濃密黑髮，卻有不一樣的個性。無論如何，她個性也不像我。她是那種妳不確定這孩子是怎麼來的，也許是像祖父母。我母親和我關係疏遠，但她長年都像是陷在焦慮中。

她十分聰明，這點也令人匪夷所思。

「安妲。」我爬到她的小床上，抱住她暖暖的身體。再過幾年，她就不會讓我這樣了，所以我要好好珍惜。「我會活非常久，可能會活到妳生小孩，甚至活到妳的小孩都生小孩。至於妳爸……他大概永遠不會死。」

如果世上有誰長生不老，那一定是恩佐，所以這句話不假。

「那你們爲什麼需要人壽保險？」

這段對話可能會聊一整晚。「安妲，」我說：「妳就別擔心了，快睡吧。」

她被子下的身體扭了扭。「爸會來嗎？」

我們的孩子睡覺前，都需要父母**兩人**來道晚安。這個習慣既窩心又累人。和安妲道完晚安，我會去尼可房間。恩佐可能現在在那。我們會交換。

「我等一下叫他來。」我說。

她聽了露出笑容。我實在不想承認，但安妲一出生便很黏爸爸。我記得她還是小寶寶時，有天尖叫大哭了兩小時，但恩佐下班回到家一抱起她，她馬上平靜下來。所以要說有誰能讓她安心，肯定是恩佐。

我進到尼可房間，以爲會看到恩佐和尼可一起餵螳螂蒼蠅之類的恐怖畫面。但恩佐不在。尼可獨自在房裡，燈已關上，但他雙眼仍睜著。

「累了嗎？」我問他。

「有點。」

黑暗中，我眯著眼望向他。他五官也和恩佐很像，但我覺得兩個孩子中，他勉強有一點點像我，但也沒多像就是了。我們以恩佐父親的名字，替他取名爲尼可拉斯。「沒事吧？」

「嗯嗯。」

尼可的螳螂養在床頭，裝在飼養箱內看不清楚，但當我終於找到那隻瘦長的蟲，牠正搓著雙手，一副在盤算什麼的樣子。我知道男生喜歡昆蟲，但怎麼會有人想把這種東西養在房間裡？這孩子到底有什麼毛病？

不。尼可沒什麼毛病。這孩子非常樂天，懂得隨遇而安，而且人見人愛。

我彎身越過飼養箱，親吻兒子的額頭時，身子不禁縮一下。明天我要請他把飼養箱換個位子。也許搬到房間另一邊，或扔到房子外面。

「晚安。」我說。

「媽，晚安。」他昏昏欲睡。

我從床邊退開，望向窗外。今晚接近月圓，月光照亮我們整齊的後院。到了夏天，我敢說我們會有全鎮最美的院子。恩佐會讓一切成眞。

但我注意到我們後院外的動靜。

洛威家的後院。

我以為恩佐在屋裡，像我一樣在跟孩子道晚安，但他不在。不知何故，他在鄰居後院。但他沒有在工作。他站在舒瑟特旁邊，兩人在交談。

我從兒子漆黑的房間看了他們一會。兩人的談話可能沒什麼大不了。畢竟是鄰居，也都一起在整理後院。但我內心一角就是覺得不對勁。說到底，現在是晚上十點鐘。為何我丈夫會和另一個女人待在她後院？

他沒有碰觸她，當然沒有親吻她什麼的。他們感覺只是在聊天，但氣氛仍有些不對勁，讓我內心不安。

我隱約覺得恩佐有事瞞著我。

18

現在是早上六點，有人闖進我們家了。

這次不是刮牆聲。自從上次之後，我又聽到幾次刮牆聲。但我已說服自己，那聲音大概只是樹枝劃過一樓窗戶，但這次聲音截然不同。聲音很大，有腳步聲，門還重重關上。身旁的丈夫仍輕輕打著鼾，但樓下聲音大到足以讓我在床上驚醒。這社區理應很安全才對。這裡不該發生這種事。

樓下回盪的砰砰聲嚇得我坐直身子。有人私闖民宅嗎？如果是的話，我們該怎麼辦？我們沒有槍。以前住在公寓時，恩佐有一把槍，但安妲出生後，他便把槍處理掉了。他怕她找到槍，意外傷了自己。

看來我只能打電話報警，希望他們能盡快趕到。

恩佐仍睡得不省人事，絲毫沒注意到家裡有人闖入。他昨晚好晚才到床上，我沒機會問他和舒瑟特在她家後院幹麼。只不過現在那件事對我來說無關緊要了。

我搖醒丈夫，力道比平時更大力。「恩佐，」我用氣音說：「有人闖進我們家了。我要報警。」

「Che（什麼）？」他揉揉眼睛。他早上口音比較重。「闖進我們家？」

「你沒**聽到**嗎？」

他聽了一會，我都快忍不住尖叫了。「瑪莎啊？不是嗎？」

「瑪莎？爲什麼瑪莎會在早上六點來我們家？她怎麼進來的？」

「我有給她鑰匙。」

我瞪著他，一臉驚恐。「你給她**鑰匙**？爲什麼？」

「爲什麼？這樣她來打掃就不會吵醒妳啊！」他呻吟，頭向後倒到枕頭上。「回去睡覺，米莉！」

我現在聽到樓下傳來吸塵器的聲音。ＯＫ，算了，我想他說得沒錯。多數竊賊不會花時間吸客廳，所以一定是瑪莎。

但就算我知道不是有人闖進來，也睡不著了。我心跳仍舊飛快，只好起床沖澡，索性開始我的一天，尤其等等喊尼可起床得費點時間。

我洗好澡，換好衣服，三十分鐘後下了樓。我想像上次一樣，去廚房拿根香蕉，以免瑪莎覺得我礙手礙腳。她每次都會進行廚房大掃除。但瑪莎不在廚房。

她站在我們客廳角落的書桌前。她不是在整理書桌，而是打開抽屜，翻東找西。我看了好一會，腦中唯一想法是：**她在幹什麼？**我替人打掃時，不曾像那樣翻過任何人抽屜。

「瑪莎？」我終於開口。

她目光抬起。我和瑪莎不熟，若非必要，她很少向我開口，但我一眼就看出她心虛。只是我不得不稱讚，她一瞬間便能鎮定下來。

「我要留字條給妳，所以在找紙筆。」她跟我說：「清潔劑要用完了。」

是嗎？也許是眞的。我想。

但我敢打賭她不是在找紙筆。瑪莎回到廚房。我不敢相信自己抓到她翻找我家抽屜。光憑這點，我就能解雇她。舒瑟特確實拍胸脯推薦她，但舒瑟特本身就不值得我信任了。我對瑪莎有種說不出的討厭，眞希望我們能解雇她。

我不知道該怎麼辦。解雇人要怎麼做？我是說，被解雇我之前有經驗，所以這概念我明白，但我一想到是我要去解雇人，便心跳怦怦加快。血壓絕對突破了天際。

我想先坐到沙發上，思考下一步，但幸好我穿著拖鞋，因爲沙發前面的地上全是碎玻璃。我一秒後才驚覺，放在咖啡桌上的花瓶摔破了。地板上有一束百合花和無數碎玻璃。

OK，我氣炸了。這下又多一個理由能解雇瑪莎。

我努力避開飛濺到每一寸角落的碎玻璃，大步走向廚房。我很驚訝自己剛才只聽到打掃的碰撞聲，卻沒聽到花瓶摔破。到了廚房，瑪莎拿著一瓶就我看來幾乎全滿的清潔劑噴著流理台。

「瑪莎，」我說：「妳怎麼沒警告我地上都是碎玻璃。」

她甚至連頭都懶得抬。「什麼碎玻璃？」

「妳撞倒咖啡桌上的花瓶。」我一口咬定。「結果花瓶摔破了。**到處**都是碎玻璃。」

瑪莎終於放下手中的海綿。她面對我，無神的灰色雙眼看著我。「我沒有打破任何花瓶。我根本還沒開始打掃客廳。」

眞的假的？她先是偷翻我抽屜，現在又明明打破了花瓶，卻假裝不是她。我眞不敢相信舒瑟特推薦這女人。

「瑪莎，」我厲聲斥責：「如果打破東西，妳至少就承認吧。我又不會要妳賠。」**但我一定會解雇妳**。

她朝我眨眨眼。「我不會打破東西。」她語氣僵硬回答：「但我打破的話，我會承認。」

「那是誰打破的？」我馬上回嘴：「花瓶自己長腳走到桌邊，把自己摔破嗎？」我眞是難以置信。我打掃別人房子時，也有弄破過玻璃杯和花瓶。但我一向坦誠面對。家裡又沒有別人，說謊有什麼意義？但瑪莎硬是不肯承認。

「兩位，發生什麼事了？爲什麼大吼大叫？」

恩佐站在廚房門口。可見我剛才聲音很大。但我不覺得自己有大叫，只是能感覺得到太陽穴血管在抽動，而我提高音量時就會這樣。

瑪莎雙手插在結實的腰上，腰上圍裙潔白乾淨。「阿卡迪先生，能請你告訴你太太，我沒打破客廳的花瓶嗎？」

哇。現在她要叫我丈夫對付我？事情眞是愈來愈順利了呢。「我早上下樓發現花瓶破了。還有誰？」

恩佐哼一聲。「聽起來像尼可的傑作。」

尼可確實打破過許多東西。但他都會馬上來告訴我。他不會打破客廳花瓶，留著一地碎玻璃就不管了。我很了解他，他絕不會這麼做。

「不是尼可。」我堅持說：「何況他還沒起床。」

恩佐看了看手錶。「好吧，我想他也該起床了。」

我來不及攔他，他便走到樓梯口，喊著尼可的名字。他喊了有一分鐘，尼可才睡眼惺忪，頂著一頭亂髮，慢吞吞走下樓來。

「什麼事？」尼可嘟噥，手仍揉著眼睛。「幹麼叫我？」

「尼可，」恩佐嚴厲地說：「你是不是打破客廳的花瓶？」

一片沉默中，我們三人全盯著尼可。

「哦，」他說：「對。」

我睜大眼睛看他，無比驚訝。「眞的是你？怎麼都不說？我差點割傷腳。」

他聳聳肩。「妳在睡覺。我半夜餓了，所以下樓找東西吃，然後我撞到桌子，花瓶就摔破了。」

好極了。我就知道他晚餐沒吃，半夜一定會餓。只是我心裡惶惶不安，竟然花瓶打破的聲音都沒吵醒我。我睡覺時會不會還發生了別的事？

「你至少清理一下吧。」我跟他說。

「妳叫我不要碰碎玻璃。」

這倒是眞的。話雖如此，我還是希望尼可更有責任感一點，尤其他現在還要去洛威家幫忙做家事。

「瑪莎，誤會妳打破花瓶，眞的很抱歉。看來是我們搞錯了。」恩佐說。他展現了氣度，率先道歉，明明指控她打破花瓶的是**我**。但我必須解釋一下，我眞的以爲是她打破的。不過我懂被誤會的感受，誤會了瑪莎，我感到好內疚。我曾經被人誤會過好幾次，卻從沒有人向我道歉。有個雇用我的女人曾指控我偷了她放在浴室的戒指，後來她自己在馬桶後面找到了，卻連一句不好意思都沒說。我不想成爲**那種**女人。

「眞的對不起。」我對她說：「我只是……我太早下結論，結果完全誤會了。我希望妳能接受我道歉。」

瑪莎一聲不吭。

「當然，我們會自己清理碎玻璃，」恩佐又說。

她目光射向我的臉。「我不喜歡被人當成**罪犯**看待。」

我倒吸一口氣。她說「罪犯」時，爲何盯著我看？她那個眼神**絕不是**我在幻想。

瑪莎知道我的過去嗎？她知道我進過監獄嗎？天啊，她告訴舒瑟特了嗎？這太可怕了。舒瑟特要是知道，一定會大肆宣傳。

但她不可能知道。我的姓氏都不一樣了，她又沒有我的社會安全碼，不可能對我進行身家調查。我只是在自己嚇自己。

「對不起，我們讓妳覺得像罪犯一樣。」恩佐渾然不覺她話中有話。「能請妳原諒我們嗎？」

她終於點頭。接著她不發一語，原地轉身，大步走回廚房，又開始打掃。

「來吧，趁孩子下樓前快把這裡清一清。到處都是碎玻璃。」恩佐對我說。

我肚裡不禁一把火，都已經請了清潔婦，我竟然還要一大早清理碎玻璃。我這幾年也不是沒清過碎玻璃，但諷刺的是，如果我沒指控瑪莎，她可能會幫我清。

好啦，她是沒打破花瓶。但她提到「罪犯」時的神情很故意。她也**絕對**有偷翻我抽屜。那是我親眼所見，何況我是完全不相信她找筆的那番說詞。

瑪莎爲何要翻我的抽屜？她在找什麼？這女的在調查我的過去嗎？

舒瑟特介紹的這個女人，我一直無法全心信任她。

19

要找個新的家庭醫生，預約看診，其實沒想像中容易。

我打去這一帶六間診所，沒人願意接受新病人。老實說，我幾乎要放棄了，但恩佐每天睡前都一直追問我約診沒。我打的第七通電話總算讓我和蘇德曼醫師約好了時間，但要等三週。

總之，我現在人在診所，身穿後背敞開的健檢服，坐在診療床上，等待蘇德曼醫師進門。我已經量過血壓，護理師看到數字發出驚呼，讓我對這一切感覺更加不安。於是我緊張不已坐在那，感受風口吹出的涼風襲擊我露出的後背。

等了體感一小時，蘇德曼醫師敲一下門便進到診療室。我上網預約時看過亞曼達・蘇德曼醫師的照片，但我沒料到她本人這麼年輕。要說她是大學生我也信。至少她看起來比安妲成熟，雖然感覺沒大多少。

不過她全身散發著自信。正常來說，她讀完醫學院、當過住院醫師，應該至少⋯⋯三十歲？難道她是人們所謂的天才兒童？不過她面容友善，這點很令人安心。我無法想像這女人向我宣布任何噩耗。

「阿卡迪太太？」她說。

我點點頭。

「我是蘇德曼醫師。」她說：「很高興見到妳。」

我又點點頭。也許我能看診全程不開口。

「我聽說妳對自己的血壓有點疑慮。」她繼續說。

「我在工作的醫院量了血壓，」我說：「他們跟我說有點高。」

「是**非常**高。」她坐到診療室電腦前的凳子上，調出我的資料。「我想做一些檢查和測試，看是不是有潛在的病因，但無論如何，我希望妳今天開始服用降血壓藥。」

「我最近壓力很大。」我希望她聽了會改變主意。「我最近剛搬家，又有兩個小孩，工作有時壓力也很大。如果我壓力沒那麼大，血壓一定沒問題。」

「壓力確實會造成高血壓。」她承認：「控制壓力的確是好主意。我許多病人都說冥想有幫助。」

我試過一次冥想，發現我辦不到。人怎麼可能光坐在那，整整五分鐘不思考？那感覺像停止**呼吸**五分鐘。但我沒說出口。

「但無論如何，」她說：「妳都必須服降血壓藥。妳的血壓真的**太**高了。」

好極了。

蘇德曼醫師著手進行檢查，我全程內心都忿忿不平。我又沒**那麼**老，不該吃降血壓藥的。那是我十幾歲時看我爸在吃的東西，他那時候很**老**。我現在……反正至少比他年輕五歲。我覺得。

我走出診所，答應回家前會去藥局拿藥，她也預約了抽血檢查、乳房攝影和腎臟超音波檢查。搞這麼多檢查，就因爲我血壓有點高。好啦，是非常高。但我如果不照醫師吩咐做，恩佐會生氣（他剛好前幾天也去看了醫生，他身體一點毛病都沒有。他是身體健康的完美範本）。

我回到家，發現強納森．洛威坐在羅可斯街十二號的前門廊。他們家門廊上有個秋千，他坐在上面，緩緩晃動，低頭看著手機。他看到我走下車，便舉起手打招呼。

「米莉！」他大喊：「妳有空嗎？」

其實沒有。我沒心情和鄰居說話，但我也不想失禮，尤其強納森一直相當友善。不過我還是希望他能長話短說。剛剛在回家途中我去了藥局，他們花了快一小時才準備好我的藥，現在我是壓力滿點。

強納森從門廊跳下，跑過兩家的草坪。恩佐看他踩過草坪一定會討厭他，但我不會苛責。

「妳好嗎，米莉？」他問我。

「哦，很好。」我說謊。

他朝我露出抱歉的笑容。「聽著，過去幾週，我們很喜歡尼可過來幫忙，可是……」

哦，不，怎麼了？

「昨天他替我們收盤子，」強納森說：「摔破了一個盤子。不是什麼大事，但他放著不管，沒有告訴任何人。」

「哦，我的天啊。」我搗起嘴，既驚訝，同時又不意外。「眞的對不起。」

「總之。」強納森一手梳過他稀疏的棕髮。「要他做家事賠償窗戶的損失，我覺得現在也差不多夠了。我想他應該不用再來了。」

「好。對不起。如果要賠償……」

我向天祈禱他不會叫我賠。多虧舒瑟特幫忙，恩佐工作變多了，但是即便如此，我們手頭依然很緊。

「沒關係。」強納森說：「眞的。」

我望向強納森身後，房子前窗有些動靜，我瞥見了牛奶糖色的頭髮。是舒瑟特。她不知爲何在觀察我們的互動。

她不相信我和她丈夫嗎？

我突然想到這是我還以顏色的機會。我們搬到這裡，她一直在和恩佐調情。那如果我跟她丈夫調情，她會覺得怎麼樣？雖然我沒受強納森吸引，但和他調情一下又無傷大雅，對吧？

我向前一步，靠近強納森。我將一縷黑髮撥到耳後，露出我覺得算挑逗的笑容。我好久沒和人調情，有點不太熟練。

「非常謝謝你。」我把手輕輕放上強納森單薄的肩膀，一點也沒出力或做任何暗示，但我希望從舒瑟特角度看來，像有那麼回事。「你們人眞的太好了。」

「呃，謝謝。」強納森露出不舒服的笑容，然後向後退開到我碰不到的距離。他迅速回頭看一眼，又轉回來。「總之，祝妳今天順利，米莉。」

接著他以最快速度回到家裡，重重甩上門。

哇。拒絕得還眞快。說實話，我覺得有點受辱。

強納森甚至連裝都沒裝一下。我一碰到他，便馬上躲我躲得遠遠的，而且還第一時間去確認舒瑟特有沒有看見。

他知道她盯著他。

羅可斯街十二號到底是怎麼回事？舒瑟特．洛威到底想得到什麼？感覺即使我們拉上窗簾，她都時時注意著我們。

20

我上班回家晚了。

我一般五點左右離開醫院，看交通狀況，大多是五點半能到家。但今天諸事不順。有個病患原本今天要回家，但病患女兒忽然說她無法照顧母親，所以我耗了一下午幫忙想辦法。

我試著說服女兒，但她不肯。我打給其他家人，病患之前心臟病發，希望有人能答應稍微幫著照護。我又打給復健中心，但他們無法接受她的保險條件。到這時，我不知道這名可憐的婦人該怎麼辦。

她其實是個很和藹可親的人。可以的話，我願意帶她回家。當然這句話我常說。而且如果眞是照我說的做，我家會裝滿被家人拋下的病人。

無論如何，我開車進入車庫時已快六點鐘。恩佐的貨車停在房子前，所以至少有他在家陪著孩子。雖說珍妮絲過度保護，但我也不喜歡孩子獨自在家超過一、兩小時。

我打開前門，想放下工作的緊繃。但我一踏進門廳，馬上注意到屋子一片寂靜。孩子在家時，尤其是有尼可在家，絕不可能這麼安靜。

「有人在嗎？」我大喊。

沒有回答。

我在一樓繞了一圈。房子雖不像隔壁那麼大，但還是花了我一分鐘才走完。我穿過廚房。早上我幫孩子準備完玉米穀片後，廚房所有東西都仍維持在原位。（珍妮絲一聽到我孩子早餐沒有吃任何肉類蛋白質，她一臉驚恐，顯示內心有多震撼）。

沒人在一樓。我很確定。

我接著去了後院，也許尼可在練棒球，想打破第二面窗戶。但我到後院，只看到整齊青翠的草坪。

好，孩子也不在後院。

我爬上二樓。孩子上學時，習慣把房門關上，但我們主臥室的門開著，裡面沒人。於是我去敲了敲安妲的房門。

沒有回答，裡面沒有任何聲音。

我轉動門把，推開門。一如往常，床鋪得十分整齊，完全不用我叮嚀。坦白說，我覺得要是被子沒疊好，她在學校也會心神不寧。她的書櫃塞滿平裝書和精裝書。有個書架上放著幾個她贏得的獎杯，一個是科學展，一個是數學競賽。但安妲人不在。

也許他們全都在尼可房間玩。

我只剩兒子的房間還沒檢查。我敲了敲他房門，等著聽到孩子回應讓我進門（或不讓我進門），同時我肚腹緊縮糾結起來。還是沒有人應。

我用力打開門，差點跌進房間。這屋子不像我女兒那間，裡頭一團亂。被子亂糟糟堆在床中間，衣服散落一地。可怕的蟲仍在他床旁的飼養箱裡。螳螂小奇異果在，但尼可不在。

他們在哪？

21

好，不需要驚慌。

恩佐的貨車停在房子前面，所以他到家了。他一定帶他們出門了。但我們的城鎮光憑步行，哪裡都去不了。他到底能去哪？

我從口袋掏出手機，開始傳訊息給恩佐：

你在哪？

我盯著螢幕，等他回覆。沒反應，訊息傳了，但沒顯示已讀。

我不想等他有空再回我訊息，於是我從常用聯絡人裡找了他號碼。手機響了，一聲、兩聲……六聲，最後轉進語音信箱。

好，這其實也沒什麼好擔心。恩佐工作時，絕不會接電話。工具聲音震耳欲聾，他又會戴厚手套，沒法用手機。但話說回來，他不可能在工作，因爲他貨車停在家。

我肚子深處湧起一陣不安，彷彿出了事一樣。

我衝下樓，差點跌倒。我再次檢查客廳和廚房，看恩佐有沒有留字條，說他帶孩子去吃冰淇淋之類的。

但沒字條。什麼都**沒有**。

我又拿起手機，猶豫需不需要報警。但那感覺是反應過度了。孩子不見是一回事，但我丈夫也不在，所以他們很可能在一起。要是我報警，請警察協尋恩佐，恩佐一定會認爲我瘋了。再說，我也不相信警察。我入獄十年，至今都覺得理由牽強，所以打從心底就不太信任他們。我唯獨只信任一個警察，但除非緊急事件，不然我不會打給他。目前還算不上緊急事件。

好，我要理性思考。恩佐和孩子不在家，但他貨車在。這代表無論他去哪都是步行可到。他很可能還在無尾巷附近。

我走出前門，想讓心跳緩和下來。這一切一定讓我血壓飆升。過去這週我每天都服藥，恩佐還買了血壓計給我，但血壓數值還是很高，絲毫沒有一點降低的跡象。

我先去了羅可斯街十二號。我走到前門，聽到後院傳來聲響。那聽起來像是恩佐的工具聲響，所以是好消息。他去舒瑟特後院工作，並帶著孩子過去。

我按下門鈴，感覺像等了一輩子，舒瑟特總算來應門。她看到我露出笑容，但笑容莫名令我發毛。我只想找到家人，趕快離開這裡。

「米莉！」她高興呼喊：「妳看起來亂糟糟的！妳還好嗎？」

「沒事，」我低聲說：「嗯，恩佐和孩子在嗎？我要叫所有人回家，準備晚餐了。」

「恩佐在後院，」她說：「他告訴我好多有用的園藝小訣竅。說眞的，他是天才，米莉。」

「孩子也在那嗎？」

她一臉疑惑搖頭。「沒有，只有恩佐在。我沒看到孩子。我覺得尼可打破我家夠多東西了，不是嗎？」

我前一秒的安心感瞬間消失。「孩子沒有來？」

「沒有……」

我回家時覺得很安心，因爲如果孩子和恩佐在一起會很安全。但如果他沒跟孩子在一塊，那他們在哪？

我仔細觀察舒瑟特的表情，懷疑她在耍我。我不認爲騙一個母親孩子不見了有什麼好笑，但誰曉得她。問題是，我不覺得她在開玩笑。她討厭小孩，所以她根本不希望他們來家裡。

「妳能去找我先生來嗎？」我聲音沙啞。

她聲音放柔。「當然好。等一下。」

一秒之後，恩佐從屋子後面快步走來。他眉間出現和安妲一樣的皺紋。

安妲……我希望她沒事。她會在哪裡？那女孩去哪都**絕對**會告訴我的。

「米莉？」他朝我皺起眉頭。「怎麼了？」

我雙手擰在一起。「我剛才回家，孩子都不在。我……我以爲他們跟你在一起。」

恩佐低頭看手錶，他雙眼睜大。「妳**現在**才回家？」

我不喜歡他譴責的表情。「**你自己**也沒在家啊。」

「那是因爲我以爲**妳**會在家。」他回嘴。

我不懂他的意思。他比我早回家，所以他看到我的車不在車庫，肯定會知道我不在家。但他還是出門了。

「妳有找過後院嗎？」舒瑟特熱心問。

「有。」我雙頰發燙。「**到處**都找過了。」

恩佐望向我身後的房子。「我相信他們躲在某處。我們去找找看。安妲不可能亂跑。」

他越過前院，跑向家門，速度快到我差點跟不上。他大步踏過草坪，靴子踩扁了草葉，他**眞的**很擔心。這就讓我更擔心了。因爲他遇到事情，向來比我鎮定。

我跟著他，舒瑟特尾隨在後。她幹麼跟來？這又不關她的事！我好想轉頭叫她滾，但比起她，我現在有更嚴重的事要處理。

我的孩子究竟在哪？如果他們不見……

前門沒鎖，恩佐一把將門推開。和剛才一樣，我們家一樓寂靜無聲，只聽得到我心臟怦怦響。

「妳回家時，門有鎖嗎？」他問我。

「有。」我清楚記得自己從皮包拿出鑰匙。「鎖是我開的。」

「這個社區非常安全，」舒瑟特硬是開口：「我常告訴客戶這裡犯罪率是全國最低。」

閉嘴，舒瑟特。現在推銷個什麼勁！

「安妲！」恩佐大喊：「尼可！」

無人回應。我心臟跳得飛快，感到一陣暈眩。

「米莉，妳能打去學校嗎？」他問：「也許這樣能知道他們有沒有坐校車回家。」

「學校關門了，」我提醒他：「但我可以打給……警察……」

「警察？」舒瑟特突然大叫，她藍綠色的眼睛睜大。「那太誇張了。妳真的想叫**警察**來？妳家小孩可能只是騎腳踏車去哪玩了。」

恩佐狠狠瞪她一眼。「安妲沒有腳踏車。他們**絕不會**不說一聲就離開家。絕對不會。」

「尼可會。」她喃喃說了句。

「安妲！」他又大喊：「尼可！」

我手伸到口袋，拿出手機。我們必須報警。但我內心一角很不願意，因爲打了就代表恐懼成眞，代表他們不只是去附近閒晃，跑到鄰居後院玩。他們會是眞的**失蹤**了。但反過來想，小孩失蹤的頭幾個小時至關重要。我們不想浪費黃金時間。

舒瑟特抓住我手臂，指甲掐著我皮膚。「妳太誇張了。不要報警。」

我抬頭望向她妝容完美的臉，一時間，我看到她臉上閃現一絲恐懼。爲何舒瑟特不希望我報警？

恩佐站在樓梯口，全身動也不動，他雙眼瞇起，盯著壁紙。他看著樓梯下方，但我看不出他注意到什麼。我甩開舒瑟特的手，走到他旁邊。然後我看到了。

壁紙有道裂縫。

不，那不只是裂縫。壁紙上有道筆直的縫。縫是一道小門的形狀，高度大概到恩佐肩膀。我們通常在那位置放個巨大的盆栽，但盆栽現在移開了，露出後面的門。

「Che diavolo（搞什麼）?」他喃喃說。

他伸手去推那面牆。結果牆一推就動，裂縫馬上變大，我們大吃一驚。他力道不小，摩擦聲響徹屋內。

我頓時恍然大悟。

「我的天啊！」我大叫：「就是這個！這就是我一直聽到的刮牆聲！」

晚上讓我疑神疑鬼的刮牆聲不是我胡亂想像的。一切都是**眞的**。聲音來自我家，是這道暗門開關的聲音。

但我們所有人在睡覺時，是誰在我家裡開關這道門？

22

在恩佐用力打開門前，我抓住他手臂。雖然我很想找到孩子，卻突然害怕起門後會看到的景象。

「拜託，小心一點。」我求他。

他凝視我一秒，表示他明白。然後他一股作氣將門推開。

門後是個小房間，比衣櫃大不了多少。房間內沒窗戶，空氣悶滯，令人感到壓迫。我望進那個小空間，上頭有盞昏暗的燈泡。

安妲和尼可窩在地板角落，向上望著我們。

「安妲！尼可！」我雙眼噙淚，鬆了口氣。「你們在這裡幹麼？你們怎麼找到這裡的？我和爸爸擔心死了！」

姊弟站起來，兩人臉上充滿愧疚。我甚至不知道自己要先抱誰好，但恩佐抱住安妲，於是我去抱尼可。他起初全身僵住，後來將臉埋入我胸口。我抱著他時，好好觀察了這個小房間。房間大小大概是孩子臥室的一半，裡面全是灰塵，感覺多年來都沒人使用。我很訝異燈泡仍能亮。房間角落有一小堆生鏽的釘子。另一角，有一小疊尼可的漫畫書。

「對不起，媽媽。」尼可說：「我找到這個祕密基地。我不知道不能進來。」

只有我兒子會弄破我家新壁紙，找到骯髒、噁心的小房間當祕密基地，地上還堆滿會讓人破傷風的釘子。從我多次聽到刮牆聲來看，他有好幾個晚上都溜進這裡，也讓我差點心臟病發好幾次。

「我們有叫你們的名字！」我說：「你們沒聽到嗎？」

安妲從恩佐懷中退開，擦拭著淚水。她現在大哭失聲。我摸摸自己的臉，發現自己也在哭。「我們什麼都沒聽到！」安妲嚎啕大哭。

舒瑟特走進小房間，她檢查門。「看來門上隔音材質非常厚。他們幾乎什麼都聽不到。」

「我們什麼都沒聽到。」尼可附和。

舒瑟特上下打量著房間，像是在評估，等我們果真繳不出房貸之後，這棟房子重回到市場後可以值多少錢。「我完全不知道這屋子有這個小房間。他們翻修時一定用壁紙貼起來了。」她抬頭看天花板。「他們可能覺得天花板不牢固。」

我一臉嚴肅看著孩子。「我不敢**相信**你們躲在房子的密室裡，這兒的天花板甚至還不牢固。」

「對不起。」安妲抽著鼻子。

尼可沒有再次道歉，但他目光垂下。

「好了。」我感覺心率慢慢降到了正常值。至於血壓……我相信依舊和平常一樣高，但至少我不再覺得自己快要中風了。「拜託，我們快離開這危險的小房間吧。」

我先讓孩子出去，接著是恩佐，他低頭以免撞到門框，我跟在後頭。舒瑟特依依不捨看著這個小空間。我對天發誓，如果她開口建議把這裡改裝成遊戲室，我可能會一巴掌摑過去。我不喜歡封閉空間。我有過不好的經驗，我覺得我永遠都忘不了。

「對不起。」安妲又說，並擦拭雙眼。「我們絕不會再進去了。我保證。」

她看起來是真心感到難過。安妲總是將所有事看得很重。「我知道，親愛的。」

安妲仍然一邊哭，一邊吞著口水，想控制住自己。但有件事很奇怪：我們進到小房間時，她雙眼又紅又腫。好像我們衝進去時，她已哭了一陣子。

但安妲為何在哭？

23

今晚嚇到之後，恩佐一秒都不肯讓孩子離開視線。他花兩小時和尼可在後院玩棒球，甚至說服安妲當捕手。就寢時間，兩個孩子都累壞了，但恩佐脫下T恤和工作褲時，感覺仍精力充沛。

「妳今晚有量血壓嗎？」他問我。

要知道，我眞是愈來愈討厭他操心我血壓的事。「有。」我說謊。我早上有量。晚上有這一番折騰，我根本不想知道自己的血壓數字。我已經全力配合醫師指示，結果毫無結果。我可能就是倒楣，或天生有毛病。

「妳有試過冥想了嗎？」他問我。

他找了一堆放鬆法，想讓我血壓下降，還印了一堆文章。單子上最推薦的便是冥想，於是他買給我一本關於冥想的書，現在躺在書架上積灰塵。

「那**你**有試過冥想了嗎？」我反擊。「冥想好無聊。」

他大笑。「好，那我們一起冥想？」

「也許下次吧。」

「好。按摩怎麼樣？」

他眉毛挑動，逗得我大笑。恩佐非常會按摩。他提議按摩，確實很吸引人，但我好累。按摩絕不會只有按摩。至少他不會。

「也許晚一點。」我說。

他爬上床，鑽進被窩，來到我身邊。「我不敢相信我們還有多一間房間，我完全不知道。」他略有所思。

「那不是多的空間。那很危險。」

「現在可能不安全，對。」他說：「但我敢說整理一下，我們可以讓它有模有樣。」

「我們**不會**整理那房間，恩佐。」

「爲什麼？」

我雙手揮舞。「你是認眞的嗎？你明知道我對封閉空間的感受。」

他知道。他知道我經歷的一切，我曾被關在那樣的空間，無法逃走。經歷過這種事，幽閉恐懼症會跟你一輩子。

這是個好台階，他其實可以順勢換個話題，要是他眞擔心我血壓的話。但他就是不肯閉嘴。

「我們可以修一修，」他硬是又說：「舒瑟特說——」

「哦？**舒瑟特**說什麼？拜託你告訴我**舒瑟特**所有的想法。」

他雙唇緊抿。「妳知道她是不動產經紀人。這是她的工作。她在提供她的專業意見。」

「你知道嗎？」我說：「也許你少去她後院，多花點時間工作，就能賺多一點錢。」

「我只去她後院一下下。」

「你每次都在那！」我大吼。「還是在大半夜！」

我還沒問他上次晚上十點在舒瑟特家的事，現在正是時候，反正我早就滿肚子火。

他朝我眨了眨眼。「我不知道妳在說什麼。」

「幾週前，我在哄孩子入睡時，看到你在舒瑟特家草坪對她說話。」我說：「你在那幹麼？」

「我不記得了。」他一臉眞誠，令人非常想相信他。「她有一些問題吧。我想……她想要一叢玫瑰。」

「**深夜十點**談這個？」

他聳聳肩。「不算多晚。」

對他來說可能不算晚，但難道要等到他跑去鬼混一整夜嗎？

「聽著，」他說：「這和舒瑟特無關。改裝房間是**我的**主意。我以爲多個房間是件好事。」

「多個房間？」我大喊：「恩佐，我們以前在布朗克斯住的是兩房公寓。這地方對我來說已經像宮殿一樣大。」

「就只是……這裡比舒瑟特和強納森家小很多。」他皺起眉頭。「妳不想要多一間房間？」

「我永遠都不想再進到那間房間。」我一想到便打寒顫。「我以爲全世界你最了解我，這種問題絕對連問都不會問。如果你想整修那間房間，你可以買新壁紙，把那間房間封起來，讓我永遠不會再看到。好嗎？」

他張開嘴彷彿有話想說，但後來閉上了嘴。他確實了解我，知道我絕不會讓步。但同時，我看得出來他仍想要那個房間。他想把可怕狹小的房間改裝成遊戲室或辦公室。

「好。」他說：「我們晚點再討論。」

最好永遠別再討論。

24

隔天下班我回家時，整間房子都是刺鼻黏膠味。「恩佐？」我大喊。

我很確定他在家。我看到他貨車停在屋子前，但也許他又去舒瑟特家了，或者，他躲在牆後某條通道，我永遠找不到他。經過了昨天，我不知道會發生什麼事。

「在這！」如奇蹟一般，他回應了。

我循著聲音來到樓梯口。他在樓梯下方塗抹著黏膠，靴子下墊了塊油布，地上還有一捲東西，看起來應該是壁紙。

「我打給仲介。」他說：「我問前屋主是去哪買壁紙，我跑去買了新的。」

「爲什麼？」

他放下油漆刷，轉頭望著我。「妳說想把房間封起來，所以我會封起來。」

我無比驚訝。我以爲我們還要吵五、六次架，他才會答應把房間封上。結果他竟然自動自發，著手進行。我連提都還沒提。

「對不起，昨天和妳吵架。」他柔聲說：「我懂妳的感受。其實……」他望著牆上縫隙，那是暗門唯一的痕跡，連鉸鏈都在內側。「那房間也讓我緊張。」

聽到他這麼說，我全身打個寒顫。那房間狹小又令人窒息。我無法想像被困在裡面的感受。好啦，我其實**能**想像。這才是問題所在。

他一手拿著黏膠，一手伸來握住我的手。「好點了嗎？」

我握住他的手，想回答好多了，但內心湧起一陣恐懼。我們昨天之後都沒檢查小房間。要是孩子們又進去呢？要是把他們封在裡面怎麼辦？裡面完全隔音耶。

「你能打開門嗎？」我問他。

他皺起眉頭。「可是……牆都塗滿黏膠了。」

他說得對。黏膠已完全覆蓋牆面，要打開非常費力。但我內心一直怕有人困在裡面。這樣我再次聽到刮牆聲，就會覺得是有人想逃出來。

「米莉？」

我吞了吞口水。「我只是……我擔心……」

「孩子都在樓上。」他輕聲說：「我動工前有問他們想不想幫忙。」他又說：「他們不想。」

好，我太誇張。我想太多，我們根本不必扯開門，弄得一團糟。「我來幫你。」

他笑容滿面望著我。「正需要妳幫忙。」

於是我們開始用一塊塊壁紙蓋住暗門。門完全蓋住之後，我才眞的安心。但即使如此，我心裡仍暗暗覺得，這道暗門有朝一日會爲我帶來問題。

25

我在辦公室工作時，接到孩子學校的來電。

世界上最令人害怕的就是學校打電話來。下午一點打來不可能會是**好**消息。校長不可能打擾我上班，只爲了通知我孩子贏了拼字比賽。

他們打來只會是壞消息。例如兩年前，尼可從攀爬架摔下，摔斷手臂。那通電話就是下午一點打來的。

當時我正和一名焦慮的家屬電話講到一半，暫時無法接聽，所以只能盯著手機螢幕，內心愈來愈焦慮。等我好不容易掛上電話，學校的來電轉進了語音信箱。我去聽了留言：

「**阿卡迪太太，我是福羅斯特小學校長瑪格莉特・柯爾坎。請妳馬上回電……**」

校長的語氣平淡而不友善。這**不是**打來通知孩子贏了拼字比賽會有的口氣。我馬上顫抖著手，回撥她給我的聯絡電話。

「喂，我是瑪格莉特・柯爾坎。」手機另一頭傳來她的聲音。

「喂？」我朝手機說。「我是米莉・阿卡迪……我看到一通電話……」

「謝謝妳回電話給我，阿卡迪太太。」她語氣和語音留言一樣拘謹。「我是校長。我相信就學之前，妳帶孩子參觀學校時我們有見過面。」

「哦，有。」我依稀記得柯爾坎校長正值中年，友善親切，有一頭灰白短髮。「一切都……怎麼了？」

「我打來是因爲妳兒子，尼可拉斯。」她清了清喉嚨。「他沒事，但我需要妳馬上來一趟。」

我緊緊抓住手機，手指開始發麻。「發生什麼事？」

她猶豫一下。「妳可能要來一趟，我們當面談。妳丈夫已經在路上了。」

學校也通知恩佐了？天啊，這可不妙。

我看一下手錶。二十分鐘後我應該要和一名家屬見面，但自己家人順序優先。我工作的事可以請別人幫忙。

「我馬上過去。」我告訴她。

26

我迅速趕去學校，腦中一片混亂，差點闖了紅燈。我這幾年也接到不少學校來電，但這是頭一次，學校沒說原因就要我去學校。但校長說尼可沒事。他沒死，也沒送醫院。她說他很好。

但要是別人不好呢？我腦中揮之不去這個想法。

到了學校，我安心不少，外頭沒有救護車和消防車。他們請我在前檯登記，並替我做了一張臨時出入證貼在胸前，等待過程度日如年。我依指示來到校長室，發現恩佐已坐在外面一張不舒服的塑膠椅上。他看到我便站了起來。

「他們要我等妳來。」他說。

「你知道怎麼了嗎？」我問。

他搖頭。雖然他和我一樣一無所知，但我很高興他也在這。恩佐非常有魅力，如果尼可惹上麻煩，他肯定能派上用場。但我希望他靴子上泥土少一點。他走到校長室一路都留下了足跡。

我們坐在塑膠椅上。恩佐一直用腳敲著地面，一分鐘後，他握住我的手，我們交換眼神，兩人都十分緊張。

「我相信沒多嚴重。」其實我一點都不確定。

「我沒看到救護車。」恩佐附和，這正是我剛才一直在想的。「沒事的。」

「這間學校很高級。」我說：「他可能只是……嫌牛仔褲破太多洞。」

「他的牛仔褲確實破破爛爛的。」他附和。

他握了握我的手。我們倆根本不信這些說法。

校長終於打開門，她和我印象中一模一樣。她甚至和我們參觀學校時一樣，穿著白色襯衫和卡其休閒褲。唯一不同的是，她臉上毫無笑容。

「請進。」她跟我們說。

恩佐又握了我手最後一下，我們跟著校長進去。尼可已坐在裡頭，我看到他的臉，倒抽一口氣。他臉上有個黑眼圈，上衣領口扯破，一身是泥，看起來在地上打滾過。

「如你們所見，尼可拉斯今天下課時間和人打架。」她說。

尼可甚至不敢看我們。他垂著頭，知道自己錯了。

我不敢相信他跟人打架。他怎麼會做出這種事？他過去惹過各式各樣的麻煩，但不曾使用暴力。

「誰先動手的？」恩佐問。

柯爾坎校長雙唇緊抿。「尼可拉斯先動手。」

「尼可！」我大喊：「你怎麼這樣！」

「對不起。」他低頭喃喃說。

「爲什麼？」恩佐問校長：「他們爲什麼打架？」

「另一個男生在遊樂場嘲笑一個女生。」柯爾坎說。「當然另一個男生的行爲確實不對。但尼可拉斯的反應非常不恰當。他可以告訴老師，如果他不想找老師，也能動口不動手。但他卻直接揍了那男生鼻子一拳。」

「所以，」恩佐馬上說：「我兒子爲女生挺身而出，結果他要接受處罰？」

「阿卡迪先生，」她堅定地說：「你兒子在學校打架，所以要受到處罰。另一個男生現在在急診室，他鼻子可能斷了。」

「我鼻子也斷過。」他手一揮，好像那根本沒什麼，我見了好尷尬。「我現在鼻子好好的。」

我以爲恩佐能施展魅力，讓我們安全脫身，但他只讓事情變得更糟。我不知道他在想什麼，我們現在應該要放低姿態才對。「這件事我們很抱歉。」我對校長說：「一定要好好處罰他。」

「經過這次事件，普通的處罰恐怕不夠。」柯爾坎說：「我們要讓尼可拉斯停學一週。」

我剛一看到尼可的臉，就擔心他會停學，現在聽校長說出口，我眼淚都快流下來了。停學？怎麼會這樣？他未來會不會受影響？大學查得到他小三被停學嗎？

不對，問題不在這。問題是尼可明明已經懂事，不知何故，卻揍了另一個男生的鼻子一拳。

「好，」恩佐說：「那我們回家。」

我們滿心羞愧，一起走出學校時，尼可甚至不敢看我們。他確實不大會壓抑衝動，但他不曾做出類似的事。他嬰兒時期甚至沒拉過我的頭髮。他一點都不暴力。

至少在這次之前。

我們一出學校，走向停車場，恩佐便一手放上尼可肩膀。「你跟哪個同學打架？」

尼可垂著肩。「卡登・魯達。他是個王八蛋。」

「無論他是不是王八蛋，」我說：「你不能這樣打人。」

「我**知道**。」尼可喃喃說。

「你媽說得對。」恩佐說。他頓了頓。「但我也希望你知道，有人被霸凌，挺身而出是對的。」

尼可聽到父親的話，深色眼睛睜大。

「恩佐，」我斥責他：「尼可犯了大錯。他揍了同學一拳！」

「那孩子活該。」

「我們不確定！」

他瞇眼看著我。「看到別人身陷困境時，一定要懂得挺身而出，我以為妳一定能明白。」

他說得對。只要有人有困難，我總會伸出援手。但我的下場呢？我為了救朋友，關進了監獄。我保護了她，不讓她受到侵犯，但這一失手付出了我十年的青春。恩佐也總為別人挺身而出，但他一直十分聰明。畢竟他不曾像我一樣被關過。

我希望尼可能多學學他。我不希望兒子像我一樣。

「這是不對的事。」我不肯改口。「尼可拉斯，你被禁足了。」

「好。」他喃喃說。

「而且你要坐我的車回家。」我不希望恩佐再告訴尼可，雖然他打斷那孩子鼻子，但他是英雄。

尼可不肯看我，也不肯眞心道歉，這我不大高興。這不像他。尼可不完美，但他惹上麻煩，總是會馬上道歉。他是何時改變的？

我兒子似乎漸漸長大了，但我好擔心他會轉變成什麼樣子。

27

吃完晚餐我去看尼可，確認他的狀況。晚餐時他很安靜，沒怎麼吃，只在盤子把食物撥來撥去。恩佐則假裝一切正常。他眞心覺得兒子沒做錯任何事，不需受罰。

我來到尼可房間，他在看漫畫書。我們拿走他所有的電玩當做處罰，但他其實更喜歡看漫畫書。他坐在床上，黑髮蓬亂，雙眼盯著面前的漫畫。他左眼瘀青，我來到床尾坐下，才發現他雙眼都是血絲。

「嗨，親愛的。」我說：「你還好嗎？」

他眼睛沒從漫畫上移開。「還好。」

「今天學校發生的事，你會難過嗎？你難過的話沒關係。」

「不會。」

「尼可。」我嘆口氣。「你可以看著我嗎？」

他猶豫幾秒，才把目光從漫畫上移開。「沒事，我沒事。我只是想看漫畫。」

我瞇眼看著他，內心不大相信。「你眼睛痛嗎？」

「不痛。」

我望向小奇異果的飼養箱，恩佐帶螳螂回來後牠一直住在那。我想看牠一眼，卻找不到。我目光掃過飼養箱裡的枝葉，但感覺牠不在那。飼養箱裡只有一堆蒼蠅。

我的天啊。那可怕的蟲子**逃跑**了嗎？今天不可能再更慘了吧。

「牠死了。」尼可說。

「什麼？」

「小奇異果死了，他蛻皮到一半……我想牠被皮卡住了，後來就死了。」他說。

「哦！」我全身每一寸都討厭那隻蟲，所以一時間不大確定牠死之後我要做何感想。但尼可感覺是眞心喜愛牠。「你把牠埋在哪？」

「我把牠拿到馬桶沖掉了。」

我嘴巴張大。那是他心愛的寵物，雖然是一隻可怕的螳螂，但這樣安葬感覺十分草率。我以爲小奇異果過世時，我們要在後院辦一場嚴肅的喪禮，爲牠安上一塊紀念石碑。

「你把牠**拿到馬桶沖掉**？」

「媽，他只是隻**昆蟲**。」尼可語氣煩躁起來。

我不確定該說什麼。但這一切令我十分難過。「你停學一整週有想好要做什麼嗎？」我自己都還沒想好。他可能要跟我去辦公室，或陪恩佐去工作。

「我不知道。」

「也許我能替你約哪天下午，等史賽塞放學回家後一起玩。」我提議。約了第一次之後，他倆後來又約了好幾次，感覺都玩得很開心。「至少你能跟人互動一下。這樣好嗎？」

尼可又聳聳肩。「好。」

接著他又拿起漫畫書繼續看。我想我們聊完了。

我慢慢走回臥室，但內心深處隱隱感到不安。我不知道尼可怎麼了。他向來很躁動，但最近是變本加厲了。搬家對孩子來說很辛苦，希望這只是一時的，希望他不久會恢復，回到快樂的他，而且不再揍其他小孩。

我回到臥室，恩佐在翻我們床頭櫃抽屜，他嘴巴緊抿。「米莉，」我進門時他說：「妳有從這抽屜拿錢嗎？」

「沒有，怎麼了？」

「我這裡放了五十美金，」他說：「至少我記得是。但現在……錢不見了。」

「也許瑪莎偷了。」我脫口而出。

他抬起目光。「瑪莎？」

我仍記得上次逮到她在客廳的抽屜找東西。如果她翻了那個抽屜，也有可能翻臥室抽屜吧？我早該把她解雇。「她會來打掃，所以……」

「那妳也可以像上次那樣直接開罵。上次多順利，妳都沒誤會人家呢，對吧？」再誤會瑪莎一次，她絕對會離開。確實她非常擅長打掃，她……也很有效率，工作很認眞，從不抱怨，就連我不小心留了碗盤在水槽也一樣。

但如果她偷家裡東西，我也不希望她來。擅長打掃又不會偷錢的大有人在，再說我面對她老是感到不自在。

「我可能拿了錢，卻忘了。」恩佐略有所思說：「應該是這樣，我記不清楚了。」

「恩佐，」我說：「我們可以聊聊尼可拉斯的事嗎？」

他將抽屜關上，抬高下巴，一臉戒備，我已大概看出話題可能的走向。「有什麼好聊的？這事不公平。」

「不會不公平。他揍了那孩子一拳。」

恩佐聽了竟露出笑容，讓我不大舒服。「那孩子對女生不禮貌，他爲她挺身而出。幹得好！」

「他不該打斷別人的鼻子。」

「校長說鼻子沒斷。」他提醒我。我們後來收到校長的電子郵件通知。謝天謝地，因爲我們負擔不起官司。「只是瘀青，對吧？沒什麼。」

聽到孩子鼻子沒斷，恩佐似乎有點失望，這也讓我不舒服。「那不是重點。」

「他是個男孩。這就是男孩子會做的事。他們會打架。我小時候常打架。」

「你小時候揍過別的小孩一拳？」

「有時候會啊。」

ＯＫ，好，這件事倒有趣。我不知道他在吹噓，還是認眞的。如我所說，恩佐刻意避談他來美國之前的人生。但我確定一件事，他之所以逃離義大利，是因爲他徒手將一個人打得半死。

不過就他看來，那人罪有應得。

即使如此，我仍常常覺得，我丈夫是我們之間比較穩定的那個。我常會一時衝動，但他會把事情想清楚。他攻擊那人，不是因為一時失去理智。那人是他的妹夫，常常毆打她妹妹，最後還害死了她。於是恩佐後來找到那人，把他打成肉醬，當晚就跳上飛機，飛到拉瓜地亞機場。恩佐知道自己在幹什麼。

他當時是要復仇。

「他被停學了，恩佐。」我提醒他：「這不是小事。」

「三年級停學不是大事。」

恩佐不承認這是大事，令我更難過了。我不禁更加好奇他年少輕狂的模樣。他眞的常和人打架嗎？也許有吧。畢竟他狠揍了妹夫一頓，自己卻毫髮無傷。沒揮拳打過人，根本不可能辦到。

恩佐．阿卡迪是個好人。我全心相信著他。他有好好照顧我們一家人。

但我對他的過去愈來愈好奇。我好奇他做過什麼，以及他能做出什麼樣的事。

28

我不希望尼可在家裡成天無精打采，無所事事。他被禁足了，但我也希望他除了陪恩佐去工作或待在我辦公室之外，還能和人交流。於是隔天早上，尼可留在房間時，我決定陪安妲去等校車，順便和史賓塞約時間。

不出意外，珍妮絲帶著史賓塞來到校車站牌，史賓塞的牽繩牢牢繫在書包上。她友善地朝我點頭，但我知道她沒特別喜歡我。可是至少兩個男孩是好朋友。

孩子上了校車，校車緩緩載著他們前往學校時，我清了清喉嚨，朝珍妮絲擠出我最開朗的笑容。「嘿，今天放學之後，要不要讓孩子一起玩？」

她哼一聲。「一起玩？妳一定在開玩笑吧，米莉。」

她反應這麼激動，我也許應該直接放棄。但我忍不住要問。「爲什麼不行？」

「尼可**停學**了啊。」她穿著連身長版睡衣，外頭罩上一件睡袍。她拉了拉睡袍，將身體裹得更緊。「**打架**。」

「有個女生被霸凌，他是爲了保護她。」我這話聽起來就像恩佐會說的，但他的說法確實站得住腳。

「是啦是啦。」珍妮絲朝我冷笑。「說實話，米莉，就算眞是如此，我也不打算讓你兒子再來我家。」

「爲什麼？史賓塞很喜歡他。」

「史賓塞是**小孩**。」她將鼻梁上的牛角粗框眼鏡推高。「我不喜歡尼可在我家的表現。他非常沒禮貌，而且我覺得他非常粗魯。他揍別的同學，我一點都不驚訝。」

雖然我很不喜歡她這樣形容我兒子，但我內心一角想多問她一點。尼可在她家做了什麼讓她難以接受？有什麼我該擔心的事嗎？珍妮絲是有點奇怪，但她的觀察力非常敏銳。這點不得不承認

「我是不想多說什麼，」她繼續說：「但妳整天一心工作，留小孩獨自在家，結果就是會這樣。平時忙於工作，又想當母親，一定會付出代價。」

「尼可是個好孩子。」我咬著牙說：「搬家對他來說很難調適。」

「這我可不確定。」她回嘴：「他的行爲眞該好好罵一罵。說實話，我也看不慣妳丈夫的行爲。」

「恩佐？」我說：「他做錯什麼？」

「妳丈夫那麼常去舒瑟特家，妳不覺得**很煩**嗎？」她低下頭，從眼鏡上方和我四目相交。「我懷疑事情不單純。」

我面紅耳赤。她怎麼敢當著我的面，暗示我丈夫出軌？「他在幫她整理後院，她會幫他介紹新客戶。沒什麼好懷疑的。」

「他**在屋內**幫她整理後院？趁她丈夫不在的時候？」

珍妮絲發現自己正中紅心，嘴角不禁上揚，我恨透她那笑容。

「妳搞錯了。」我終於擠出話。

「沒有，」她說：「我沒搞錯。我從窗戶看到了，米莉。」

我望向羅可斯街十二號。這時舒瑟特剛好從房中走出，身穿暴露的睡袍。她和珍妮絲簡直一個樣，感覺今早有換衣服的只有我。舒瑟特從前門信箱拿出信件，朝我們揮揮手。珍妮絲揮手回應，我也逼自己揮手。我屏住呼吸，直到舒瑟特回到家裡。

我回頭望向珍妮絲，她一臉奸笑。我好想賞她一巴掌。

「所以……怎樣？」我說：「妳成天沒事都盯著無尾巷看？監視著另外兩棟房子？」

「總要有人看著。」她頂我一句：「如果妳多注意，也不會發生這種事。」

我循著珍妮絲目光，望向我家前門。前門打開，我丈夫走出來拿信。他仍穿著他的睡褲，但上身赤裸。他露出大大的笑容，朝我們揮手，我腦中唯一想的是**他穿件衣服是會死嗎？**

「話說回來，」珍妮絲對我說：「**她**也在看。」

29

我不敢相信我忘了帶手機。

這證明了我最近眞的心力交瘁。我基本上是手機不離身，但今天快到醫院了我才發現手機忘了帶。我簡直不敢置信，這像是沒穿衣服就去上班了。

我花了幾分鐘掙扎，思考值不值得回家拿。尼可這週回學校了，如果我沒有手機，我一整天都會擔心有沒有出什麼事。於是我把車子調頭回家。幸好我十點才有約，而且交通十分順暢。

我刷新紀錄，二十分鐘便回到家，我從車庫走進家裡。瑪莎今天來打掃了，屋裡飄散著清潔劑的柑橘香味。她後來都用自己的清潔劑，我很喜歡這味道。我應該要問她去哪買的，未來可以考慮用用。

不得不說，瑪莎很厲害。我懷疑她是生化人，但我很慶幸恩佐堅持雇用她，也慶幸他說服我不要解雇她。

我找了廚房和客廳，都沒看到手機。如果恩佐在，我會請他撥號，但現在除了瑪莎家裡沒別人在。我聽到她在樓上吸地。隨即我突然想起，我換衣服時看到電池快沒電了，所以把手機放到床頭櫃的充電座上。手機一定還在那。

我爬上樓梯，快到二樓時，吸地聲停止了。我走向主臥室，我的平底鞋踏在地毯上幾乎無聲，這時我依稀聽到抽屜被打開。我全身一僵，好奇瑪莎爲何打開抽屜。我衣服都自己洗，所以她不用收我的衣服。那她開抽屜究竟是要幹什麼？

我加快腳步，避開地板會發出聲音的位置。我悄悄來到主臥室，朝裡面偷看。

瑪莎果然在主臥室。我矮櫃的其中一個抽屜開著，她望向裡面。我屏住呼吸，目睹她拿出珠寶盒。我眼睜睜看她打開蓋子，拿出一條項鍊，放到她休閒褲的口袋。

哇。要不是親眼看到，我不知道自己會不會相信。

「不好意思！」我大聲開口。

瑪莎將珠寶盒扔回抽屜，用力關上，並從矮櫃彈開。「哦！妳好，米莉。我……我沒注意妳還在家！」

她眞的想裝作若無其事，裝作自己沒偷東西？

「我看到了，」我說：「我看到妳拿了什麼。」

瑪莎總是一臉冷酷，毫不慌張。但她現在不一樣，她濡濕的灰色眼睛瞄來瞄去。「我不知道妳在說什麼。我只是在替妳摺衣服。我想說可以幫妳整理抽屜。」

最好是。「口袋的東西拿出來。」

「米莉，」她說：「記得妳誤會花瓶那次？我絕不會——」

「口袋的東西拿出來。」

瑪莎挺起胸膛。「我不接受妳這種態度。這工作我不做了。」

她抬頭挺胸，想就這樣繞過我。**想得美**。她還沒到房門口，我已擋在她面前。

「我敢發誓，瑪莎。」我說：「我看到妳把項鍊放進口袋。東西沒交出來，妳別想走。」

瑪莎比我高五公分，比我重十多公斤。但我比她年輕，動作更快，必要的話，我會不擇手段。會出拳的人可不只我兒子。無論如何，我都要拿回我的項鍊。

她目光掃過我全身，她花了一分鐘才明白，我不是在唬人。她手默默伸進口袋，拿出那條項鍊，那是兩年前恩佐買給我的生日禮物，項鍊鑲滿了碎鑽，但其實都只是不值錢的鋯石。這條項鍊只有情感價值——因此對我來說，價值非凡。

「對不起。」她低聲說：「我只是想借用，然後——」

「出去。」

她雙手顫抖，在平整的裙子上擦了擦。近距離才發現，她臉上的皺紋比我想像中深，我第一次看到幾根灰髮從她完美的髮髻鬆落。「妳……妳會告訴舒瑟特嗎？」

「可能會。」

讓舒瑟特知道，她推薦的清潔婦手腳不乾淨，我內心多少會感到痛快。天曉得瑪莎爲何要偷我東西，明明舒瑟特擁有的一切都比我好。

她過一會才冷靜下來，這時她又開口了，語氣沒有一絲動搖。「如果妳告訴她，」她說：「我就會告訴她妳的事。」

我太陽穴的血管抽動。「**我的**事？」

「要是舒瑟特發現她新鄰居以前是罪犯，一定會非常感興趣。」

我後退一步，心臟怦怦跳，現在血壓可能高得離譜。那天聽到她強調「罪犯」兩字，果然不是想像。瑪莎知道了我的黑歷史。「妳怎麼知道的？」我擠出這句話。

「別擔心。」瑪莎語氣冷靜，令人惱火。「沒人會知道妳的祕密。除非妳告訴舒瑟特我的事。」

我氣她這樣威脅我，但我必須妥協。我有什麼選擇？如果舒瑟特知道我的過去，她會告訴**所有人**。我甚至無法想像出席家長座談會有多尷尬。

要是孩子聽說怎麼辦？那太可怕了。我不希望他們知道我的過去。至少要等他們大到能理解，或乾脆永遠別說。

「好，」我冷冷對她說：「我不會告訴舒瑟特。」

「很高興我們能有共識。」瑪莎淡淡回答。

我的清潔婦走向樓梯口時撞開我的肩膀。我跟著她走下樓梯，來到前門，確定她乖乖離開，沒再偷或破壞任何東西。她打開門鎖出去時，我才發現她雙手在顫抖。

30

「妳解雇她？」

我稍早一邊準備晚餐，一邊告訴恩佐瑪莎的事，他看起來很驚訝。我幾週前的諾瑪義大利麵不受歡迎，所以我按照慣例做起司通心粉，因爲孩子會吃。這樣比較輕鬆。

「她偷我們家的東西。」我說：「我能怎麼辦，幫她加薪嗎？」

他從水槽旁的碗櫃拿出幾個盤子。他不會煮飯，但他一向願意幫忙準備餐具，飯後也會把髒碗盤放入洗碗機。「我只是在說，她在這裡和洛威家有份好工作。幹麼要偷東西？」

「誰知道，」我氣呼呼說：「你覺得我對小偷的心理有研究嗎？也許她有什麼癖好。」

他朝我露齒一笑。「但她沒把我逼到角落，要強迫我就範。」

「又不是性愛癖。我的天啊。」我翻白眼。「是偷竊癖。那種人會有偷竊的衝動。」

「那是一種病？」

「我在心理學課有讀到。」

「是喔……」他從抽屜抓起一把餐具，但他數量從沒拿對過。每次都會有人拿到兩支叉子。我不知道他怎麼辦到的。就算他從抽屜拿出來的數量錯了，放到桌上時應該會注意到吧？「所以妳有給她最後一次的酬勞嗎？」

「恩佐。」鍋子繼續煨著起司通心粉，我轉身看向他。「她**偷**我們家東西。她偷了你給我的項鍊，還可能偷走了你放在床頭櫃抽屜的錢。」

「只是五十元而已。」

我還沒跟恩佐說瑪莎離開前跟我說的話和威脅我的方式。細節我說不出口，我也不確定爲什麼。孩子不知道我坐過牢，但恩佐知道一切，不過他不懂我爲何感到丟臉，也不懂我爲何不想讓孩子知道。他支持我坦白說出一切，以免「他們自己發現」。

總之一個偷東西和威脅我的女人，我絕不會給她酬勞。

恩佐出了名對女人心軟。可能是他妹妹安東妮雅的緣故，他覺得自己當初如果好好保護她，她就不會喪命。所以尼可爲女生挺身而出，他自然會爲他說話。他似乎覺得女人狠不下心，但這點他大錯特錯。

其實我們經歷了無數風風雨雨，他應該要明白的。

「聽著。」我深吸一口氣。「我不知道瑪莎爲什麼偷我們家東西。但那不重要。就算沒人偷東西，我們家的經濟狀況就夠頭痛了。無論她有什麼問題，我現在顧不了她。」

他頭歪向一邊。「妳今早血壓多少？」

「恩佐！那不是重點。」

他垂下頭。「我知道。我會努力賺錢養家，現在我拚事業，就是希望以後我們不用爲錢煩惱。」

他又為錢的事苛責自己，這些話我聽了好難過。我們沒那麼慘。希望他別把壓力全堆到自己身上。我擔心這些話會讓孩子也緊張起來，尤其安妲。

「我們還過得去。」我關上爐火，伸出雙臂擁抱他。他馬上抱緊我，我將頭靠到他結實的肩膀。「你做得很好。我敢說再一、兩年，一切都會很順利。」

「對。」他喃喃說：「或也許……更快一點。」

我不知道他在說什麼。雖然他的事業漸漸成長，但速度沒有那麼快。樂觀判斷也要一、兩年，也就是我們至少接下來好幾年都必須省吃儉用。

有時我會想這一切到底值不值得。

31

今天全家人去看了尼可的少棒比賽。

安妲通常不想去，但她今天決定要一起去。尼可停學已是幾週前的事，但他在那之後一直怪怪的，所以我很高興安妲也來爲他加油。但她對比賽一點都不感興趣，因爲她和我們坐在棒球場時，腿上還放一本精裝書。安妲去哪都帶著一本書。

「妳在看什麼？」我問她。

她深色的長睫毛拍動。她的膚色像恩佐一樣也是橄欖色，不像我白到一臉紅全世界都會發現。但我讓她不自在時，我其實都看得出來。「對不起。」她說：「我先把書放旁邊好了。」

「沒關係。」我說：「我也覺得棒球很無聊。」我朝恩佐擺頭，他盯著球賽，坐立難安。他熱愛運動，尤其愛看尼可比賽。「但**他**很喜歡。」

「我在看露易絲．鄧肯的懸疑小說《擁有我臉孔的陌生人》。」她說。

「哦，我小時候很愛那本。其實她每一部作品我都愛。」

我感到一陣悲傷，想起我的童年和一切是如何變調。如果我沒攻擊那男生，失手殺了他，我的生活會是什麼樣子？話說回來，我現在也過得很好。我愛我的丈夫，還有兩個可愛的孩子。如果我要吃點苦（或吃**很多**苦）才能走到這裡，那就這樣吧。

我拿起帶來的水瓶喝一口。現在是五月中，但週末漸漸變得炎熱。我的手機顯示今天氣溫接近攝氏三十二度。孩子看來都很難受，個個無精打采。

尼可上場打擊，我用手肘頂了頂安妲，要她放下書。他今天一個安打都沒有，罕見地露出沮喪的表情。他打擊向來不錯，所以一定是心不在焉或是怎麼了。我希望他這次擊出能安打。

投手將球投向本壘板，我聽到咚一聲，球棒擊中了球。恩佐興奮大叫。好啊，尼可！球彈了一下，滾向內野。尼可將球棒朝旁邊一扔，奔向一壘。

投手設法接住了滾地球，以迅雷不及掩耳速度將球甩向一壘。尼可滑上壘包的同時，一壘手接到了球。我手指和腳趾都用力交叉，祈禱他沒出局，但這時裁判搖搖頭。

「不對。不對！」恩佐突然站起大吼。「沒有出局！沒有！」

顯然恩佐覺得判決不公。但這也不一定**眞是**誤判。

尼可對裁判十分不滿。一壘手對他說了幾句話，尼可聽了脫下頭盔，摔到地上。他大吼大叫，只聽得懂「狗屁」兩個字。我屏住呼吸，希望兒子能退開，回到場邊。

就在這時，尼可揮出了拳頭。

我知道他很容易生氣，之前打少棒比賽他就曾發火過。但我從沒見過他這麼暴力。他揍了一壘手肚子一拳，那個可憐的孩子瞬間重重倒地。我看到這一幕，心臟向下一沉，慌張地站了起來。

恩佐也目睹了一切。他全身僵住，突然沉默下來。之前遊樂場打人事件，他為尼可說話，但眼前發生的事尼可完全站不住腳。另一個同學沒做錯任何事，尼可卻出拳揍了他。

我聽不懂義大利文，但我聽得出他低聲罵了髒話。

「米莉。」他轉向我，眉毛皺成一團。「尼可拉斯剛才揍了那孩子。」

「我看到了。」

「Cazzo（幹）。」他喃喃咒罵。「他在想什麼？我們把他帶回家。」

我們兩人趕緊走進棒球場。一壘手倒在地上放聲大哭。尼可站在他旁邊，用力喘著氣。教練名叫泰德，他是其中一個同學的父親，他一臉不悅。他兩邊腋下都有一圈汗漬，看來熱到一點都不想待在這，結果現在還得處理我兒子揍人的事。

「你最好把他帶走。」泰德以濃厚的長島口音對恩佐說：「我們絕不容許孩子間有暴力行爲。」

「我眞的很抱歉。」恩佐說：「這絕不會再發生。」

「對，不會再發生了。」泰德舉起雙手。「對不起，恩佐。他被踢出球隊了。」

恩佐張嘴想抗議，但後來他閉上了嘴。他上次在校長室爲尼可辯護，但這次不一樣。我們看到事發經過。他**無緣無故**揍了那孩子。

於是恩佐轉向我們的兒子，他站在一旁，用腳踢著泥土。「來吧，」恩佐說：「我們回家。」

32

我們在車上沒多說話，尤其因為安妲也在。恩佐雙手用力抓著方向盤，指節都泛白了。我每次回頭，尼可都望著窗外。球季再過幾週就結束，但被踢出球隊的他一點都不難過，好像一切都不重要了。

我兒子到底怎麼了？

我們回到家，恩佐要尼可待在客廳。尼可一屁股坐到沙發上，伸手就要拿遙控器，但恩佐搖搖頭。「不准看電視。」他說：「你安靜坐著。我跟你媽聊一下。」

我跟著丈夫走進廚房之後，他轉向我，深吸口氣。「好，剛才的確不對。」

「是喔？」我馬上酸溜溜說。

「他是個好孩子。」恩佐仍堅持。「他只是……」

「他只是無緣無故揍了同學肚子一拳。」

「不是無緣無故。那是裁判有問題！他沒有出局！」

我緊咬牙齒。「那不重要，你心裡有數，不能因為不滿裁判的判決就動手揍人。」

「他很生氣……」

「他九歲了，不是三歲。這種行為不能接受。」

「男孩子本來就比較衝動。」他手梳過厚重的黑髮。「那是男孩子正常的行爲。他會打架是件好事。」

我望著我丈夫，一臉驚愕。從他在觀眾席上的反應，我原本希望對於尼可打架的事，我們終於能產生共識，但看來沒有。尼可的行爲不只讓他停學，還被踢出球隊，這都代表事情已經失控。但恩佐仍在爲尼可的行爲辯護。

「這不是正常男孩子該有的行爲。」我語氣十分堅定。

恩佐安靜一會。我希望他能同意男生不能亂揍其他孩子，但他硬是不認同。恩佐的言行舉止一向小心拘謹，尤其和我相比。我從不曾見過他出拳打人，哪怕是對方根本欠揍。但他確實打過人。這是事實。那也是他現在待在美國的原因。

「告訴我，」我說：「**你**九歲時也是這樣嗎？」

他又猶豫一會。「對，我小時候打過架。有時候會。這不是壞事。這能讓人更堅強。」

這**不是**正確答案。

「好啦，好啦。」他搖頭。「美國這裡不一樣。我知道了。」

我不能百分之百確定我們是站在同一陣線，但我們還是走出廚房，來到了客廳。尼可仍坐在沙發，靠著靠枕看著天花板。我們走進來時，他頭垂向旁邊。

「我又被禁足了嗎？」他問。

他本來就被禁足了。上次罰他禁足到現在，根本還不到一個月。所以禁不禁足根本沒有差別。我坐到他身旁，恩佐坐到沙發旁的椅子上。

「尼可，」我說：「你要學著控制自己。你今天做的事情非常不正確。你知道，對不對？」

「對不起，」但他聽起來其實沒多懊悔。「葛雷森很欠揍。」

「無論他有多欠揍，你都不能打他。」

「好。」

尼可對這一切漠不關心，讓我好擔心。他爲何沒哭？他爲何沒求我們原諒？九歲的男生犯錯時，這樣的反應正常嗎？

我望向恩佐，想看他覺得正不正常。但我相信如果我開口問他，他會說**男孩子本來就不會哭**之類的。

但事情有點不對勁。最近尼可變得好……冰冷。

「我的懲罰是什麼？」他問道，好像他已不耐煩，只想趕快了事。

「你被踢出球隊了。」恩佐說：「所以不能再打棒球了。」

尼可聳聳肩。「好。」

尼可聽到不能打棒球的反應，讓恩佐大吃一驚。他們兩人以前天天都要練習。尼可還會迫不及待地問：「爸什麼時候回家？我們要練習！」

「一個月不准打電玩遊戲。」恩佐又說。

尼可點點頭。他看來早已料到。「好了嗎？我可以走了嗎？」

「可以。」恩佐說。

尼可連一秒都不浪費。他馬上從沙發跳起，跑上樓梯，回到房間。他重重甩上門，以九歲男孩來說，他的行爲也過於焦躁了。

恩佐隨他望向樓梯口。他的表情令人看不透。但看起來不大高興。

「我覺得，」我說：「我們可能要考慮帶他去治療。」

他一臉空白看向我。「治療？」

「談話治療。」我說得更清楚一點。

他眼睛睜大，好像我想把兒子扔下屋頂，看他會不會飛一樣。「不用。**不用**。這太誇張了。他不需要治療。」

「可能有幫助。」

「幫助什麼？」恩佐雙臂朝天揮舞。「他表現得和正常男孩子一樣。你們美國人老是大驚小怪。尼可沒問題。他**很好**。」

他這態度讓我不想跟他爭辯，但他錯了。我擔心尼可不大對勁，不尋求專業幫助恐怕無法改善。我擔心因爲我和丈夫的基因，尼可比同年齡的孩子更有暴力傾向。

所以等大家吃完晚餐，孩子上樓後，我趁著空檔上網搜尋，而我列出的第一個問題就是：**我兒子是心理變態嗎？**

不可思議，網上有不少文章。果然小孩出狀況的不只有我而已。有個網站列出了小孩可能有心理變態的常見特徵。我大略看了看，心裡愈來愈擔憂。

做錯事後缺乏罪惡感。尼可揍了那兩個孩子之後，根本沒道歉。他對自己所做所為感覺一點都不難過。

不斷說謊。他以前在家打破東西，一定會告訴我們。但上次問他之前，他對打破花瓶的事連一個字都沒說。而且我覺得他還有別的事瞞著我們。

對動物殘忍。螳螂發生什麼事？他說自己很愛那隻寵物，突然之間，卻把牠沖下馬桶。

自私和行為具攻擊性。因為沒有安全上一壘，就揍同學肚子一拳，沒有比這更具攻擊性的行為了吧？

也許恩佐不擔心，但我擔心。一想到尼可或許是遺傳了我的性格，我心情就更糟了。我是說，我並不覺得自己是心理變態，但我被關可不是因為摘了幾朵小花。

現在一切還不確定，所以我暫時不會行動，但我絕不會袖手旁觀。如果我兒子救不了自己，那就由我來救他。

33

我從校車站牌走回家時，舒瑟特從她前門出來拿信件。

她待會一定是要去帶人看房子，因爲她打扮光鮮亮麗，一身套裝，紅色高跟鞋好高，我穿的話一定會摔死。她髮型時髦完美，幾乎像頭盔一樣。她朝我揮手，我揮手時完全沒心情笑，但我仍擠出笑容。我沒心情面對舒瑟特，她走下台階來和我說話時，我幾乎想拔腿就跑。但她動作飛快，我還來不及走到前門，她便追上我。

「米莉！」她說：「妳好嗎？」

「很好。妳呢？」

舒瑟特順了順頭髮，我注意她手腕上有個手鐲，表面鑲滿鑽石，在太陽下閃閃發光。看起來很像瑪莎想偷走的項鍊，但我想**她的**手鐲上應該是眞鑽。我希望舒瑟特能把手鐲收好。

「手鐲很好看。」我說。

「謝謝妳。」她低頭看手鐲。「這是非常特別的朋友送我的。我也喜歡妳的……」她上下打量我，顯然找不到東西稱讚。「妳變瘦了嗎？臉沒那麼胖了。」

看來她盡力了。何況我不覺得自己有變瘦。我一樣胖。我只回答：「可能吧。」

「總之，」舒瑟特說：「我一直想找妳。」

「嗯，好。怎麼了？」

她朝我露出耀眼的笑容。我好奇她是不是有做人工牙冠。「事情是這樣，」她說：「垃圾車來收垃圾的前一天，妳晚上能不能晚一點再把垃圾拿出來？」

我瞪著她。「妳在說什麼？尼可吃完晚餐才會把垃圾拿出去。」

「對。」她說：「但你們晚餐超早就吃了，導致我們吃晚餐時，會看到妳家前面的垃圾。而且一放就是一整晚，垃圾就在人行道上從晚上七點一路放到隔天早上。」她抽了抽鼻子。「說眞的，米莉，**很難看**。」

「妳有跟恩佐說嗎？」她感覺經常和他說話，所以我不確定她幹麼來告訴**我**。

「他感覺一直很忙。我不想拿這種小事打擾他。」

「好……」

「而且尼可負責拿垃圾出來，對不對？我以爲那孩子是妳在管的。」

舒瑟特莫名覺得我是五〇年代的家庭主婦。但我不想跟她多談。

「好。」我嘟囔。「妳希望我幾點讓他把垃圾拿出去？」

「當然是十一點之後。」

「他十點就上床睡覺了。」我咬著牙說。「他才**九歲**。」

「哦。」她用手指敲了敲下巴。「那換**妳**負責把垃圾拿出來怎麼樣？」

她一**定**是在開玩笑。我好想告訴這女人垃圾桶可以塞到哪裡，但就在這時，一輛貨車停到我家門口。一個男人下了貨車，他有一臉蓬亂的大鬍子，還頂著啤酒肚，臉色相當難看。我花一秒才認出，他是幾天前來過我們家的水電工。我請他來修理一樓的馬桶，馬桶的水要一小時才下得去。恩佐一直堅持他修得好，不需請專業人士來，但感覺他每修一次，水都要再多十分鐘才下得去。我甚至沒告訴他我請了水電工。他以爲馬桶神奇地通了。

「嘿！」我早已忘記水電工的名字，他緩緩從車道走向我和舒瑟特。「我幾天前來這裡修東西，結果妳的支票無法兌現！」

什麼？

「我……眞的嗎？」我結結巴巴。我不知道這怎麼可能。我們戶頭每一筆錢進出我都有仔細記下。我們錢是不多，但我確定戶頭裡的錢足以支付我給水電工的三百美元支票。

水電工塊頭不小，身高超過一百八十公分，可以居高臨下看著我，他走近時我不禁退了一步。「當然是眞的，小姐！」他大吼。

舒瑟特在一旁像是看得很樂。她爲何不回家？這眞的**好**丟臉。

「眞的對不起。」我說：「我以爲戶頭裡的錢夠付。可不可以……你收信用卡嗎？」

「不收。」他毫不客氣說：「我修理妳家馬桶時就說過：只收現金或支票。現在的話，就只收現金。」

這會是個問題。我手邊沒有現金三百元。幸運的話，我皮包可能還有四十元。恩佐又已經出門了，況且他身上也沒那麼多錢。「嗯，」我說：「如果你等我一下，我可以去提款機……」

水電工將褲子往上拉了拉，站到人行道上，正對著我們家。「我收到錢之前一步都不會動，小姐。」

「不如這樣，」舒瑟特突然開口：「我家裡剛好有點現金。等我一下。」她快步進了家門，腳踩四吋高跟鞋卻能走得健步如飛。一分鐘後，她拿著一疊鈔票走出來，把錢交給水電工。他馬上開始數。

「不會錯的。」舒瑟特向他保證。

水電工數完錢，朝她點點頭。「沒有錯，美女。」他朝她碰了碰骯髒的帽子致意。

「非常感謝妳。」

他狠狠瞪我最後一眼，然後爬上他的貨車。我很確定自己登上了水電工的黑名單。但願恩佐修水管有修出心得。

舒瑟特看著水電工開車離開，然後轉向我，臉上全是期待。我知道她想要什麼，而我不得不認輸。

「非常謝謝妳，舒瑟特。」我說：「我……我保證每一毛錢都會還妳。」

「哦，慢慢來。」她把玩著手腕上的鑽石手鐲，手鐲在陽光下閃爍。「說眞的，強納森和我錢多到不知道怎麼辦。妳根本無法想像我們要付多少稅！」

簡直是在傷口上撒鹽。我不希望舒瑟特覺得我窮困潦倒，四處欠債。我尤其不希望欠她任何東西。嚴格來說，我們打破她窗戶也沒賠償她，但那次不一樣，那次是因爲尼可答應幫她做家事。我今天一定會還她錢。

只是……我還得了嗎？我原本以爲我們戶頭裡的錢足以支付水電工。但顯然不行。錢去哪了？恩佐和我要花大錢總會事先討論。他不會沒跟我說，就私自提錢。

他會嗎？

34

水電工離開後，我登入電腦檢查銀行戶頭。

幾天前，我們戶頭裡還有超過一千元。我看著螢幕，等著確認戶頭的餘額。帳戶餘額出現在螢幕上時，我心不禁一沉。

到底發生什麼事？我們帳戶少了一千元。我們又不像鄰居一樣富有。這筆錢我們不可能隨意算了。

我按開交易明細，發現幾天前有一筆一千元的提款紀錄。看來這大概就是問題所在。但誰從我們的戶頭提走錢？一定不是我。我無法想像恩佐會提走錢卻不說。

我上班要遲到了，但這件事更重要。如果有人從我們的銀行帳戶偷錢，我必須馬上處理。於是我打給銀行，然後等了十五分鐘。我看了看手錶，並傳訊息給我同事，請他幫我和家屬見面，因爲我確定來不及了。

「你好，我是妳今日的客服人員，我叫賽麗娜。」一個女人活潑的聲音響起。

「嗨。」我清了清喉嚨。「我銀行戶頭的錢不見了，我需要妳幫我查一下。」

「哦，天啊。」賽麗娜說。她那聲感嘆深得我心。「我看能幫妳查到什麼。」

我給了她所有帳戶資訊，聽著背景的鍵盤敲打聲，靜靜等待。不久她又多敲了幾下鍵盤。然後我又等了一會。「不好意思，系統今天跑得很慢。」賽麗娜愉快地說：「偶爾就是會這樣，妳知道嗎？」

我只想搞清楚銀行戶頭裡的錢爲何消失，沒心情和她閒聊。「嗯哼。」

「啊，好了！」她得意地說。「兩天前提款的是恩佐·阿卡迪，他也是帳戶持有人。那是妳丈夫嗎？」

「對，可是……」我皺起眉頭。「我丈夫沒有……」

他有嗎？

「他說他沒提錢嗎？」她問我。

「沒有。我是說，我只是……我以爲他提錢會跟我說。可是……」

賽麗娜感覺無話可說。我想她的工作不包括處理家庭糾紛。「哦。」

「謝謝妳幫忙。」我喃喃說：「我想我……我最好問我丈夫一下。他可能……也許他忘了。」

「我相信他一定忘了。」她語氣聽起來非常敷衍。「還有什麼能爲妳服務的嗎？」

有，妳可以告訴我我丈夫爲何從戶頭提了一大筆錢，卻見鬼的一個字都沒跟我說。

我掛上電話，瞪著螢幕大約有一分鐘。我上班大遲到了，但我現在無法專心，一心只想打給恩佐，問他那筆錢是怎麼回事。我不懂爲何打電話給他會讓我內心如此不安。我**相信他**。他從帳戶提那筆錢一定有正當理由。

終於，我從常用聯絡人按下他的名字。以前他在工作，通常不會接電話，但自從尼可停學的事件後，他都會馬上接。

「米莉？」他說：「怎麼了？」

我白天很少打給他，所以他知道我不是打來聊天的。「我們的帳戶有錢不見了。」

我原本希望聽到一連串氣憤的義大利文髒話。但他一聲不吭，只證明了他早就心裡有數。畢竟賽麗娜一開始便說了。

「我開了一張三百元的支票。」他不答腔，於是我繼續說：「那張支票**跳票**了。」

「哦。」他吸口氣。「後來呢？」

「舒瑟特後來借我錢。」我說。

「那太好了。」

「所以我打到銀行，去查錢跑哪去了。」我繼續說：「他們告訴我你提領了一千元。」

又一段沉默。他非得讓我打破砂鍋問到底就是了。

「所以，」我問：「你有提嗎？」

又是一段漫長的沉默。「有。」他終於回答。

「OK。從我們共同帳戶提了那麼大筆錢，應該要告訴我吧。」

「對……」他又沉默一會，我不禁懷疑，他聽起來是在拖時間想要怎麼編造謊言。

「眞對不起。我們這個月透支了，我有工具壞了，需要錢買新的。我以爲可以在妳發現之前把錢補回去。我明天會存回去。」

「有工具壞了？」我重複。

「對，我需要新的草坪打孔和鬆土機。那台很貴。」

我發誓我有時覺得他那些專有名詞都是瞎掰的。但我想這理由聽起來算合理，所以我選擇相信他。他工具壞了，要馬上買新的，這確實說得通。

總好過另一個可能，也就是我丈夫對我說謊了。

35

尼可偷溜出去了。

或者至少聽起來是這樣，週六午後陽光普照，我家後門打開。謝天謝地，我們從沒幫鉸鏈上過油，我在城鎮另一頭都聽得到門開關的聲響。我將書扔到一旁，來到後門，剛好在尼可脫逃前逮到他。

「不好意思，先生。」我清了清喉嚨。「你打算去哪？」

他抬頭看我，臉上沒有一絲心虛。「史賓塞家。妳說我想去就可以去。」

我確實有說。但我以爲珍妮絲不准他去了。

「史賓塞的媽媽沒有意見嗎？」我問。

「她說只要我們待在後院就沒關係。」

我鬆了口氣。之前聽到珍妮絲說尼可不能和她兒子玩，我不怎麼開心，但幸好他現在重獲她的好感了。不過，她顯然不准他進到她一塵不染的家，但這能理解。

「好，」我說：「總之記得在晚餐前回家。」

尼可點點頭，朝朋友家的方向快步跑去。我剛才只專注在兒子的大逃亡，沒注意到我丈夫在後院角落。恩佐在後院當然不奇怪，那是他最喜歡的地方，但他沒在忙園藝，反而悄悄講著電話，嘴上露出淡淡的微笑。

他在跟誰講電話？

我朝他揮手，讓他注意到我。他看到我時眨了幾下眼睛，微笑一瞬間消失，但他馬上恢復自然，也朝我揮手。他朝手機低聲含糊講了幾句話，然後將手機塞回破爛的藍色牛仔褲口袋。

「哦？」

「米莉。」他慢跑越過草坪和我說。「我有個非常好的消息。」

「我可能會再多一個客戶，多兩大塊地需要整理。非常大的案子。眞是太好了。」

我低頭望向他口袋插著的手機。「你在跟客戶說話嗎？」

「對。」他猶豫一下。「嗯，不是。不算是。剛才是舒瑟特。客戶……他們是她朋友。她希望我明天和他們開會。」

「哦……」我原本希望明天一家人能一起出遊。「你要去哪和他們開會？」

他又猶豫一下。「算非正式的會議。在一片私人海灘。」

我腦中的警鈴大作。「在海灘開會？舒瑟特會去嗎？」

「呃……會。那是她朋友。」

這一切令我心裡很不舒服。首先，恩佐不想和家人相處。再來，工作會議約在**海灘**開？最後，我不希望他和穿比基尼的舒瑟特獨處。尤其發現他和她說話時會露出那種笑容之後。

我腦中閃過一個念頭。那天水電工來要錢時，舒瑟特戴著一條昂貴手鐲，她跟我說是個「禮物」。我們戶頭又突然少了一千元。恩佐會用那筆錢買禮物送舒瑟特嗎？不，我不相信。他不會這麼做。可是……

「如果你明天要去海灘，」我說：「你必須帶孩子一起去。我們一家人一起。」

「什麼？不行。」

「我這不是在問你，恩佐。」

他搖著頭。「米莉，這是重要的工作會議。」

「**家人**也很重要。」我說：「我們搬來這裡，你卻天天都在忙工作——」

「這是爲了**我們**。」

「我們幾乎看不到你的身影。」我繼續說：「搬來之後，你還沒帶孩子去過海灘。他們一定會很開心。尤其尼可需要放假一天去海灘玩。他被踢出球隊之後，心情一直都不好。我會負責照顧他們。你工作會議結束前，我都不會打擾你。」

他好一會不說話，仔細考慮著。

「好吧，好。我懂妳的意思。我會跟舒瑟特說。可是……她應該會不高興。」

對，我敢說她肯定會不高興。

36

我們出發前往海灘。

舒瑟特心不甘情不願地允許我們一家人一起到海灘玩。我沒聽到實際的對話，但我能想像她一定盡她所能阻止。但我們仍來了。

不過我很期待這趟小旅行。那是位在海岸邊的私人海灘，只有舒瑟特和她指定的朋友能去。海灘需要特別的通行證。我這輩子去過許多海灘，但這可能是我去過最高級的海灘。我敢說那裡一定非常舒服。

恩佐開車一如往常飛快。我以為有了孩子之後，他會開慢一點，但他沒有改，更要命的是孩子還很喜歡。

「你可以開慢一點嗎?」我低聲說，我們在高速公路經過了一塊限速九十公里的標誌，但我們時速至少有一百二十公里。

「米莉，」他說：「所有人都開這麼快。要是我們慢下來，他們全會繞過我們。」

「我就不會開這麼快。」我說。

他朝我眨眼。「對，妳開車像老太太一樣慢。」

「我哪有。」

「我弄錯了。老太太都開得比妳快。」

我翻白眼。「真好笑。」

「是真的，媽。」尼可插嘴：「大家都常按妳喇叭，要妳開快一點。」

顯然在長島（上）開車時速一定要超過一百二。

但我們從高速公路下交流道時，後方傳來了警鈴聲。恩佐看後照鏡，低聲用義大利文罵髒話。「別開玩笑了。」他喃喃說。

他停到路旁，我好想告訴他「我早說過了」，但我忍住了。警察慢條斯理下了警車，恩佐則四處翻找自己的證件。

「爸會被逮捕嗎？」安妲語氣十分擔心。

「不會。」我說。

「被逮捕好酷。」尼可說。

「酷也不行。」我說。

警察年約三十多歲，他感覺一點都不想在三十幾度的高溫中工作。恩佐搖下車窗，充滿魅力朝他微笑。

「你好，警察。」他口音濃重，令人難以聽懂。「有問題嗎？」

「駕照和行照。」警察百無聊賴地說。

恩佐將駕照和行照交給他，看警察要說什麼。他看了看恩佐的駕照，終於開口：「你知道你剛才開多快嗎，阿卡迪先生？」

「我眞的對不起。」恩佐說：「可是……油錶你看？快空了！我一定要開快，找加油站，不然沒油！」

警察盯著他一秒，搔搔頭。「油錶跟時間沒關係，你知道吧。」

「不是嗎？」恩佐露出震驚的表情，其實看起來滿眞誠的。「我不知道！」

「對，當然不是。」他又低頭看了看駕照，然後看一下我丈夫和車裡所有人。「好，我不想破壞你和家人美好的午後時光。去把車子的油加一加。不用開那麼快。」

「Grazie（謝謝）。」恩佐朝警察咧嘴一笑。「祝你今天順心，警官。」

警察回到車上之後，恩佐搖起窗戶，他朝我眨眼。「輕而易舉。」

他沒收過罰單。他總是有辦法靠一張嘴脫身，或靠**說謊**脫身，視情況而定。他不只會睜眼說瞎話，還能面不改色，簡直令人嘆爲觀止。

我一直都知道我丈夫是個高超的騙子。但這事我以前從不在意，直到我懷疑他有事隱瞞著我。

37

強納森和舒瑟特先到了海灘。雖然我們可能車開比較快，但他們路上沒被警方攔查。我們停到私人海灘格外時髦的停車場，下車時，強納森和舒瑟特正往海灘入口走，入口有個長相兇悍的男子，身穿黑色背心和泳褲。他像是私人海灘版的保全。

強納森帶了兩張海灘椅和一把陽傘，舒瑟特肩上只背著一個小托特包。強納森看起來就像典型夏初海灘上的遊客，他膚色蒼白，肚子肉被泳褲擠出，白色的雙腳穿著拖鞋，頭戴棒球帽，蓋住稀疏的頭髮。反之舒瑟特彷彿整個冬天都在海灘上。她全身曬得均勻，鼻梁上架著卡地亞墨鏡，身穿一件小比基尼，徹底展露她健康勻稱的身體。

地心引力四十多年來的迫害，再加上生了兩個孩子，我的身材和她天差地遠。我實在無法，那怕我只有二十五歲，要穿著像手帕大小的比基尼，在海灘上晃來晃去，我也肯定渾身不自在。所以我穿的是保守的連身泳衣，上面再套一件連身罩衫。我和強納森一樣，皮膚白到不行。而且我又不喜歡游泳，所以我可能會一整天都穿著罩衫。

海灘保全打量舒瑟特，她的比基尼布料超少。其實許多人都在看舒瑟特。就連我也情不自禁瞄了她好幾眼。她何時有空把腹肌練到那麼結實？我猜她沒有任何剖腹產疤痕或妊娠紋要遮。

恩佐穿著T恤和短褲，他在後行李箱掙扎，想搬出我們家的海灘家具。說實話，如果他打量穿著迷你比基尼的舒瑟特，我也不會怪他。畢竟他也是人，但我發現他的目光都維持在脖子以上。

「米莉！」舒瑟特說：「妳這……罩衫真有趣。我欣賞妳的灑脫，完全不想花大錢買什麼海灘服飾。**眞的**很有妳的風格。」

這擺明就是明褒暗貶。但我無法反駁。我的罩衫是在打折區買的。

雖然恩佐沒有在看舒瑟特，但她倒是毫不掩飾地看他。她的藍綠色眼珠毫不留情來回掃視著他身體，雙唇噘起。他這時甚至連T恤都還沒脫。

海灘都還沒走到，我突然想回家了。但我想與其讓他和穿著小比基尼的舒瑟特單獨來海灘，我還是人待在這比較好。

「你們找不到海灘嗎？」舒瑟特說：「我們以爲你們中途迷路了。」

尼可馬上把事情抖出來。「爸被警察攔查了。」

恩佐大笑。「他說我開太快。」

「我相信你沒超速。」舒瑟特搖頭。「這裡警察好愛管東管西。」

「很高興你們順利到了。」強納森說。不像他妻子，他這句話沒有弦外之音。他似乎發自內心地歡迎我們。「你好嗎，尼可？我們想念你來家裡做家事的日子。」

強納森眞好心，但我其實知道他們討厭尼可去家裡，打破客廳一半的東西。

尼可聳聳肩。

我想跟他說這樣很沒禮貌，但感覺沒意義。他最近心情變得更鬱悶。我最後打給小兒科醫師，帶他去看診，但她聽了他的心肺之後，表示無需進一步檢查。她不建議談話治療。她其實還說了和恩佐一樣的話：**男孩子有時會比較粗魯。他可能還在適應搬家。給他一點時間**。

「我們要見的客戶呢？」我問舒瑟特。

「哦。」她聳聳肩。「他們取消了。」

恩佐感覺沒有一絲驚訝，我不禁好奇一開始到底有沒有客戶。我的意思是，在海灘開會？聽起來實在太牽強了。

不，應該是我太疑神疑鬼了。我相信原本是真的有客戶。臨時改行程很常見。

舒瑟特帶我們到海灘，想找到最完美的位置放東西。但她似乎無法決定哪裡最完美。我們越過大半座海灘，經過許多感覺非常適合的地點。可憐的強納森辛苦搬著兩張海灘椅和陽傘，於是我決定除了自家陽傘外，也幫他拿陽傘。舒瑟特至少也能拿點東西，但她不打算這麼做。強納森對這一切都逆來順受。

「好。」我兩隻手臂都快斷掉時，她終於說：「這裡感覺不錯。」

強納森將兩張椅子放下，但當他伸展手臂時，她說：「等一下，也許我們應該去那邊。那裡陽光比較好。」

強納森又打算把椅子搬起，但我受夠了。「舒瑟特，」我說：「這裡很完美。我不要再走任何一步了。」

她翻白眼。「好啦、好啦。可是米莉，走路對妳很好。這樣能減肥。」

揍她一拳可以減肥嗎？因爲今天很有機會發生。

我們擺好椅子，鋪好毛巾，我從托特包裡拿出防曬乳噴瓶。恩佐一向不擦防曬乳，但我會替孩子們擦，自己也絕對會擦。我是全家唯一會曬傷的，而且防曬乳不是能防止癌症之類的嗎？總之孩子別無選擇。

「哦，米莉。」舒瑟特看我替安妲噴防曬乳，倒抽口氣。「妳不是眞的要在孩子身上噴防曬乳吧，眞的假的？」

我當然是。「對……」

「妳知道噴劑含有各種有毒化學物質。」她說：「現在全散布在空氣裡了。我們基本上全都在**吸防曬乳**了。」

我應該要在乎我會吸到防曬乳嗎？我莫名不覺得。「嗯哼……」

「還有，」她又說：「那是易燃物質。」

尼可眼睛睜大。「妳是指我們會**著火**？」

「你不會因爲防曬乳著火。」我跟他說。

他看起來很失望。

舒瑟特手伸進袋子，拿出一罐白瓶。「這是市面上最好的防曬乳。全天然成分，**而且**防曬係數是兩百！防曬係數兩百的產品很少見。」

我們爲何會需要防曬係數兩百的防曬乳？她覺得我們要跳過火圈才能下水嗎？

恩佐脫下了T恤，露出他黝黑健壯的胸肌，我發現舒瑟特看到雙眼都凸出來了。我喜歡自己有個滿身肌肉的帥氣丈夫。但我有時也會希望他能變胖和身材走樣。

「恩佐，」她說：「你想試試看我的防曬乳嗎？」

他大笑。「我不需要。我從沒曬傷過。」

「對，雖然你不會曬傷，但這對你身體好。」她說：「這能預防皮膚癌。」

「眞的嗎？」恩佐起了興趣，雖然同樣的話我對他講了十年。

「眞的，沒騙你。」她熱情地說：「你至少要擦肩膀。來，我幫你。」

我下巴落下，眼睜睜看舒瑟特擠了防曬乳到手掌上，並塗抹在我丈夫肩膀。她眞的這麼做了？她眞的把防曬乳塗抹在他身上？這種行爲完全無法接受。

我望向強納森，以爲他會和我一樣反感。但他也拿著一瓶貴到胃痛的防曬乳塗抹手臂，這瓶防曬乳顯然是爲了讓人飛到太陽上度假才發明的。後來他想塗一些到背上，但他摸不到，而他妻子的手正在忙著摸我丈夫。

「好了。」她塗到天荒地老後，恩佐終於說：「這樣就夠了。反正下水就會掉了。」

「哦，不會。」舒瑟特說：「這款防曬乳防水。你可以游一整天泳，還是會有防曬係數兩百的保護力。」

恩佐眼睛睜大。「眞的嗎？」

我不想再聽到這爛防曬乳的事了。

「安妲，」舒瑟特說：「妳想塗這個防曬乳嗎？」

安妲目光向下看向瓶身，但搖了搖頭。我不會怪她。她像恩佐一樣，不曾曬傷過，我相信她不想把全身都塗上白色乳液。

「尼可，你呢？」舒瑟特問。

尼可只瞪著舒瑟特。他沒回答，但他表情相當冰冷。我不知道我有沒有看過他這樣看人，說實話，我背脊不禁竄過一絲寒意。但後來他轉開頭了，我不確定這一切是不是我的想像。

孩子想去水裡玩，於是恩佐開心帶著他們去了。我以爲舒瑟特這種人一定整個下午都會在海灘上日光浴，尤其她剛才還選位置還挑三揀四的。但恩佐一說想去游泳，她馬上也說要去。

「妳要來嗎，米莉？」恩佐問我。

我搖頭。「我在這裡休息就好。」

強納森伸手抹勻鼻梁上一坨防曬乳。他想跟著舒瑟特去，但才走了幾步，她便轉身看向他。「不行，」她說：「你待在這。我去游泳。」

他點點頭，也沒多問，轉身走回他的海灘椅。他坐下來，拿起一本平裝書。我探頭看書名：《包法利夫人》。

「你不想去游泳？」我問他。

他擺擺手。「還好。」

「看起來像你想去游泳，結果舒瑟特不准。」

「我不介意。」

也許他不介意，但我好討厭舒瑟特頤指氣使的模樣，我來不及阻止自己，脫口而出：「我只是覺得你能不能去游泳，不該由舒瑟特決定。」

強納森聳聳肩，露出微笑。「她有時會需要自己的空間。如我所說，我不介意。」

我打聽過了，舒瑟特做不動產經紀人其實並不成功。此外，鎮上的房價明明相當高，她卻能買下無尾巷中最大的房子。可想而知，強納森才是家中的經濟支柱，供她維持奢華的生活。結果她卻處處對他大呼小叫。我是說，他來到海灘，還不准下水？這太扯了吧。

「海很大，」我說：「這可是大西洋。感覺你們兩個就算都去游泳，也不會打擾到彼此。」

他把書放到大腿上。「**妳**想去游泳嗎，米莉？」

「不想，那不是我的意思。」

強納森一臉茫然望著我。他眞的毫不在意舒瑟特對他頤指氣使嗎？我覺得恩佐和我決定事情時，我們是對等的個體，但就我觀察，感覺在洛威家中，所有重要的事都是由舒瑟特決定。

話說回來，恩佐從共同帳戶提走一千元，也沒告訴我。但他已經把錢放回去了。我相信他沒說謊，那筆錢一定是花在工具上。我至少百分之九十九確定。

湛藍的海水在陽光下閃耀波光。我的兩個小孩都和恩佐一樣擅長游泳。孩子小時候，他常帶他們去基督教青年會。從他們還不會走路的時候，他便教姊弟倆游泳。孩子的頭像海中的兩個黑點，我遠遠看著他們浮浮沉沉。安姐離恩佐很近，後來尼可離他們有一段距離，他⋯⋯

誒。爲何他看起來像在對舒瑟特說話？尼可有什麼話想對舒瑟特說？尤其他剛才還狠狠瞪她一眼，這感覺好奇怪。眞希望我能知道他們對話的內容，但距離太遠，什麼都聽不到。

「總之，」強納森說：「我們要待在這裡很久。我可以晚點再游泳。防曬乳效果能維持好幾小時。其實撐個好幾天都沒問題。」

我目光好不容易才從水面移開。「眞的能撐這麼久？」

「眞的，這是好東西。」他手伸進舒瑟特的托特包，拿出防曬乳。「妳想塗一點嗎？」

「好啊。」我說。

強納森遞給我。他沒藉機幫我抹背或肩膀，這樣非常得體，畢竟他也不是我的男友或丈夫。這瓶防曬乳看上去很普通，但不得不說，味道很好聞。

我正準備把這神奇的防曬乳擠到手掌上，忽然聽到海上傳來一陣騷動。有人尖叫。

38

事情發生得很快，溺水只是一剎那的事。

海上亂成一團，但我看不清楚狀況。我馬上站起，身旁的強納森也是。無論發生什麼事，都是出現在我小孩剛才游泳的地方。救生員從看台爬下，跑向海岸，結果他晚了一步。

恩佐已抱著她浮出水面。

差點溺水的是舒瑟特。她勾著恩佐的脖子，他則是英勇地將她抱上岸。她沒有失去意識，但滿臉通紅，不斷咳嗽。我雖然想罵她假裝溺水，但她看起來真的很難受。

恩佐將她放到沙灘上，跪在她身旁。救生員也蹲到她旁邊，但舒瑟特的注意力全在我丈夫身上。

「妳還好嗎？」恩佐問她。

「還好。」她邊抽氣邊說，並又開始咳嗽。「剛才是……剛才好可怕。但我沒事。」她伸手握住我丈夫的手。「謝謝你。謝謝你救我。你是我的英雄。」

哦，拜託喔。

我望向強納森，他感覺一點都不在意，一個性感的義大利猛男彎身在他妻子上方，她口水都流出來了。也許口水是因爲差點溺水的關係。

「妳確定妳沒事嗎，小姐？」救生員問她。

「我沒事。」她設法用手肘撐起身體。「只是我腳好像纏到什麼，害我被拉進水裡。感覺……很可怕。」

「可能是海草。」救生員推測。

「對。」舒瑟特說，但她看起來不信。我也覺得海草怎能把人拖入水中，但我不確定還有什麼其他解釋。

安妲和尼可游上岸，一臉驚魂未定。安妲雙手環抱著自己，尼可直挺挺站在岸邊，離我們約三公尺，他表情難以捉摸。

「舒瑟特，親愛的。」強納森說：「我覺得我們還是回家吧。」

「也許吧，」她說：「但我不想掃大家的興。」

「別擔心掃不掃興。」恩佐說。這時我才發現她仍握著他的手。或他仍握著**她**的手。無論是哪種情況，總之兩人的手現在是緊緊握在一起。「妳一定要保重身體。」

「你真的救了我一命。」她說：「說真的，我好害怕，而你……你救了我。」

「沒什麼。」恩佐揮了揮手，其實他是心甘情願。話說，他愛當英雄也很正常。

恩佐扶著舒瑟特站起，強納森也伸手要幫她，但她無意走過去。我們開始收拾所有東西，因爲大家都嚇壞了，已經很難享受在海灘的時光。我是說，**我**還是能開心地玩，但就連孩子看起來都想走了。

不巧的是，舒瑟特彷彿腿受重創，無法走路，所以恩佐幫忙扶她，最後我們不得不自己搬海灘家具。孩子一人搬一張椅子，我搬兩張，同時把陽傘夾在手臂下。一路上步步艱辛，但我們仍走回了停車場。

「再次謝謝你。」恩佐扶著舒瑟特，一拐一拐坐上強納森那台賓士的副駕駛座，她抬頭望向他。「你救了我一命。」

她一邊說，手臂一邊放上他的二頭肌。說實話，這動作感覺有點沒必要。照她凝視他的方式，我覺得要不是她丈夫在幾公尺外，又有我站在這死瞪著她，兩人可能會擁吻起來。我不是說恩佐會出軌，但要是我不在，誰曉得會如何？舒瑟特非常有魅力，雖然我很討厭她，但他感覺不像我一樣討厭她。

「開車小心。」他對她說。

「沒問題！」強納森開心回答：「再次謝謝你，恩佐！感謝你照顧我太太！」

他**感謝**我丈夫亂摸他妻子？他是當眞的嗎？

他們開走時，我是眞的很想鬆一口氣。但是他們就住在隔壁，根本甩不掉。

39

「什麼？妳是要我讓她淹死嗎，米莉？妳是這麼希望嗎？」

從海灘回來後，我整個晚上都悶悶不樂。雖然只去海灘不到一小時，但所有東西全都是沙。我身上每一條縫都像是卡了沙粒。就連洗完澡，我還是覺得身上有沙。

沒錯，我一直在發脾氣。回到床上準備睡覺時，我忍不住提起恩佐在海中英雄救美的事。

「我不是希望你讓她淹死。」我嘟噥：「可是你非得**那樣**救她嗎？」

「哪樣？」

「就……」我在床上坐起身，抓了抓腳趾，感覺腳趾間好像仍有沙子。「就那麼……英勇。」

他雙唇抽動。「**英勇**？」

「我是說，她明明可以自己走回車上，或是讓強納森扶她走。」

他聳聳肩。「她想要我扶。」

「我想也是。」我咬著牙。「客戶取消行程還真是**剛好**。」

「沒有，不剛好。」他皺起眉頭。「我想見客戶，我想要這份工作。」

「他們沒出現你卻看起來一點都不訝異。」

「因爲她今天早上告訴我了，但我還是想和妳跟孩子去海灘玩。」

「是啦。」

他哼一聲。「米莉，這太荒謬了。我不懂妳爲何生氣。」

「ＯＫ，所以如果有個帥哥把我從水中救起，處處示好，你完全不會在意？」

「不會，完全不會。」

如果是眞的，這讓我更生氣了。如果有帥哥對我有好感，他爲何**不會**嫉妒？

「因爲我相信妳。」在我更激動前，他補了一句：「妳也可以相信我。妳知道的，對吧？」

我眞的知道嗎？搬到羅可斯街十四號之前，我會響亮地回答「對」。但他和舒瑟特．洛威相處的時間多到讓我起疑。我的意思是，半夜討論**玫瑰花叢**？眞的假的？

但恩佐是個好人。我全心相信這件事。

他凝視著我，等我回答，我眼前只有一個正確答案：「對，我相信你。」

「好。冷靜想想，如果舒瑟特被殺，妳會是最大嫌疑人。」

「哈哈。」

恩佐伸手關燈。他靠近我，手臂抱住我身體。他興致盎然，我感覺得出來。但我無法投入。雖然對於海灘發生的事，他安撫了我的焦慮，但有件事依舊未解決，我也一直放不下。

「恩佐。」我說。

「噓。」他喃喃說，他手滑上我大腿。「別再談論舒瑟特了。」

「可是……你覺得舒瑟特被拉入水中是怎麼回事？」

他手瞬間停下。「什麼？」

「我是說，」我說：「她說她腳被東西勾到，所以沉入水中。你覺得她勾到什麼？」

「海草？」

「所以是海草抓住她的腳，將她拖入水中？」

他手完全離開我的大腿。「我不知道，難道是小孩在鬧？」

「什麼小孩？你有看到其他小孩在她旁邊游泳嗎？」

他不說話好一會。「我不懂，妳在擔心什麼？」

「我只是……」我緊抓被子。「你有注意到尼可去跟她說話嗎？在溺水發生前？」

他瞇起眼睛。「沒有。」

「我有看到。」

他聽了直接坐起。我剛才沒心情，現在可以肯定，他也沒心情了。「妳在說什麼，米莉？」

「我什麼都沒說。我只是想釐清發生什麼事。」

「妳是說我們的兒子想淹死舒瑟特？妳是這麼想嗎？」

「沒有。」但我其實有點這個意思。恩佐沒看到，他們下水前尼可瞪她的那個眼神。

「那很好。因爲他沒有這麼做。」

「你確定？」

「廢話！」他氣惱地看我一眼。「我有看著他。他沒有靠近她。像我剛才說的，可能是海草或其他小孩。」

但他在說謊，我很確定。因爲她溺水之前，我看到尼可就在她旁邊。他只是在說他覺得我該聽到的話，但我想知道眞相。

「尼可是個好孩子。」恩佐頑固地說。「妳不該擔心那麼多，對妳的血壓不好。」

但我忍不住想，我現在有比血壓更嚴重的問題。

40

凌晨三點我驚醒，全身是汗。

我做了噩夢。在夢中，我漂浮在海洋上。突然之間，一隻手抓住我腳踝將我拉入水中。我大聲尖叫，努力掙脫，但那隻手一直把我向下拉，最後我沉了下去。

這時候我醒來了。

海灘之旅敗興而歸已過了一週，雖然我說不上爲什麼，但感覺那天之後，一切都不一樣了。恩佐一整週都和我十分疏遠，但我不能和他聊，因爲他其實沒做錯什麼。只是不知爲何他總是心不在焉。

今晚夜空格外晴朗，月光透過窗灑入臥室。我將頭轉到側邊，以爲會看到丈夫在身旁熟睡，結果沒有。

恩佐沒有睡，他甚至根本不在床上。

搞什麼？

我從床上坐起，完全清醒。我半夜經常醒來，但恩佐通常睡得很熟。我不記得自己是否有哪次醒來發現他不在床上。他去哪了？在浴室嗎？

但主臥浴室一抬頭便看得到。他不在那裡。

屋外的汽車引擎聲引起我注意。我快步來到窗邊，恩佐的貨車開上自家車道時，我驚訝得張大了嘴。大半夜的他幹麼跑出去開車？

他停上車道後，我看不到貨車座位，也看不到他下車。更重要的是，我看不到他是不是一個人。我不知道哪個情況更糟糕，是獨自一人大半夜開車轉一轉，還是有人和他一起。

我在騙誰啊？當然是**有人和他一起**更糟糕。

我丈夫的腳步聲逐漸拉近變大，他爬上了通往二樓的樓梯，腳步很緩慢，努力壓低聲音。他不希望吵醒我。他希望回到臥房時，我仍熟睡，毫不知情。

我等著看他會有多驚訝。

臥室門打開，恩佐頭探進來，眼睛睜得大大的，因爲他看到我坐在床上。「米莉，」他說：「呃，早。」

「你去哪了？」我厲聲說。

「我去……」他回頭看向走廊。「我渴了。我只是下樓去喝水。」

「穿牛仔褲？」

恩佐低頭看自己穿著牛仔褲和T恤，腳上也穿著襪子。他絕不會穿襪子睡覺。所以他出門前顯然是換了衣服。

在他還沒想出另一個謊言前，我說：「我看到你開貨車進入我們家車道。所以再跟我說一次，你去哪了？」

「對不起。」他揉揉脖子。「我睡不著，所以開車去兜風。我不想打擾妳，或讓妳擔心。」

「你開車兜風？」

「對。」

「開去哪？」

他聳聳肩。「就在社區繞一繞。」

「一個人？」

他點頭。「對。」

我記得警察抓到他超速時，他對警察微笑的樣子，並從嘴裡吐出一個個謊言。我認識他很久，但要不是那天我知道實情，我絕對看不出他說謊。而我現在看著他，也確實難以分辨，他眞的只是因爲睡不著去開車嗎？

還是他做了更無可饒恕的事？

「妳別擔心。」他告訴我。「沒什麼，我只是去兜個風。而且我回來了。」他打了個大呵欠。「很有效喔，我現在好想睡。」

他脫下牛仔褲和T恤，也脫下左右腳的襪子，扔到洗衣籃裡。然後他爬上床，來到我身旁，雙臂抱住我。

「睡吧，米莉，」他喃喃說：「很晚了。」

我想睡覺，我很疲倦，明天還要上一整天班。我好希望自己能閉上眼睛，像他一樣沉沉睡去。要是眞能這樣就好了。

但有其他女人的香水味撲鼻而來，實在是難以入眠。

41

恩佐出軌了。

我下班開車回家途中，腦子裡全卡在這件事上。偏偏今天長島高速公路難得地順暢好走。恩佐半夜溜出去已是兩天前的事。那天他一身香噴噴地回家，我很肯定那是舒瑟特的香水味。這事一直在我腦子裡揮之不去。

恩佐表現得像一切沒事，他仍堅持自己只是半夜去晃晃。他沒有淚眼汪汪承認自己和舒瑟特一夜激情。我也沒再聞到他身上有她的香水味。

我一直想找個合理的解釋，但我找不到。那天晚上恩佐就寢時，身上並沒有香水味。他顯然是夜裡起來，開車和她去了某處，到凌晨三點才回家，並假裝什麼事都沒發生。

我開車到家時恩佐的貨車已停在屋子前。至少他現在在家，我或許應該跟他聊聊。就算沒有合理解釋，也還是攤開來說比較好。我不願意像某些妻子那樣，明知道丈夫背著自己亂搞，卻裝作一無所知。

我進到家裡，小孩的鞋子散落門旁。他們可能在樓上，但我沒看到恩佐的靴子。所以他是貨車停在外頭，但人不在家。

他一定和舒瑟特在一塊。

我咬緊牙關。我受夠了這個女人，我受夠恩佐跑去她家替她整理後院。她搞不好根本沒溺水，我卻要眼睜睜看我丈夫將她從海中救起。我敢說那全是她設好的局。畢竟誰會被**海草**勾進海裡？

我也受夠當個好鄰居了。我要讓那女人知道我對她的看法，一次說個清楚。然後我會帶我丈夫回家。

我鞋也不脫了。我重重甩上前門，大步踩過新割的草坪，走向羅可斯街十二號。我用大拇指按門鈴，故意讓門鈴大響。

沒人應門。

我又按了第二次，一樣沒人應門。屋裡一片寧靜，沒聽到腳步聲，什麼聲音都沒有，也沒聽到後院傳來恩佐的工具聲響。

會不會他們在忙，沒聽到門鈴聲？會不會他們在樓上舒瑟特的房中，兩人在……

哦，天啊，我不願意往下想。

我衝動之下抓住門把，沒想到門把輕易轉動了。於是我將門把往順時針方向轉到底，身體靠在門上，將門推開。

我走進洛威家寬敞的門廳。屋內感覺……好安靜，樓上也的確沒傳來床晃動之類的聲音。

「舒瑟特？」我大喊，然後又低喊一聲：「恩佐？」

還是沒人回答。

我穿過門廳，四下安靜無聲。聽起來確實沒人在家。但一走進客廳，我注意到另一件事。屋內有股味道，那是我非常熟悉的味道。

血腥味。

爲什麼屋內有血腥味？血腥味濃厚，瀰漫著整間屋子。但我上次來，這屋子明明飄散著紫丁香的氣味。

「舒瑟特？」我大喊，但這次我聲音顫抖。

我目光向下望，這時我看到了，樓梯的角落附近有隻腿，再過去便是一具橫躺在地的屍體。無神的雙眼盯著天花板，客廳一灘血緩緩擴散。我馬上認出那人是誰。我費盡全力才沒倒在地上。

是強納森·洛威。

有人割破了他的喉嚨。

第二部

米莉

Part Ⅱ

MILLIE

42

我必須叫救護車。馬上。

當然，強納森．洛威救不活了，他已經死透了。但我更害怕的是，他脖子的血仍不斷流出。這代表殺了他的人才剛下手。

有沒有可能兇手仍在屋內？

屋子某處傳來門重重關上的聲音。有人走出屋子嗎？還是有人回到屋內，想把目擊者也殺掉？

我摸了摸口袋，尋找手機。唯一摸到的是我家鑰匙。這時我才想起，我在車裡打了通電話，順手把手機扔回皮包裡。皮包現在放在我家。我不知道強納森口袋有沒有手機，但我絕不會碰他。我要趕快回家報警。

我暫時不去想兇手會不會逃到隔壁，闖進我家，威脅我孩子。我原地轉身，奔向門口。我甚至不敢回頭看，直線衝出屋子，跑回自己家。我一路奔進了前門，來到屋內，重重將門關上。

進到屋內，我第一個聽到的是廚房的水聲，然後我聽到有人以義大利文咒罵。我丈夫在家，至少他會知道該怎麼辦。

我之前遇過這樣的情況，而他是少數我能信任的對象。

我進到廚房，恩佐站在水槽前沖洗雙手。他又低聲咒罵一聲。我靠近時，看到深紅色的水回旋流入排水孔。

他在洗掉手上的什麼？

「恩佐？」我說。

他回頭看我。「米莉，等我一下。我手被園藝剪刀剪傷了。Stupido（好笨）。」

但我沒看到他手上有傷，唯一看到的是大量的鮮血流入排水孔。

「怎麼了？」他問我。

我張開嘴，想告訴他我剛才看到的可怕景象，想告訴他強納森已成了一具屍體，倒在自己家裡。但他轉身時，我看到他的白T恤上全是血跡，內心頓時湧起一股不祥預感，恐怕我想說的事，他早已知道了。

「米莉？」他說。

遠方警鈴聲愈來愈接近。我沒有報警，但不知何故，警方卻趕來了，他們知道出事了。

他深色眉毛緊皺。「米莉？怎麼了？」

「強納森·洛威死了。」我哽咽地說：「有人刺死他了。」

「什麼？」

我不確定他兩天前半夜溜出房間是不是在說謊。但這一刻，恩佐真心一臉震驚。我幾乎能以性命發誓，我說出口時，他大吃一驚。

幾乎。

恩佐低頭望著自己上衣，上面布滿未乾的斑斑血跡。他抬起目光，看到我的表情，馬上退後一步。「我跟妳說了，我是割到手。這是我的血。**我的**血。」

警鈴聲現在更大聲了。警車隨時會抵達。

「把衣服換掉。」我跟他說。

恩佐僵在原地一會，最後他點頭。他跑上樓換下滿是血跡的上衣，並處理掉他該處理的東西。

43

接下來二十分鐘，警察蜂擁而至，來到洛威家。

我們要孩子待在房間裡，不希望他們看到外頭發生的事。他們遲早會發現鄰居遭人謀殺，但我想拖延愈久愈好。最後我用微波爐熱了披薩貝果，讓他們在房間用餐。

我從窗戶看著一切。警察抵達之後大約半小時，舒瑟特才回家，我看著似乎是警探的男人將消息告訴她。她摀住雙眼，失聲哭泣，但在我眼中她看起來好假。丈夫死了，她一點都不難過。

警方遲早會來我們家問話。他們目前還沒來，但來的時候，我不確定自己該透露多少。恩佐和我坐在廚房餐桌旁，盯著我熱好的披薩貝果。這東西無論何時都令人倒胃口。起司一邊沒融化，另一邊卻焦了。但我現在即便眼前排滿大餐也是食不下嚥。

「我不懂。」我對恩佐說：「剛才發生什麼事？你在他們家嗎？」

「沒有！」他大喊。「我從沒進屋裡。我在外面。工作。」

「你什麼都沒聽到？」

「沒有，妳知道我的工具聲音很大，我完全沒有聽到屋裡有任何動靜。」

我低頭看向恩佐的手，他雙手交扣，放在餐桌上。「哪裡割傷了？」

「什麼？」

「你跟我說你割傷手。」我提醒他：「所以你才身上都是血，記得嗎？割傷哪裡？」

他伸出左手。我起初根本沒看到，但我仔細看，發現他手掌有一道傷口。

我就直說了：這種傷口絕不可能流那麼多血。

「割傷手會流很多血。」他為自己駁護。「手有很多血管。」

「現在沒流血。」

「**止住了啊。**」

我不知道要說什麼。我想相信他，發自內心地想要相信他。因為我真的無法想像是我丈夫狠心下的手。強納森．洛威倒在客廳時，喉嚨可是遭人無情地割開。

如果真是他幹的，他就已經不是我認識的那個他。

我還想不到下一個問題，門鈴就響起了。雖然我們心裡有準備，但仍嚇了一跳。恩佐抓住我手臂，一臉驚恐。

「米莉。」他聲音沙啞。「不要告訴他們我衣服有血跡。好嗎？」

我甩開他的手，起身應門。我不會告訴警方他衣服的事，也不想想是誰叫他換衣服的？

通知舒瑟特消息的警探站在我們家門口。他年紀約四十歲左右，斑白的頭髮修剪整齊，身上穿著米色長大衣，底下是一件白色襯衫和深紅色領帶。我這些年見過許多警探，直覺告訴我不要相信這人。但話說回來，我對警察常有這種感覺。

「阿卡迪太太？」警探的口音聽起來不像長島人，更像是來自皇后區。「我是維勒警探。妳有空嗎？」

我默默點頭。「有。」

「我能進去嗎？」維勒問。

我早已有過經驗，所以我知道讓警察進屋不是件好事。而且我一旦答應他，他便能進來四處調查。一想到丈夫才剛脫下血跡斑斑的衣服，我就很不想讓他進門。

「不好意思，」我說：「我小孩都在屋裡。所以我希望能在門廊上講。」

「沒問題。」維勒說。

我打開門廊燈，我們走到外頭。蚊子飛來飛去，我真希望自己有噴防蚊液，但我還是不願意邀請他進我家。我寧可被蚊子活活咬死。

「我不知道妳有沒有聽說發生什麼事。」他說。

他仔細觀察我的表情。我不了解這警探，感覺他很精明。我決定就說出事實。

「我，呃……我很清楚……」我清了清喉嚨。「我想去找舒瑟特，我看到強納森倒在地上，他……」我不得不閉上雙眼，甩開腦中回憶。「我手機在家，我回來想報警，結果就聽到警鈴的聲音。」

維勒點頭。「妳的鄰居珍妮絲．亞契報警了。她說她聽到屋裡有人大叫。」

珍妮絲，果然是她，這女人一直在偷看，而且她能清楚看到羅可斯街十二號的正門。

「她說她報警之後看到妳進了房子。」他說：「然後妳不久便出來了。」謝天謝地，還好我決定說實話。珍妮絲目睹了一切，所以至少她能證實我的說法。這次我總算不會被當成嫌疑犯了，眞是不幸中的大幸。

「她也告訴我，」維勒繼續說：「妳丈夫在騷動前兩小時進了洛威家正門。她沒看到他離開，這代表他從後門離開，所以她看不到。」

「我丈夫是園藝師。」我說：「他常去他們家後院工作，他是在工作。」

「亞契太太說他經常出入洛威家，」他說：「尤其洛威先生不在家的時候。」

OK。哇。

「那不是……」我鎭定下來，提醒自己警探正在觀察我的反應。我不會讓他輕易得逞。他甚至沒發問，所以我不用給他答案。「亞契太太喜歡多管閒事。他們之間什麼都沒有。」

「是嗎？妳確定？」

「我確定。」我堅定地回答。

維勒調了調他紅色的領帶。「妳知道有誰會想傷害強納森．洛威嗎？」

「我跟他不熟。」

「妳丈夫呢？」

「我丈夫絕不會做出這種事！」我脫口而出。「這是我聽過最荒謬的事了！」

警探面無表情，但薄唇抽動，略帶笑意。「我只是在問妳丈夫跟洛威先生熟不熟？」

「哦。」我雙頰發燙。「不熟。我……我想不熟。」

「洛威太太呢？」他言下之意很明顯。「他和**她**熟嗎？」

「也沒那麼熟。」

「雖然他經常到她家？」

「**工作**。」

我好氣自己，居然被一個警探弄得如此激動。十年前，我絕不會讓這種事發生。妻子和母親的身分讓我變弱了。

「好吧，」維勒說：「那我最好跟妳丈夫聊一聊。妳能幫我請他過來嗎？」

我冷靜地吸一口氣。「沒問題，稍等一下。」

我走回屋內，將門關上，讓警探一人留在門廊。我彎身靠著門，花點時間呼吸。維勒警探讓我慌了，我低頭看到自己雙手不斷顫抖。

等我終於振作起精神，才走進廚房。恩佐仍坐在那，面前涼掉的披薩貝果他動都沒動。我走進廚房時，他抬頭看我。

「怎樣？」他說。

「警探想跟你說話。」我說。

他帥氣的臉龐充滿恐懼。他望向我，彷彿聽到自己要被處決一樣。但他仍從椅子站起，走向前門去找警探。

44

恩佐和警探談完之後，沒對我說什麼。

我不知道他們聊了什麼。我耳貼前門，努力想聽到什麼，但我們正門一定和暗門一樣有隔音效果，因爲我一個字都聽不到。但往好處想，警探沒有將我丈夫上銬帶走。

警探離開後，我上樓想找那件滿是血跡的T恤，但不在洗衣籃裡。我遍尋不著那件T恤。

我不知道恩佐怎麼處理了。

我們請孩子待在房間，以免受影響，所以他們吃完晚餐之後，我們決定讓兩人下來客廳，聊聊發生的事。畢竟鄰居被人殺了，我們不可能瞞得住。他們知道發生大事了。

他們坐在沙發上。安妲深色的大眼睛注視著我，尼可身體扭動，想坐得舒服一點。那孩子總是坐不住。我不禁注意到他一直在避免眼神接觸。

我坐到他旁邊，恩佐坐到扶手沙發上。我不確定誰該先開口。但恩佐表情呆滯，可能因爲剛才和警探談話，仍有點心神不寧，所以我覺得應該由我先說。

「我們想要跟你們說隔壁鄰居發生的事，」我開口：「我想你們看到警車了。」

安妲嚴肅點點頭，尼可坐立不安。

「有件令人難過的事，」我說：「洛威先生……被殺了。」他們不需要聽到細節，他們不需知道我發現他喉嚨被割開，倒在血泊中。光是簡化的說法就夠糟了。

不出所料，安妲哭了出來。尼可目光下垂，一言不語。

「我不希望你們感到害怕。」我說：「對他做這種事的人……那人不會想傷害我們。那件事和我們無關。」

當然，我們沒有證據。我們不知道是誰殺了強納森．洛威。但向兩個小孩保證他們安全無虞，我認爲沒什麼不妥。

「你們還好嗎？」我柔聲問他們。

安妲擦了擦眼睛。「他們知道誰殺了他嗎？」

我不能說出腦中想的話：**警方覺得可能是你們的父親**。我伸手摟住她。「他們很快會抓到兇手。別擔心。」

尼可向後靠著沙發，臉上的表情很值得玩味。我記得他珍愛的螳螂過世時，他表現得有多冷淡。但這次不一樣。這次死的是**人**。何況尼可有段時間曾在洛威家幫他做家事。他認識洛威夫妻。他現在腦中一定一團混亂。

但實際情況是，他臉上沒有流露出任何一絲悲傷。

我們請孩子回到各自的房間。安妲走之前，逼我們保證會去向他們道晚安，但尼可沒多說什麼。

我等兩人房門都關上，才轉向丈夫說。「你覺得他們還好嗎？」

警探離開之後，他幾乎沒對我說過一個字。他仍是雙眼茫然，表情呆滯。

「恩佐？」

他轉頭望向我。「我沒有殺他，米莉。妳知道吧，對吧？」

我在沙發的另一端，我可以移動身子，靠近扶手沙發，但我不想。「我知道。」

「我割到手，」他說：「手在流血。」

「對。你說過了。」

「還有，」他又說：「我沒有和舒瑟特出軌。」

「好。」我說。

聽取珍妮絲的證詞後，警方已經開始懷疑他了。他們甚至還不知道我所知道的一切。他剛才不但雙手有血，某天晚上還偷溜出去，回來時身上有舒瑟特的香水味。

所有事情他都給了我解釋，但我全都不相信。我不會告訴警方任何事，但這不代表我能視而不見。

「求求妳，米莉。」他聲音哽咽。「我需要妳相信我。這很重要。我沒有殺他。」

「好。」我說：「我相信你。」

「妳發誓？」

「我發誓。」我溫柔地說。

看吧？我說起謊來也不會比他差。

45

隔天早上恩佐的手機聲吵醒了我們。

他亂摸一陣，才在床頭櫃上找到手機，我揉了揉眼睛，聽到他懶洋洋說：「喂？」然後他全身僵硬。

「是。」他對手機說：「我可以去警局一趟。只是……我要重新安排一下工作……然後，對，她也可以去。我們要先送孩子上學，可是……對，好。我會過去。」恩佐掛上電話，我頭一次看到他一大早是完全清醒的。「剛才是維勒警探。」他說：「他希望我們到警局一趟，去聊一聊。」

我也瞬間清醒。「他有說別的嗎？」

「沒有，就這樣。」

根據我的經驗，我知道警察要我們去警局絕不是好事。他想將我們的證詞記錄下來。我懷疑他們發現了別的證據。

「我覺得，」我說：「我們應該打給拉米瑞茲。」

恩佐嘆口氣。「我不想煩他。他退休了，不是嗎？」

「上次聊天時，他說他要退休了，但我猜他還沒退休。」

他只猶豫一下。「好吧。打給他。」

恩佐和我的知心朋友不多，但和我們關係最要好的是紐約警局的班尼托．拉米瑞茲警探。我在人生最黑暗的時期遇到他，我當時遭人誣陷，他費了一番工夫，才確定我所有罪名都洗刷乾淨。在那之後我們成了好友，我們盡可能幫助彼此。安妲出生時，我們請他當安妲的教父。他是個徹底的工作狂，熱愛工作的程度甚至超過恩佐，不過多年來，我們常保聯繫，逢年過節和教女生日，他都會送禮物來。

我在手機聯絡人中，點開拉米瑞茲的名字。恩佐看著我按下通話鍵。電話響了兩聲，警探熟悉的沙啞嗓音響起。

「米莉？」他聽起來和我一樣有點迷迷糊糊的。「米莉．卡洛威，是妳嗎？」

我冠夫姓阿卡迪已超過十年，他是唯一會喊我原本名字的人。「是，是我。」

「我猜妳遇到麻煩了。」他說，但口氣不嚴厲，比較像覺得好笑。

「我們是遇到一些事。」我承認。雖然客廳只有恩佐在，但我仍壓低聲音。「就像上次聊到的，我們一家搬到長島了。」

「對！你們現在是長島人了！你們現在聽很多比利．喬*的歌嗎？每天晚上都去小餐館報到？」

「我鄰居不久之前被人殺了，拉米瑞茲。」

他聽了愣了一下。「老天，米莉。這消息真令人遺憾。發生什麼事？」

我交代了來龍去脈，先說了我昨天在洛威家發現強納森屍體的經過，並告訴他維勒警探今早通知我們去警局的事。我正要跟他說恩佐滿手是血的事時，恩佐瞪了我一眼，我馬上停住不說。並非恩佐不信任拉米瑞茲，只是……唉，他畢竟是警察。

我說完之後，拉米瑞茲輕輕吹了聲口哨。「哇，好精采的故事。但他們沒理由懷疑妳或恩佐，不是嗎？」

「沒有……」

「那就去警局報到，跟他們聊一聊。」他說：「如果有什麼不對勁，你們就馬上停下來，一個字都別說，然後去找個好律師。」

好律師，不知要花多少錢哪。「拉米瑞茲，我不知道我們請不請得起律師。」

「對，可是他們必須幫你們請個律師。如果說要找律師，他們便不能繼續問話。」

來的大概會是什麼都不懂的公設辯護人。我上次碰到的公設辯護人，帶給我的下場是入獄十年。但我想聊勝於無吧。

「這段時間，」他說：「我會去打聽，看看能查出什麼。」

「你還在紐約警局工作？」我問他。「你原本不是說要退休。」

他哼一聲。「對，總之我還在這。要是我有老婆，她肯定氣炸了。」

我朝恩佐比個大拇指。他點點頭，走向浴室。他打開水龍頭淋浴，這時我才一口氣

---

*比利・喬（Billy Joel, 1949-）是美國知名歌手，從小在長島長大，唱片銷量超過一億六千張，曾六度獲得葛萊美獎。

說：「拉米瑞茲，恩佐昨天晚上回家時雙手全是血。」

手機另一頭沉默好一陣子。「雙手都是血？」

「他說他割到手。」

「也許他眞的割到了。」

我搖搖頭。「我不知道……」

「米莉，」他說：「關於恩佐・阿卡迪，我唯一知道的是他是個好人。我不覺得他會殺人。但如果他殺了他，那一定有正當的理由。」

這倒是眞的。

「別反應過度，」他建議我：「妳鄰居才被殺。他們當然會想找你們問話。他們愈早抓到兇手，一切就愈早結束。」他頓了頓。「但別告訴他們他雙手有血。」

如果每次我對警方說謊都能得到一毛錢，我就不用擔心貸款了。

46

我原本今天想讓孩子待在家，不去上學，但如果恩佐和我兩人都要去警局就沒辦法。我不會帶孩子去警局。我希望他們兩人一輩子都不需踏進警局（除非是校外教學。那應該沒關係）。

就連尼可都不吵不鬧乖乖準備上學了。他們異常沉默，只勉強吃了幾口玉米穀片，畢竟事情如此嚴重，這反應我可以理解。我很久沒陪他們去等校車，但我今天去了，希望確保一切順利。

我們到的時候，珍妮絲和史賓塞已在站牌等校車。珍妮絲穿著平時的睡衣和拖鞋，我全力忍住想掐住她瘦小脖子的衝動。事實上，就是這女的告訴警察，她覺得是我丈夫殺死了強納森。做鄰居的可不能這樣。

「媽咪。」尼可說。我心頭一怔，因爲他好幾年沒這樣叫我了。「我今天一定要上學嗎？」

我好希望能帶著他，讓他待在我身邊。但那不可能。「對不起，親愛的。我……有事情要做。」

「我可以跟妳一起去嗎？」

「我……恐怕不行。」

他下唇微微顫抖。尼可很久沒在公共場所哭，但我擔心他快要哭出來了。

「眞的對不起。」我馬上說：「但你從學校回來，我會在家。我保證。」

「我可以跟史賓塞玩嗎？」他期待地問。

史賓塞聽到雙眼亮起。「可以嗎，媽媽？」

珍妮絲看起來快中風了。珍妮絲向警察亂說我丈夫的事之後，我也不喜歡這主意，但只要能讓尼可開心，我什麼都願意。不過看來似乎是很難。

「史賓塞，」珍妮絲厲聲說：「我跟你說過，尼可拉斯因爲打架停學之後，你絕對不准再跟他玩。」

等一下，**什麼**？

珍妮絲竟當著尼可的面說這樣的話，但我沒空向她發飆。因爲她剛才說的根本不對。尼可在海灘之旅前一天去過史賓塞家，後來也去過幾次。至少尼可是這麼說的……

「尼可，」我厲聲說：「我以爲亞契太太之前說你可以跟史賓塞在後院玩？」

「我沒說過這種話！」她大吼：「我有嗎，史賓塞？」

史賓塞爲了討媽媽歡心，點頭附和，這時我兒子一臉愧疚。珍妮絲從沒答應尼可能在後院玩。再加上她處處提防，所以絕不可能瞞過她，把史賓賽找出去玩。所以這代表……

「尼可，過來。」我拉著他手臂，走到好幾公尺外，他乖乖跟來。我壓低聲音，以免珍妮絲聽到。「你這幾天離開家到底去了哪裡？」

「沒去哪。」他馬上說：「我就在街上玩。一個人。」

但如果他只是去街上玩，那他幹麼說謊？

「我只是想要一個人，」他又說：「我不希望妳擔心。」

我不相信他。他肯定還有什麼事沒跟我說。但校車來了，這時候，尼可反倒迫不及待地跳上了車。我看著校車載孩子離開，內心縈繞著無數問題，不知道能不能得到答案。

47

雖然我早有心理準備，到警局他們一定會先將我和恩佐分開，但我內心依然惶惶不安。

他們當然會把我們分開，以免我們統一口徑。這很有道理，但也讓我十分驚慌。如果他們覺得有必要將我們分開，那就代表他們不認爲我們只是受害者的鄰居。他們可能已把我們視爲嫌犯。

偵訊室光線昏暗，我侷促不安坐在不舒服的塑膠椅上。我想像丈夫在警局某處，坐在同樣的房間，不知道他此刻在想什麼。今早打了電話之後，他幾乎沒跟我說到幾句話。我沒告訴他，我向拉米瑞茲坦承他回家時雙手是血。

我們惹上麻煩的另一個證據是，維勒警探漫步走進偵訊室來和我說話。他沒有派他的手下。他想親自和我對談。

這不是個好跡象。

「阿卡迪太太。」他一屁股坐到我對面的椅子上。他眼袋很深，在偵訊室的燈光下看起來像是瘀青。「謝謝妳來一趟。」

「別客氣。」我語氣盡可能平靜，以掩飾我害怕自己和丈夫被控謀殺。「我們只是想知道誰殺了強納森。太可怕了，他感覺是個好人。」

「別擔心。」維勒說：「我們會查出是誰殺了他。」

爲什麼聽起來像威脅？

「我是嫌犯嗎？」我問。

「不是。」他毫不猶豫回答。無論如何，我瞬間鬆了口氣。「發現屍體三十分鐘前妳都在工作。亞契太太目睹妳開車回家，她說妳進到洛威家中不過幾分鐘。在這之前，她早就因爲擔心報了警。所以不是，妳不是嫌犯。」他又說：「但我懂妳爲什麼擔心，畢竟妳有……背景。」

他知道我的犯罪紀錄，我其實不該感到驚訝。要是哪個警察沒查到，我才會看不起他。但每當有人提起，我總感覺像是被賞一巴掌。「對。」我語氣緊繃。

「阿卡迪太太，」他說：「對於妳丈夫和洛威太太的關係，妳知道多少？」

「洛威一家人是我們的鄰居。」我聳一下肩膀，盡量不要表現得太緊張。「他在幫她整理後院，做爲交換，她會轉介他工作。他們關係很好。」

「妳有懷疑他們關係不只如此嗎？」

「沒有，從來沒有。」

他對我露出狡猾的笑容。「從來沒有？連一點點都沒有？尤其他隨時都在她家？我是說，舒瑟特．洛威是個非常有魅力的女人。」

我咬緊下巴。「我說了，**從來沒有**。」

「我了解了。」

這警探絕不可能讓我犯錯。我太聰明了，他面對的可不是菜鳥。

「阿卡迪太太，」他說：「妳知道妳丈夫最近買了把槍嗎？」

我嘴巴張大。「一把……槍？」

「沒錯。」他觀察我的表情。「他從你們共同帳戶提領了一千元，買了一把槍。**非法槍支**。我們有線人。」

「我……」

我的心跳怦怦作響。這一切讓我難以相信，但我無法否認錢是出自我們的戶頭。恩佐跟我說是工具壞了，要買新工具。但如果只是工具，他當初幹麼不直接告訴我？

話說回來，萬一他買槍了呢？我的意思是，我的確會不高興，但我現在最好奇的是槍在哪？他買槍要幹什麼？但強納森．洛威不是被射殺，他是被刀殺死。所以無論恩佐有沒有買槍，那都不是兇器。

「而且，」維勒又說：「妳知道他四天前的晚上和舒瑟特．洛威入住了一家汽車旅館嗎？」

現在我覺得自己彷彿快要窒息。恩佐說他只是開車兜風，我有懷疑他說謊。但這訊息對我來說簡直是晴天霹靂。我好希望警探只是想嚇唬我，讓我動搖，所以捏造事實，但他說的一切都符合現實。消失的一千元、恩佐半夜出門……

維勒甚至不等我回答。他從我的表情已得到他需要的所有答案。

「阿卡迪太太，」他繼續說：「妳和妳丈夫……你們經濟狀況不算太好，對吧？」

「我們還過得去。」我反駁。

「所以妳最近支票沒跳票？」

我的天啊，這警探全都知道了。我在塑膠椅上坐立難安，懷疑他連我現在穿的內褲顏色都知道。就算他真的知道，我也不訝異。

「那只是帳算錯了。」我說。

「不曉得妳知不知道，」他說：「強納森．洛威有投保高額人壽保險，而舒瑟特．洛威是唯一受益人？」

又一次，我極力壓抑，不要有所反應。「沒有，我不知道。但我不確定這跟我和我丈夫有什麼關係。」

他揚起一邊眉毛。「妳不知道？」

我深吸口氣，想起拉米瑞茲曾提醒，問題方向不大對勁時該怎麼辦。我可能不是嫌疑犯，但我非常確定我丈夫是。「維勒警探，」我說：「沒有律師在場，我不會再回答任何問題了。」

48

警探決定不再問我任何問題。

但恩佐情況就不同了。我在警局等他，他在偵訊室裡頭好幾個小時。我不覺得他們一直在審問他，很可能只是想消耗他的精神，逼他說出眞相。我相信他也要求律師在場，那也會花上一點時間。

三小時後他終於出來了，一臉憔悴，眼帶血絲，眼皮浮腫，嘴角下垂，像是快吐了。

「怎麼了？」我問他。

「我們走。」他說：「現在，**拜託**。」

我現在才發現，幸好是開我的車來警局，因爲他看起來一點都不想開車（而我是有點怕開有排檔桿的貨車）。他爬進副駕駛座，盯著窗外。

我很好奇他們在偵訊室對他說了什麼。

頭五分鐘，他在車上一語不發，只是看著街道向後飛逝。最後他終於開口：「米莉，妳知道我沒和舒瑟特出軌吧？」

我皺起眉頭。我不想現在聊這話題，因爲我原先早已起疑，今天又聽到維勒警探說的那番話，我現在根本無法相信他**沒**出軌。如果他否認，那一定是連串謊言。

「我絕不會出軌。」他轉頭面向我。「我向妳發誓。」

我想起拉米瑞茲早上說的話：

關於恩佐．阿卡迪，我唯一知道的是他是個好人。我不覺得他會殺人。但如果他殺了他，那一定有正當的理由。

我好想、好想相信他。但他讓我好難相信。

「那你爲什麼和她在汽車旅館？」我問。

「我沒有！」

「警探跟我說——」

「不是眞的。」他堅持。

「恩佐，」我說：「我在你身上聞到她的香水味。」

他又沉默一會，思考這句話。我望向他，停到路邊，我不希望講話講到一半發生車禍。他看起來在腦中反覆思索。他要坦承一切了嗎？

我**希望**他坦承一切嗎？

「好。」他終於說：「我那天晚上確實有在汽車旅館辦理入住。這是眞的。」

這一秒，我才發覺自己多希望他否認一切。「我明白了……」

「但不是跟舒瑟特，我可以發誓。他們只知道是個女人，所以先入爲主認定了。」

什麼？「所以你到底是跟誰出軌？」我厲聲對他說。

「不是妳想的那樣。」他語氣堅定。「我……是瑪莎。我猜是舒瑟特把沒用完的香水送她了。或者也許……是她偷的。」

「瑪莎，我們的**清潔婦**？」

他緩緩點頭。

好……我是有懷疑丈夫出軌，但六十歲的清潔婦絕對是我名單上的最後一位。當然，他一定會聲稱自己沒亂來。但是沒有的話，他爲何要和她去汽車旅館開房間？

「我去她家，想付她最後一次打掃的酬勞。」他說。

我咬緊牙關。我明明再三交代**不准**他去付，結果他還是去了。「好……」

「結果她……」他手摸著臉。「全身是瘀青。我之前和她說話時就有預感，但那天我才眞的確認。她丈夫……他拿走她所有的薪水，所以她才會偷東西——她想存夠錢就逃走。他會殺了她，米莉，因爲他很氣她又被解雇了。我必須幫她逃走。」

這種事恩佐絕不會說謊。**絕對不會**。如果他說瑪莎被丈夫毆打，那一定是眞的。或至少是他相信的眞相。

「也許她在騙你的錢。」我說。

「不是。」他說：「是眞的。其實……」

他說到一半，彷彿不確定他該不該告訴我。但現在不該再隱瞞了。「什麼？」

「她原本想跟**妳**說。」他嘆口氣。「她知道妳的事。」

「她……她知道？」

我好奇她如何得知，不知道是誰告訴她。

類似瑪莎這樣遭遇家暴的女人，我其實跟她們有一些……過去。她們往往身陷困境，無處可逃。對有的女人來說，我是她們的出路。恩佐也是。不得不說，我回顧過去，對自己所作所爲是充滿了驕傲。我們過去確實做了些有意義的事。

但是在過程中也做了一些壞事。

「對。她一直想鼓起勇氣，因爲她希望得到妳的幫忙。但後來妳指責她打破東西，又說她偷東西……」

「她是**眞的**偷了東西！」

「我告訴妳爲什麼！」他搖搖頭。「她沒有偷我們多少東西。舒瑟特也覺得她是小偷，她那天晚上在後院就是在跟我說這件事。我不得不說服她東西沒掉，瑪莎才保住了工作。」

我看著他的深色雙眸，知道他句句屬實，我不禁感到一陣內疚。瑪莎瞪我不是因爲想傷害我，而是因爲我是她逃亡唯一的希望，她想鼓起勇氣求我幫忙。我怎麼了？我怎麼會看不出來？

「所以，」我靜靜說：「你是說槍是爲她買的？」

「她逃走之前，會需要有槍防身；逃走之後，她更會需要槍。他會去找她，米莉。我一定得幫忙。她現在逃到幾百公里外了，但他還是有可能找到她。」

「好啦、好啦。」我將方向盤抓得更緊。「我明白你做了什麼。換作我，很可能也會這麼做，可是……你爲什麼不告訴我？你知道這種事你可以跟我坦白說的。我的意思是，我們以前是**夥伴**。對吧？」

我們以前隨時都在幫助受困的女人。我們就是這樣認識的，也是我們一開始戀愛的原因。我可以幫忙——我一定會**願意**幫忙。他爲何這次不讓我參與？

他沉默半晌，思忖著下一句話。「我很擔心妳。」

「擔心？」

「妳壓力這麼大。妳的血壓……」

「**我的老天**。」我用手掌拍一下方向盤。「所以你寧可我半夜醒來，不知道你跑去哪？你覺得**那樣**對我的血壓有好處？

他長嘆口氣，頭重重向後靠到頭枕。「我搞砸了。我很笨。」

「對。你很笨。」

「可是……妳相信我？」

「對。」我說：「我相信你。」

走出警局後，他首次擠出淡淡笑容。OK，情況不妙。根據珍妮絲的目擊證詞，恩佐人就在犯罪現場。但拉米瑞茲說得對——我丈夫絕不會無緣無故殺人。如果他說他沒做，那我相信他。

但在內心深處，我仍覺得他有事情隱瞞著我。

49

剛開車進入無尾巷，就看到家門前停了一輛黑色道奇跑車。我認出那是班尼托·拉米瑞茲的車。果不其然，一見我們駛入車道，他便下了車，手上拿著一杯咖啡。

我下車時他朝我揮手。雖然天氣很熱，他仍身穿黑色西裝外套，領帶鬆鬆繫在脖子上。十多年前我第一次見到他，他那顆寸頭還是只是斑白，現在已幾乎滿頭白髮。

「米莉。」他走向我，出於禮貌和我擁抱，並親了親臉。「很高興見到妳。妳氣色很好。」

「謝謝你。」我說，但我相信我的疲倦全寫在臉上。

恩佐下車時，拉米瑞茲對他說：「你看來像坨屎，老兄。」

「謝了，」恩佐說：「我感覺也像坨屎。」

拉米瑞茲朝我們房子擺個手。「來吧，我們進屋裡。聽完我說的，你會感覺更像坨屎。」

天啊。又怎麼了？

我們帶拉米瑞茲進屋。平常我一定會想盡地主之誼，帶他參觀，可是現在沒那個心情。但他仍四處看了看，點頭讚許。「這房子不錯。比布朗克斯的公寓好。」

「我很後悔搬離布朗克斯。」我說。

「孩子怎麼樣？」

「非常好。」恩佐說，我想這大概不算說謊。

我們來到客廳，我發起抖來，眞不知拉米瑞茲要告訴我們什麼。雖然他拿著咖啡，我仍端了咖啡來給他，他朝我露出同情的笑容。

「好，我就不廢話了。」他將咖啡放到桌上，雙手手肘靠上桌，身體前傾。「幸好我在長島有個熟人，我稍微調查了一下。你們是該擔心。維勒是狠角色，恩佐，他覺得你殺了強納森．洛威，現在忙著在蒐集證據。」

「有**證據**嗎？」我說。

「總之，」拉米瑞茲說：「說白一點，恩佐，他覺得你跟舒瑟特．洛威搞上了。他覺得你倆爲了保險金，謀殺她丈夫。她最近才提高了保額，算是巨額保險金了。」

「這太荒謬了。」恩佐說。

「對街的那個太太，」拉米瑞茲說：「她在警察面前像小鳥一樣嘰嘰喳喳說個不停。不只如此，她還拍了照片。」

「照片？」我倒抽口氣。

「嗯哼。不是犯罪現場這類，但有許多不同時間點的照片，兩人站太近之類的，你懂我的意思。」

舒瑟特說得一點都沒錯。珍妮絲**眞的非常**愛管閒事。

恩佐呻吟。「我們只是在聊天。」

拉米瑞茲揚起眉毛。「聊什麼？」

「沒什麼。像園藝的事、她清潔婦的問題和天氣，反正都不重要——她總有理由叫我留下。我有種感覺……我不知道……感覺她的婚姻生活不太快樂。」

「你覺得她丈夫對她家暴嗎？」

「沒有。我沒這感覺。」

「她有跟你調情嗎？」

恩佐朝我露出擔心的表情，然後雙手向上一揮。「有，她有。她當然有。但那沒什麼。無傷大雅。」

「事情就是這樣，」拉米瑞茲說：「鄰居有你和舒瑟特．洛威暗通款曲的照片。距離一小時車程的汽車旅館，幾天前有你和一名女子入住的紀錄。你用現金買了把槍。舒瑟特．洛威提高了丈夫的壽險保額。那天鄰居看到你走進洛威家，沒過多久，強納森．洛威就死了。」

恩佐咬緊牙關。「我一直都待在後院。舒瑟特想要有座花園，所以我在備土。」

「所以你想要我相信，你不只沒聽到屋裡的聲音，就連眞正的兇手從後門進出時，你都沒看見。」

「我工具開著……什麼都聽不到……而且我在兩家的後院來來回回。」

「好了啦，恩佐。」拉米瑞茲注視我丈夫。「你可以向我坦承。你殺了他嗎？」

恩佐臉埋到雙手中。「沒有，我發誓。拉米瑞茲，我絕對沒殺他。」

「那你需要一個非常厲害的律師。」

恩佐又氣又惱，重重捶了沙發一下。我不怪他。厲害的律師？我們沒有錢。我們請不起律師，更遑論厲不厲害。我們只能找免費的律師，找得到誰就是誰，哪怕是法院指派的律師也得將就。

「我們沒有多少錢。」我對拉米瑞茲說：「所以不可能找一流的律師。」

「我早知道妳會這麼說，」他說：「所以我擅自聯絡了我見過最厲害的公設辯護人。她主要在布朗克斯服務，所以管轄範圍不在此，但我們能動用點關係把事情搞定。她很年輕，才從法學院畢業兩年，但非常精明。她勝訴紀錄輝煌，經手的兩起謀殺案官司都打贏了。我跟她說了妳的事，她很願意幫忙。」

「太好了。」我說。

「她已經在路上。」拉米瑞茲低頭看錶。「如果沒塞車，應該馬上會到。然後你們可以把事情一五一十交代清楚。」他瞪了恩佐一眼，像是警告他。「你要跟這女生全部說清楚。別說謊。」

「好。」恩佐答應。

我搖搖頭。「這麼臨時聯絡還大老遠跑來，她人眞好。」

「她說她會把其他案子排開。」

我瞇眼看著拉米瑞茲，感覺有點可疑。這女的顯然是名優秀的公設辯護人，但她卻願意拋下手邊一切，從紐約一路**開車到長島**，幫助一對她素未謀面的夫妻？誰會這麼做？我望向恩佐，他也一臉疑惑。

難道這裡頭有什麼是我沒注意到的？

拉米瑞茲從口袋拿出手機。他看了螢幕上的訊息，頭轉向窗戶往外看。一輛藍色轎車停到我家門前。

「她來了。」他說。

我身子向前，仔細觀察下車的女人。她身材苗條，白金色的頭髮向後梳，綁成法式包頭。她看起來弱不禁風，不像會在法庭殺進殺出的模樣，但人不可貌相。如果拉米瑞茲說她很厲害，那我相信他。

拉米瑞茲從沙發彈起，走去開門接她。我們的新律師提著公事包走進客廳時，我起身迎接。恩佐也站起，我聽到他大抽一口氣。「Oddio（天啊）！」他驚呼。

我們的律師不是一般的公設辯護人。恩佐非常清楚她是誰。

一會之後，我也認出來了。

50

「西西莉雅！」恩佐大喊。

他一叫出她名字，我馬上認出這女孩：西西莉雅・溫徹斯特。我好久以前也算是她的保母。她人生遭遇變故時，恩佐曾照顧她一陣子。但是在她十歲之後，我就再也沒見過她。如今她……

我的天啊，她現在二十七歲了。我眞的老了。

無論如何，恩佐仍跑了過去。他抱住她，她也回抱他。他在她耳邊低語，她微笑點頭。我聽不清楚他說的話，但我聽到「妳母親」三個字。

我越過客廳，好好看著這女孩。她已二十七歲，但外表仍非常年輕，說她才二十歲我也會相信。但她藍色的眼睛散發出機警和堅毅。她有著比實際年齡老二十歲的眼神。這眼神讓我相信，有她在我們這邊，情況十分有利。

「妳好，米莉。」她說。我上次聽她說話，她聲音尖銳，還像個孩子。現在的她話聲俐落乾脆，感覺像在餐桌上都不忘工作的那種人。

我擠出笑容。「嗨，西西。很高興見到妳。」

「我也是。」她撫平西裝外套的翻領。「我眞希望不是在這種情況下見面。」

「西西莉雅是公設辯護人，所以正式來說，我們勢不兩立。」拉米瑞茲說。「但我看到她辯護時，很欣賞她的熱忱。大概一年前，妳要我去買安妲的生日蛋糕時，我們在超市遇見，小聊了一下。我告訴她我要替誰買蛋糕時，發現她也認識你們。所以今早接到你們電話後，我馬上打給她。」

「也認識你們」這話有點牽強。我們和拉米瑞茲來往多年，但我上次見到西西莉雅她仍是個孩子。她一直偷偷注意著我們嗎？

即使如此，我也該心存感激。她現在是我們唯一的希望。

「我走長島高速公路趕過來的路上，拉米瑞茲告訴我所有細節了。」我們回到客廳時她說：「他們蒐集許多對你不利的證據，恩佐。」

他臉皺起。「我知道。很糟糕。西西莉雅，妳必須知道，我沒有……」

西西莉雅坐到沙發上，抬起細瘦的腿，翹腳坐好。她將公事包放在大腿上，啪一聲打開。她拿出黃色筆記本，壓了一下原子筆。看來她不想浪費時間閒聊，這我完全贊成。

「你可能沒殺他，」她說：「但他們傾**全力**想定你的罪。這點我可以向你保證。就算他們跑去申請搜索票，我都不覺得意外。」

恩佐冷笑。「讓他們找吧，他們什麼都找不到。」

我可沒這麼篤定。我以前被警方搜索過，他們把家裡搞得天翻地覆，檢查**所有東西**。他們會撕碎你生活中的一切，而且不會幫忙恢復原狀。

「他們想找到什麼？」我問西西莉雅。

「兇器。」她毫不猶豫說：「還有洛威的血跡。」

我想到恩佐昨晚血跡斑斑的T恤。我後來再也沒看到，他一定把衣服扔了。

但如果真是他自己的血，他又爲何要把衣服扔了？如果是自己的血，根本不會成爲證據。

「他們不會找到的。」他堅定表示。

「請你從頭告訴我所有事情，」她說：「麻煩你了。」

於是他照她吩咐說了。他一五一十告訴她一切，她靜靜在筆記本上做筆記。他講到他和舒瑟特的關係，他幫助瑪莎的事，最後是昨天強納森被殺時，他在後院工作。

「我什麼都沒做，」他堅持：「**完全沒有**。他們怎麼會覺得是我殺了他？」

這是個詰問，西西莉雅也感覺認眞在思考怎麼回覆。她長大了，看來是長成一個心思愼密的年輕人。我好奇安妲未來會不會像她一樣。

當然，如果恩佐入獄，安妲的未來恐怕就毀了。

「我老實跟你說，恩佐。」西西莉雅終於開口：「我相信這可能跟達里歐·芬塔納有關。」

提到這名字，恩佐臉上瞬間失去血色。「什麼？」他說。

「就我所知，」西西莉雅望向拉米瑞茲，他點點頭。「維勒警探調查了你來美國之前的背景。結果他查到了這個名字。」

我這輩子從沒聽過這名字。我和丈夫結婚已十多年，但這名字出現時，他的反應之劇烈，讓我不禁擔憂起來。

「達里歐．芬塔納是誰？」我問他。

「那是很久以前的事。」他擠出話。

西西莉雅語氣堅定，不給人含糊的空間。「沒那麼久。」

「恩佐？」我說。

他用力握著自己雙膝，指節都泛白了。「達里歐是我妹妹的丈夫。」

他妹妹的丈夫。好，我能理解聽到這名字爲何會讓他這麼痛苦。安東妮雅的丈夫長年家暴，最後還殺死了她。達里歐也和危險的黑幫關係密切，恩佐復仇之後，不得不馬上逃出國。我能理解他爲何從沒提起過那個人，但我不理解的是，西西莉雅爲何要提到他。

「他的身分不只如此，」西西莉雅說：「我們必須正視眼前的情況。」

恩佐朝我露出痛苦的表情。「米莉，妳能離開一下嗎？」

他在開玩笑嗎？他眞以爲我現在會**離開**？

「恩佐，」拉米瑞茲說：「直接告訴你妻子眞相吧。」

恩佐低聲咕噥。在我聽到他不想讓我知道的眞相前，我絕不會離開這裡。

「恩佐？」我又問。

「好啦、**好啦**。」他雙手緊握成拳。「我替他工作。我曾替達里歐．芬達納工作。好嗎？」

我張大嘴巴。這是我未曾聽說一段。恩佐爲揍她妹妹的人**工作**？不只如此，就我所知，那個人是黑幫的一份子。所以如果恩佐爲他工作……

「我那時還只是個孩子。」他說：「我爲達里歐工作是從十六歲開始。我不知道他眞實身分。等我發覺……」

「你爲他工作多少年？」西西莉雅追問。

說到這話題，恩佐一臉悲慘。「八年。」

「替他工作時，你爲他做什麼？」

恩佐閉上眼睛一會，然後再次睜開。「拜託別問了。我……我知道。情況不妙。我明白。」

恩佐過去爲黑幫做了什麼？

「好。」西西莉雅讓步了。「我們現在不需提到這件事。但我需要你知道我們面對的情況。如果這件事在法庭上提出來……」

「好。我了解了。」

「我會爲你辯護。」她說：「但我不想聽到謊言，恩佐。如果你當著我的面說謊，我無法幫助你。你必須告訴我一切。你必須完全老實，我才能保護你。」

他直直望著她的雙眼。「我沒有殺強納森・洛威。我向妳保證。」

「好，」她說：「但如果不是你殺的，那誰殺的？」

「舒瑟特・洛威。」我脫口而出。我一看到地上的死屍，心裡便這麼想。舒瑟特從不尊重她丈夫，甚至討厭他。我的第一直覺是她終於動手殺了他。

「但怎麼可能？」拉米瑞茲問：「鄰居發誓舒瑟特一整天都不在家。」

「她有不在場證明嗎？」我問。

「沒有。但這無尾巷又不是步行可到。她只能開車回家，所以一定會被人發現。」

「有另一條路。」恩佐說。

西西莉雅揚起眉毛。「請說。」

「不用走無尾巷，有條路能繞到屋子後面停車。」恩佐說：「舒瑟特跟我說的。她可以停在房子後面，從後門進去，珍妮絲．亞契絕對看不到她。」

「你不會注意到她嗎？」

「我在自家和他們家後院來來回回。我不一定會看到她。」

「好，這算是個起點。我會仔細查查看。」西西莉雅低頭看錶。「好，我下午很忙，所以我要走了。這案子不容易，但我保證我會盡我所能爲你辯護。我會幫你好好戰鬥。」

她站起來時，恩佐朝她皺眉。西西莉雅．溫徹斯特何時學會穿高跟鞋走路？「妳之前打贏過像這樣的謀殺官司嗎？」他問。

西西莉雅十分聰明，她巧妙避開了這問題。「我們這次會贏。」

我希望能如她所說。

51

西西莉雅和拉米瑞茲離開後，還有三十分鐘，孩子才會搭校車回家。

我有三十分鐘能從我丈夫身上追問出眞相。

「恩佐，」我說：「我們必須聊一聊。」

他頭垂下。「米莉，我好累。我們一定要現在聊嗎？」

「對，一定要。」我雙臂交叉在胸前。這次我不會讓他輕易脫身。「我們結婚十一年了，突然之間，我發現自己對你還有許多事情不了解。」

「我告訴妳所有重要的事情了。」

「所以是由你決定什麼事情算重要的嗎？」

他搖搖晃晃回到客廳，倒在沙發上。「幹麼？妳必須知道所有細節？從我出生至今，我做過的所有事情？」

我來到他身旁坐下。「不用，但如果你是黑幫的手下，這確實需要坦白。」

「我不是手下。」

「所以你替這傢伙做什麼工作？」

「沒什麼。跑腿而已。」

我看他一眼。「跑腿？例如說他出城時，你幫他餵貓，或幫他拿乾洗嗎？西西莉雅說的是這種事嗎？」

「妳希望我說什麼？」他坐直身子，但不肯看我。「我當時只是個孩子，我爲壞人工作時犯過可怕的錯誤。我想脫身，但那時他和我妹妹在交往，離開沒那麼容易。後來他還娶了她，我能怎麼辦？」

「所以你爲他做什麼工作？有人欠他錢，你去把人抓出來，打斷他們的腿嗎？」

他哼一聲。「妳看太多電影了。沒人會打斷別人的腿。那太誇張了。」

「哇，我都不知道你**懂這麼多**。」我酸溜溜地回他。

「米莉……」

「好，所以不會打斷別人的腿。那該打哪裡呢？有人欠債不還，你去討債會打斷他哪裡，嗯？」

他不說話好一會，低頭看著大腿。最後他低聲說：「手指。」

我、的、天、啊。

「米莉。」他抬起目光。「這件事我很羞愧。相信我。安東妮雅會死全是我的錯。我當年年輕又愚蠢，要是我沒爲達里歐工作，她絕不會和他結婚，也還會活著。」他喉結動了動。「我背負著這一切，每天都愧疚不已。所以……只要有任何人需要幫助……我就一定……」

我閉緊嘴巴，以免自己把腦中那些更傷人的話說出口。如果他曾折斷過別人手指，威嚇討債（甚至做出更糟的事），也許現在這是他的報應。

「告訴我，」我說：「你爲他殺過人嗎？」

「沒有，絕對沒有！我跟妳說過了。」

「哼，你說了很多事情，後來發現都不是眞的。」

他露出受傷的表情。「我只是想保護妳。」

狗屁。他隱瞞了他的過去，我不敢相信自己現在才知情。他有好多機會能向我吐實。他知道我所有不光采的過去，我不能見光的祕密也不少。

他明明能坦誠以對，他明明能告訴我一切。但是他選擇不說。

「我從沒殺過人。」他哽咽。「我絕不會殺人。我眞的沒有殺強納森。」

我看著他雙眼。第一次見到他時，我不敢相信他眼睛這麼深邃，令我脊椎竄過一絲寒意。但多年之後，我們一起站在法院，發誓彼此要相愛，生死不渝時，我望著同一雙眼睛，內心只充滿對這人的愛。我信任他，他會是我孩子的父親，我全心相信他會照顧我們。他會盡全力保護我們。

我不懂事情何時出了差錯。

因爲我內心愈來愈確定，恩佐自始至終都在撒謊。

52

大家晚上就寢之後，我決定拿著手電筒，溜進洛威家後院。

我等到孩子沉沉睡去，恩佐看起來也已熟睡。經過今天這些事，我不知道他怎麼還能入睡，但我低頭望向床另一邊，他雙眼緊閉，輕聲打鼾。

我只是要去一趟鄰居的後院，所以沒換衣服。我下身穿睡褲，腳上套著拖鞋。我覺得穿這樣就夠了吧。

羅可斯街十二號前方警方已拉起封鎖線，屋子內是一片漆黑。房子裡都是丈夫的血，舒瑟特顯然要住到別處去。附近原本徘徊著一小群記者，但恩佐和我都一直待在家裡，他們找不到人採訪，最後便離開了。我打電話到醫院告假幾天，醫院那邊表示能理解。

恩佐說有條路能繞到屋後，把車停進後院。我想相信他說的話，因爲要是他說謊，那麼唯一能殺死強納森．洛威的就是他。我好希望自己能相信他沒殺人。

洛威家的後院比我們家的大。我們的房子要是眞是給牲畜住，至少院子也該夠寬敞才對，但和洛威家一比卻是相形見絀。拜我丈夫的巧手之賜，他們的草坪整整齊齊，恩佐還在後院周圍種好了樹籬。他也特別騰出一塊地，顯然是爲了舒瑟特想要的花園。

一切如他所說。

我拿手電筒照向後院邊緣。我來之前看過地圖，但一點幫助都沒有。現實中的細節從地圖看不出來，甚至網路上的地圖也看不出名堂。所以我要親自來調查。

我舉起手電筒沿著樹籬照過去。恩佐把樹籬修剪得很好，每一株都整整齊齊，不會東一片葉子，西一根樹枝。他的技術十分精湛。就算不靠舒瑟特幫忙，他在這裡的生意也會蒸蒸日上。他不需要她。

可是，萬一警探說的是眞的呢？萬一恩佐和舒瑟特密謀殺死強納森，並約好平分保險金？

不。我無法想像丈夫會答應這種事。恩佐有時會遊走在法律邊緣，但他絕不會爲錢殺人。話說回來，我確實也無法想像他會打斷別人手指。

貸款給恩佐很大的壓力。不得不說，金額確實高得令人窒息。我們好想要這棟房子，但又不想承認價格已超出負擔。恩佐非常希望能讓家人住在優良社區，並擁有美好的家園。

但是他不會。他不會爲此殺人。我不相信。

我無法相信。

我來到後院另一端，聽到一個聲響。葉子沙沙作響。我將手電筒照向聲音來源，枝葉隨風搖曳。樹影扭曲晃動。

我這時突然想到，兇手要是眞從後門進來殺死強納森．洛威，很有可能再從這條路來。而我，穿著睡衣褲和毛毛拖鞋在鄰居後院閒晃，全身上下除了一雙手，沒有別的武器能保護自己。

一瞬間，我想像恩佐隔天早上來到鄰居後院，發現我喉嚨被割破，躺在血泊中的畫面。

「有人嗎？」我輕聲說，並把光線瞄準沙沙作響的樹葉。

我考慮拔腿就跑。我們家後院不過在咫尺之遙。畢竟尼可在我們後院打棒球，都能打破這裡的窗戶了。我只要關上手電筒，就沒人看得到我了。

除非對方也有手電筒。

我心跳飛快，愣在原地，猶豫著該怎麼辦，結果發現自己猶豫太久了。

有人來了。

53

我後退一步，猶豫該不該關掉手電筒。是要讓人措手不及？還是先看清對方？

我還來不及決定，那人走進後院。我肩膀瞬間放鬆。

「舒瑟特？」我說。

我不曾看舒瑟特．洛威打扮得如此休閒，她穿著牛仔褲和一件開襟薄毛衣。她上下打量我的睡衣褲，一頭亂髮向後綁成馬尾，雙手上牢牢抓著手電筒。她大笑一聲，但笑聲是硬擠出來的。

「妳在我家後院做什麼，米莉？」她要我解釋。

「我，呃……」我拉了拉睡褲。「我聽到聲音。」

她揚起眉。這理由太薄弱，她很清楚。「妳不覺得你們一家做的已經夠多了嗎？」

我抓緊手電筒，指節隱隱作痛。「我們什麼都沒做。」

「眞的嗎？」陰影下，她眼睛下方有一圈黑影。「妳丈夫昨晚殺死我丈夫。」

「那不是眞的。」我回答，但其實我也沒那麼確定。

「妳開玩笑嗎？」她說：「珍妮絲看到他進屋。強納森被殺時他**在場**。妳眞的要告訴我，他沒動手？」

「他為何要那麼做？」

我很好奇舒瑟特的答案，因為我目前聽到的說法，都是她和恩佐密謀。但顯然舒瑟特一定會否認，她絕不會承認自己涉案。

「米莉，」她說：「真不希望是由我來告訴妳這事，但恩佐其實非常迷戀我。」

「迷戀妳？」我簡直不可置信。

「妳覺得是我要求他每分每秒都待在這嗎？」她搖搖頭。「他一直找藉口待在這。一直和我調情。他**瘋狂**嫉妒著強納森。」

這簡直太好笑了。恩佐沒有和她調情。我親眼看到她才是主動的一方。有人對我丈夫有意思，我一眼就看得出來。

「畢竟，」她說：「妳也看到他在海灘上對我毛手毛腳。妳以為我希望他抱我回到車上？我是根本甩不開他。」

「妳看起來不介意。」我說。

「我介意。」她抽了抽鼻子。「他告訴我他不開心。他說他結婚後感覺像被困住了。當初會結婚是因為妳懷孕了。」

什麼？

她這句話正中紅心了。因為這是真的。恩佐和我結婚是因為我懷了安妲。對，我們當時已一起生活，但我們很少討論到結婚的事。好啦，我們是完全沒聊過結婚的事。

我絕對沒告訴舒瑟特，恩佐和我結婚是因為我懷孕了。這代表一定是他告訴她的。他爲何會告訴她這個？除非……

「對不起，其實不該由我告訴妳，」她說：「但妳丈夫是個危險的男人。」她頭歪向一邊。「不過也許妳早就知道了。」

忽然一陣涼風吹來，我打起顫。「沒什麼好知道的。恩佐連隻蒼蠅都不會傷害。」

她大笑。「哦，米莉。我相信妳不是眞心這麼想。」

我眞這麼想。我認識他以來，他從未傷害過別人。他可能有威脅過。但我甚至不曾看過他出拳揍人。

不過他有可能以前折斷過別人手指。哦，對，他也曾差一點徒手把人活活打死。

「總之，」舒瑟特踏出手電筒燈光外。「我要回家拿東西，不想被狗仔發現。我想從後面溜進去。」

「記者全都走了。」

「眞的假的？」

她皺起眉頭。媒體不再關注，她看來頗失望。不管舒瑟特有沒有殺強納森，她看上去是對丈夫的死毫不難過，甚至像是不在乎。現在跟她談話對事情沒幫助。只是我今晚得知一件重要資訊——後方確實有路，可以避開珍妮絲目光，進入洛威家。

54

隔天早上，我們被門鈴聲吵醒。屋外有紅藍燈光閃爍。我趕緊將恩佐搖醒，他馬上清醒過來，和我來到窗邊。

「這次又怎麼了？」他說。

警探有可能來逮捕我丈夫嗎？我簡直無法想像那畫面。

我穿上牛仔褲和T恤，赤腳快步跑下樓，差點在樓梯上摔倒。我一頭黏膩，甚至還沒淋浴和刷牙。但又不能叫警察給你幾分鐘先沖個澡。

我打開門，維勒一臉冷靜站在我家門廊，他身穿潔白的襯衫，領帶也緊緊繫好。「阿卡迪太太。」他說。

「有……有什麼事嗎？」

「我有搜索票。」

西西莉雅曾提過有這可能性，但真的發生時，我仍大吃一驚。強納森．洛威被殺已過了兩天，照理來說，應該已查出別的嫌犯。但顯然他們至今仍在針對恩佐調查，這讓我很震驚。

「請問我可以先叫醒孩子嗎？」我問。

「我們可以從樓下開始。」他說。

我也不能有別的奢望了。

我上了樓，恩佐已穿好牛仔褲和T恤。他聽到警察進到屋內，臉上充滿焦慮。「他們要搜東西？現在嗎？」

我點頭。「這需要一段時間。你待在這，我開車載孩子上學。」

可想而知，孩子會有些害怕和疑惑。我喊他們換衣服後，趕快衝去沖澡和刷牙。現在上學太早了，所以我可能會帶他們去小餐館吃早餐。反正警察搜索時，我也不想待在這。

我走出浴室，兩個孩子已換好衣服，準備好出發。他們都在尼可的房間，臉上掛著同樣的擔憂。恩佐和他們在一起，他坐在尼可床上和他們輕聲說話。我暫時待在外頭，聽他們說話。

「爸爸，」安妲嗚咽說：「警察爲什麼來搜索我們家？他們在找什麼？」

「我不知道。」恩佐回答：「但他們不會找到什麼怪東西。所以讓他們找一找，事情就會結束了。」

「你會有麻煩嗎？」她追問他。

「不會。」他語氣堅定。「絕對不會。」

然後他以義大利文對兩人說話，他們兩人都聽得懂，但我聽不懂。我不知道他說了什麼，但無論如何，他成功讓安妲擠出淡淡的笑容。不過尼可仍是一臉憂心的樣子。

「好了！」我兩手一拍。「誰想去吃巧克力碎片鬆餅啊？」

有段時間，尼可會爲了巧克力碎片鬆餅不惜賣掉他的任天堂。但他們現在只望著我，對於早餐吃鬆餅毫無興致。

我帶他們出門之前，恩佐抓住我。他靠近我低聲耳語：「別擔心。一切很快就會結束。」

我希望眞是如此，但我不抱期待。

在前往小餐館的路上，孩子幾乎沒說話，我們照慣例叫了巧克力碎片鬆餅，但兩人只是盯著食物，漫不經心地把棕色小鬆餅在盤子上撥來撥去。安妲雙眼下出現了眼袋，尼可嘴角有乾掉的口水痕。

「你們還想要加糖漿嗎？」我問他們。

我拿起楓糖漿，準備倒入盤中，希望能激起他們一些食欲。

「媽，」安妲說：「警察覺得爸殺了洛威先生嗎？」

「沒有。」我馬上說。

「那他們爲什麼要搜索我們家？」尼可問。

「其實，」我說：「他們來搜索是爲了證明他**沒有**殺洛威先生。」

「這沒道理。」安妲說。尼可點頭附和。

「OK，好啦。」他們小時候眞的比較容易敷衍，我說什麼就是什麼。欸，不對，其實以前也沒那麼好騙。「事情是這樣。我們所有人都知道爸爸絕不會傷害任何人。除非是爲了保護我們，對吧？」

見兩人馬上點頭，我內心無比驕傲。

「所以他們來不來搜索我們家不重要。」我說：「因爲爸爸沒做錯事，所以他們絕不可能找到任何東西。」

我一邊說，一邊用盡全力相信自己說的話。如果我語氣有一絲遲疑，孩子一定聽得出來。我現在需要他們相信父親是無辜的。

「一切都不會有事。」我告訴他們。

但就算我嘴上這麼說，內心卻知道這不是眞的。事情一定會變得更加糟糕。

55

送孩子上學之後，我沒有直接回家。

一方面我不希望在搜索到一半時回家，另一方面有件事我一定要知道。這件事我一直惦記著，不去一趟親自看看，腦子會一直想。

我在電子郵件中找到地址。地址是附近的城鎮，我和恩佐曾去那裡看過房子。我們當時在那裡找到了一棟美麗的房子，價格比現在更能負擔，但那邊的社區很可怕。住在長島這裡至少白天很安全。多數時候是如此。

我停在一棟飽受風吹日曬的白色房子前，房子看來亟需油漆。我下了車，不知道車停街上安不安全。但應該沒問題，我不會去太久。

我走向屋子的台階，望向四周，怕有護衛犬衝向我。我總覺得這棟房子會有一隻可怕的狗守衛。主人恐怕還會拿槍管削短的霰彈槍跑出來。

話說回來，我還是寧可在這裡，也不要回家面對警察。

我走上台階，來到前門，伸手按下門鈴，但我很確定門鈴壞了。於是我用拳頭敲門。

我發覺沒人回應，便敲得更大力。車道上停了一輛福特車，所以我想有人在家。

終於我聽到門後傳來腳步聲。一個刺耳的聲音傳出：「好了、好了，等一下。」

過一會，一個六十多歲的男人用力將門拉開。他白髮稀疏，肥大的鼻子布滿蛛網般的血管。雖然是一大清早，但他已渾身威士忌味。

「嗯，你好。」我露出微笑。「我要找……瑪莎在嗎？」

那人充滿血絲的雙眼瞇起。「妳怎麼認識我老婆？」

一邊是來我家打掃那個規矩能幹的女人，一邊是眼前這男人，我稍微想像了一下兩人結婚的畫面。他們感覺一點都不相配，但我現在已明白，大家婚後都會改變。每晚回家面對這男人時，瑪莎究竟是怎樣的心情？

我曾指控瑪莎偷我東西，現在卻不禁心生同情。不過話說回來，她確實偷了我東西。

「她……呃，她之前在我家打掃。」我默默在內心罵自己，居然沒事先想好說詞。

「她外套忘在我家，我想還她。」

我有沒有拿著外套也不重要了。這男的醉成這副德性，應該不會察覺。我只是想找瑪莎核對恩佐的說詞。我必須知道他是不是在說眞話。

「外套妳留著吧。」那人說：「那婊子幾天前丟下我跑了。我為她付出那麼多……」

他用力咳一聲，我後退一步。「你是說她搬走了？」

「哼，妳有看到她人嗎？」他嘟囔：「妳見到她就告訴她，她最好給我跪著爬回來，不然有她好受的。」

無論恩佐帶瑪莎去哪，為了她好，我希望她永遠不需要跪著爬回來。我希望她能遠走高飛。

那人在我面前重重甩上門，我走回車上。幸好在這兩分鐘之間，車子沒被偷走。恩佐說完瑪莎的事，我其實沒有完全相信，但現在看來一切和他說法相符。他如果來到這裡，一定會擔心她；要是她應門時臉上有瘀青，他一定無法坐視不管。他當年無法及時拯救妹妹，所以二十年多來，他一直爲此內疚，也因此只要看到女人身陷險境，他總是挺身而出，這點我一直很欣賞，也十分認同。

我很想相信恩佐。我好想、好想相信我丈夫。

56

警方花了幾小時搜索我們家。

他們搜完後，屋裡果然像是被洗劫了一樣。我們今天都沒工作，我請了假，恩佐已將工作交給員工，於是我們動手收拾。我只希望能在校車載孩子回家前整理好。如果他們看到屋子亂成一團，一定會感到慌亂。

恩佐和我一起默默收拾。現在廚房有一地鍋子要整理。這感覺就像重新拆箱收拾一樣。

雖然我不該開口，但腦中一直有個疑問，我還來不及阻止自己便脫口而出：「恩佐，你跟舒瑟特說，你會娶我只是因爲我懷孕了？」

他全身僵硬。「什麼？」

「你有跟她說我未婚懷孕嗎？」

「沒有，我沒有告訴她。」他摸摸下巴。「妳爲什麼覺得我會告訴她這個？」

「因爲她知道這件事，但絕對不是我跟她說的。她到底是怎麼知道的？」

「安妲十一歲。我們結婚不到十二年。」他聳聳肩。「她算出來的？」

也許是如此。我確實有可能提到我們結婚十一年。在舒瑟特這種人身邊，說話眞該要小心一點。她確實會一字一句都仔細琢磨。

他瞇眼看著我。「妳是什麼時候跟舒瑟特聊到的？」

我實在不好告訴他我昨晚溜進他們家後院，他會氣瘋。「有一陣子了。我最近才想到。」

「相信我，米莉，我不會對任何人說我們的事。」他看著流理台，眉頭深鎖。「他們打破三個盤子。妳知道嗎？」

「我早跟你說他們不會輕手輕腳。」

「可以這樣嗎？直接打破東西？」

我不知道該說什麼。又能怎麼辦呢？打電話報警嗎？

「你知道他們有沒有找到什麼？」我問他。

「沒有。他們什麼都沒找到，因爲根本沒東西。」他氣憤地握緊拳頭。「他們也打破一個馬克杯！實在太扯了！」

「恩佐，」我說：「不如廚房讓我收好了？你去收拾房間，好不好？」

「好啦。」他嘟噥。

他拖著腳步走了，留我一人收拾廚房。這是好事，因爲我相信他們打破的恐怕不只如此。房間能弄壞的東西比較少。

我扔掉破碎的碗盤時手機響了。區域號碼是七一八，這代表來電者不在長島。我接起電話。

「米莉？」

西西莉雅的聲音傳出。我記得她的聲音，但我仍習慣她還是小女孩的嗓音，她現在聽起來好不一樣。

「嗨，西西莉雅。」我說。「我……我猜妳聽說了。」

「對，我早上和恩佐打過電話。他不怎麼高興。」

「我們只是很驚訝。」我說：「原本希望事情不會走到這一步，想說他們會發現其他的嫌犯。」

「哦，沒有喔，」西西莉雅說：「他們現在完全鎖定恩佐了。」

「妳調查過洛威房子後院嗎？」我問她。「我去看了一下，那裡確實有一條路能從房子後面進屋。」

「對，我確認過了。但那可能毫無意義。」

「什麼意思？」

「我是說，他們搜索你們家時找到了證據。」

什麼？恩佐再三強調，絕不可能找到任何證據。

我心一沉。「他們找到什麼？」

「我不知道。」她嘆口氣。「這個階段，他們不願透露任何訊息，但我設法從一個朋友那打聽到消息。他們目前送去檢測，但我朋友說他們覺得『逮到他了』。」

跑不掉了？

我的天啊，該不會他們找到血跡斑斑的衣服？恩佐發誓那是他的血，但要是他們說跑不掉了……

「恩佐知道嗎？」我問。

「知道，我剛和他通完電話，但我也想讓妳知道，因爲聽起來他不想告訴妳。」她猶豫一會。「當然，這件事必須保密。我根本不該知道這資訊，我當然也不該告訴你們。妳能替我保密嗎，米莉？」

「沒問題。」我保證。

「拉米瑞茲和我都在密切關注案情發展。」我的世界已經天翻地覆，幸好西西莉雅聽起來沒有一絲動搖。她的自信讓我冷靜了一點。「要是聽到他們申請逮捕令的消息，我會馬上打電話給妳。」

一想到丈夫會被逮捕，我難受得說不出話來。我瞬間哽咽，甚至無法回應。

「米莉。」西西莉雅聲音堅定。「我們會想出辦法。我向妳保證。妳相信我嗎？」

「可是……」我擠出話。「萬一……」

我甚至說不完一句話。況且，我也不知道自己到底要說什麼。

萬一我丈夫眞的和舒瑟特．洛威出軌呢？

萬一恩佐眞的殺死強納森．洛威呢？

萬一他們把恩佐關起來？我該怎麼辦？我要怎麼跟兩個孩子說？

「米莉。」西西莉雅聲音自信又沉穩。「妳要相信我。因爲我相信妳。我相信**恩佐**。

我們會撐過去的。」

「好。」我接受她的說法。「我相信妳。」

只是我們到底要怎麼撐過？如果他們發現衣服上都是強納森的血，恩佐肯定難以脫身。我由衷希望他把衣服處理掉了，或藏到他們絕不可能發現之處。

我想都沒想到他們找出了更糟糕的東西。

57

我沒向恩佐提起我和西西莉雅的對話。

事實上我害怕跟他說。他回到廚房來幫我放餐具時，我好幾次張嘴想說，但卻說不出口。可怕的事即將發生，而說出口了，像是一切就會成真。

孩子回家時，我們表現得一切正常，假裝沒有警察來過家裡翻箱倒櫃。如果恩佐過不久會被逮捕，那我們更應該好好珍惜日常生活。恩佐甚至說服尼可去後院練習棒球，這還是他被踢出少棒隊後第一次打球。

今天恩佐花比平常更久的時間與孩子們道晚安。我原本想讓他先去道晚安，但他和安妲已講了半小時話，所以我決定先去找尼可。時間很晚了，我再不去，他可能會睡著。

但我進到尼可房間時，他看起來毫無睡意。他坐在床邊看漫畫。小奇異果的飼養箱仍在他床邊，當然裡面是空的。

「晚上了。」我將漫畫書從他手中拿起，放到他書桌。「該睡覺了。」

「我不累。」

「我敢說你比想像中累。」

「我敢說沒有。」

但他乖乖聽話躺到枕頭上。我關上燈，月光從窗戶照亮他床旁。雖然我們有裝捲簾，但他通常不會拉下。他的眼白彷彿在月光中發光。

「媽？」他說。

我坐到他床邊。「什麼事？」

「妳覺得做壞事的人，就是壞人嗎？」

「什麼樣的壞事？」

他眼睛睜大。「**眞的是**很壞的事。」

他一定在想他父親。他今天早上醒來，看到警察進入家裡時，一定大受衝擊。他們逮捕恩佐的話，他會怎麼想？

他看著我，等我回答。而我人生經歷這麼多之後，其實想法確實跟一般人不同。我做過一些壞事。一些**眞的**很壞的事。我殺過人，還不只一個。

但尼可不知道。這些我們都沒跟孩子說，但有朝一日他們一定會發現。我害怕等他們發現時會討厭我。

「我覺得，」我說：「有人做了壞事，還能是個好人。只要他們做壞事是爲了正確的理由。」

「可以爲了正確的理由做壞事？」

「當然可以。例如，我們都知道說謊不好，對吧？」

他點頭。

「好，要是安妲剪頭髮，結果不好看。她問你看起來如何，而你不希望她難過，所以騙她說很好看。那就是說謊，但你立意良善，是出於正確的理由。這樣懂嗎？」

「懂……」

「這有回答了你的問題嗎？」

「其實沒有，」他說：「因爲對髮型說謊不算**眞的**很壞的事。」

我脊椎竄過一絲寒意。「好，那你想的是什麼事？」

你發誓跟史賓塞·亞契一起玩的時間，究竟是跑去哪了？

我看著兒子的臉，等他開口。但他只聳聳肩。無論他做了什麼，他都不打算說。

我還來不及追問，門口便傳來敲門聲。恩佐來了，要來找尼可道晚安。我仍不確定尼可爲何有這疑問，感覺他腦中有很具體的想法，但看來他不打算告訴我。也許比起我，恩佐更能回答他的問題。

58

我們四人很難得地全坐在餐桌上吃早餐。

孩子昨天去了小餐館，卻都沒怎麼吃，所以我今早又做了一次巧克力碎片鬆餅。這也沒多厲害，因爲是從超市買的鬆餅麵糊，我唯一要做的是加水攪拌。然後我在煎鍋倒入大量的油，放進一團團麵糊。結果油加了太多，基本上變成像是用炸的，但孩子很喜歡，恩佐也是。

我最後撒上巧克力碎片，每個鬆餅都撒上八、九塊。我想把巧克力碎片排成笑臉，但只能算成功一半。

「聞起來很香，米莉。」恩佐說。他語氣愉快，但西西莉雅昨天通知他之後，他內心肯定多少有點不安。

最後我將四盤鬆餅端上桌。比起昨天，孩子今天吃得很津津有味。他們以爲警方不會再來糾纏了。

「現在下雨了，但下午會停。」恩佐說：「尼可，我下班回來，我們應該能再練一下棒球。」

「你覺得他們明年會讓我再加入少棒隊嗎？」尼可問，他嘴邊沾滿了鬆餅。

我不確定規則，但揍同學肚子一拳，尼可可能會被禁賽一輩子。「我不確定，」恩佐說：「但也許夏天之後，我們可以改練足球。我們來把你的足球練得跟棒球一樣厲害好不好？」

尼可點頭。「好！」

我第一眼看到這房子，就夢想著如同眼前這般完美平靜的家庭生活。四人坐在廚房餐桌前，安樂地吃著鬆餅。如果我想拍張家庭照，一定就是這畫面。

但門鈴響起，破壞了一切。

「我去開。」恩佐迅速從座位彈起，我不禁猜想他已知道誰在門口。「馬上回來。」

我自然跟了過去。無論發生什麼事，我都想知道。這時間，我很確定門的那邊沒有好事。

我來到門廳，恩佐已打開前門。西西莉雅站在那，西裝褲全濕，金髮緊貼著額頭。如果她有上妝，妝也肯定都花了。

「快進來，」恩佐跟她說：「妳全身都濕了！」

西西莉雅全身滴水，但她根本不在乎，只是快步走進門廳。「幸好我還來得及。我們必須聊一聊。」

我望向廚房，確定孩子沒站在門口偷聽。我有種感覺，無論西西莉雅要說什麼，我都不希望孩子聽到。

「妳想坐下來嗎？」我問她：「我可以拿毛巾或——」

「警察正趕來逮捕你，恩佐。」西西莉雅打斷我。

雖然她昨天警告我了，但一聽到這話我仍感到呼吸困難。恩佐看來同樣震驚。

「警察今早出於禮貌，提前通知了我。」她撥開臉前幾束頭髮。「他們已拿到你的逮捕令，我想他們不久就會到了。我盡快趕來，所以能跟你們先說說話。」

「為什麼？」他大叫。「他們找到什麼？他們根本沒證據。」

「拉米瑞茲告訴我一些消息。」她說：「開車途中我跟他聯絡了。如我昨天所說，他們在這裡有找到證物。他們覺得找到了兇器。」

「太荒謬了！」恩佐大罵：「兇器？什麼？我們的廚房刀具嗎？」

「不是，是摺疊刀。」她說：「上面有你名字的縮寫：E．A。他們發現刀塞在抽屜。」

我轉頭看我丈夫。我知道那把摺疊刀，是他父親送的。他總是帶在身上。

「而且，」她又說：「看來那把刀有被擦拭過，上頭仍有一點血跡。他們進行快速DNA分析，今早結果出來，和強納森．洛威相符。」

恩佐嘴巴張大。他靠到牆上，看來雙腿發軟。警方找到的不利證據中，這絕對是最致命的一種。但恩佐一定有他的說法。他的刀上為何有強納森的血，他一定有理由。我需要聽他怎麼說。

我現在就要聽到。

「恩佐？」我輕聲說。

「我……」他眨了幾下眼睛。「我以爲我全擦乾淨了。」

什麼？

他站直身子，顫抖吸口氣。「眞的對不起，米莉。」他說：「我沒有對妳說眞話。是我殺了強納森。」

59

「**是我殺了強納森。**」

這話今後會不斷在我腦中重播。

在這之前，西西莉雅都像是充滿自信，掌控全局，但他的自白讓她動搖了。「恩佐，你是說……」

「對不起。」他靜靜說：「我做了可怕的事。對不起，我說謊了。但是……我現在會做出對的事。我會認罪。」

「你在說什麼？」我幾乎是放聲尖叫，音量大到孩子一定都聽到了，但我控制不住。「你爲什麼要這麼做？」

他視線往下。「眞的對不起。我是爲了我們才這麼做的……爲了保險金。我們沒有錢，而且……」

西西莉雅一時啞口無言，我也是。我有好多問題。如果是爲了保險金，那這代表舒瑟特也有涉案？她也會被逮捕嗎？我甚至不知該從何問起，但這時門鈴響起，我驚覺自己連問一個問題的時間都沒有。

西西莉雅瞬間回過神來。「警察來了。」她說。

恩佐一臉驚慌。「米莉，妳能帶孩子上樓嗎？我不希望他們看到。」門鈴再次響起，接著有人大力敲門。我也不希望孩子看到。但感覺我沒多少時間了。

哦，恩佐，你到底在想什麼？

我到廚房時差點摔倒，孩子仍在吃鬆餅。天啊，我真希望能讓他們吃完鬆餅。但沒時間了。「小朋友，」我說：「我需要你們倆回房間，把門關上。現在就去。」

以前一說，他們一定哀聲連連。但他們現在已能理解。他們拋下盤子，跑上樓。兩道門相繼關上。

我回來時，恩佐和西西莉雅仍沒開門。他們在等我確認孩子都上樓了。恩佐看起來快吐了，但他挺起胸膛，打開前門。果然是維勒警探站在門前，臉上仍掛著那副我已恨透的陰沉表情。

「恩佐・阿卡迪。」他說：「我要以謀殺強納森・洛威的罪名逮捕你。」

警探將手銬扣上我丈夫手腕，眞是慶幸孩子都在樓上，不用目睹這幕。我知道手銬扣住手腕的滋味。我記得金屬會陷入皮膚，讓人走路失去平衡。我深知被警察上銬帶走的感受。我在恩佐眼中看到那份痛苦。

「我愛妳，米莉。」他們要將他帶走時，恩佐大聲對我說。

他沒有找藉口，也不再假裝自己無辜。這一刻，他唯一想說的是，他愛我。

「恩佐！」西西莉雅頭探入雨中朝他喊。「我不在的時候，一個字都別說！聽到了嗎？一個字都不准說！我們到警局見！」

我望著警探壓著丈夫上了警車。他們將他塞入後座，我內心一角瞬間碎裂。我回到家，也見不著他了。下次再見到他，會是在監獄裡。

他下輩子恐怕會在獄中度過。

西西莉雅關上門，身子靠在門上搖頭。她將一束濕髮從眼前撥開。「我不敢相信剛才發生的事。太震驚了。」

「是啊。」我擠出話。

「我們忽略了一些事。」她專注望向窗外，看著載我丈夫遠去的警車，彷彿那裡可能有線索。「他沒告訴我們全部的事。他不會爲錢殺人。他講的那些我一個字都不信。他有別的原因。」

「可能吧……」

但她不知道我們多想要買下這房子。就算比出價再低一成，也超出我們能力範圍，但我們還是買了。貸款通過時我們高興得飛上了天，但我現在多希望銀行拒絕我們。我們可以繼續找房，也許仍會找到一樣漂亮的房子，又不用一直爲帳單煩惱。

「別慌，米莉。」她對我說：「我會處理。」

我瞪她一眼。「我丈夫剛才承認殺人了，西西莉雅。」

哪件事更難接受，我說不上來。無論從哪個角度想，一切都令人作嘔。但最讓我受不了的是，想像恩佐殺死強納森的畫面。強納森不是遠遠被人開槍射死。恩佐是拿摺疊刀走向他，劃開他的喉嚨。什麼樣的人會做出這種事？

但恩佐這輩子做過太多我難以置信的事。我不曾想過丈夫會爲了黑幫，打斷別人手指，結果那竟然是他過去的一部分。看來他連割人喉嚨都辦得到。

畢竟他下手了。他承認了。

樓上一道門碰一聲關上。有個小孩跑出房，目睹父親被警察帶走了。現在我必須處理這件事。我必須告訴他們兩人發生了什麼。

「我最好趕去警局。」西西莉雅說：「妳不會有事吧，米莉？」

當然有事。但她也幫不了我。「妳去警局吧。」

她點頭。「記得，事情還沒結束。我會幫助他。」

「謝謝妳。」但事到如今，她還能爲我們做什麼？他並非自我防衛，所以不是一級，就是二級謀殺罪。無論如何，他永遠都別想過自由生活了。

西西莉雅和我擁抱道別，她答應我一有消息就會馬上通知。她一離開，房子再次恢復寧靜，我思考自己現在的處境。

恩佐走了。

現在我必須向孩子解釋。

我踏上咿呀作響的樓梯，來到房子二樓，我突然想到，我們再也負擔不起貸款了。我們要做的第一件事就是賣了這房子。光靠我的收入，我不知道我們能住哪裡。

我原本想先去尼可的房間，因爲兩個孩子中，他比較讓人操心，但這時我聽到安妲的房間傳來哭聲。安妲總是將一切看得太重。想想眼前這情況，又怎能怪她呢。我敲敲門，她沒回答，於是我直接推門進去。

安妲躺在床上，頭埋在枕頭中嚎啕大哭，她纖細的肩膀劇烈顫抖。其實不只肩膀，她全身都在顫抖。我去年在醫院看過有人癲癇發作，她現在簡直就像那樣。安妲一直是爸爸的乖女兒，如果她發現父親殺人，她的世界肯定天崩地裂。光是看到她哭，我之前強忍的淚水瞬間湧入眼眶。

恩佐，你怎能這樣對我們？怎麼可以？

「安妲。」我坐到她床邊，撫摸她柔軟的黑髮。「安妲，親愛的……我跟妳說不要下樓了。」

她隔著枕頭說了些話，我聽不清楚。

「沒關係。」我又摸摸她頭髮。「不會有事。」

我不知道我想說服誰。如果是要說服她，那一點用都沒有。但我也說服不了自己，所以我住口了。

安妲在床上動了動，轉身用浮腫的紅眼望著我。「他們覺得爸殺了洛威先生。」

我直覺想說謊，但事到如今說謊有何意義？「對。他們是這麼想。」

眼淚滾落她的雙頰。「可是他沒有殺！」

接下來這一段話，她會很難接受，但她遲早要知道，所以最好由我來告訴她，別讓她是在網路上讀到，或從朋友那聽說。「安妲，親愛的，他認罪了。」我跟她說：「他向警方承認他殺了洛威先生。」

「但他沒殺！」她大叫。「我知道他沒殺！」

我想把手放上她肩膀，但她甩開我的手。我忍不住問，「妳怎麼知道？」

「因爲，」我女兒說：「是我殺的。」

第三部

安妲

Part III

ADA

60

我的名字叫安妲・阿卡迪，我十一歲。

我有一頭黑髮和黑眼睛，其實我的眼眸是棕色的，但有人說看起來像黑的。

我有個弟弟叫尼可拉斯，他九歲。我會說兩種語言，我的英文和義大利文都十分流利。我最喜歡的食物是起司通心粉，尤其是媽媽做的。

我最喜歡的書是露易絲・鄧肯的《夏娃的女兒》。我最喜歡的冰淇淋口味是餅乾麵團。

另外，我殺死了隔壁鄰居強納森・洛威。

還有一件事：

我不後悔。

Δ　Δ　Δ

殺死噁爛怪鄰居的求生指南

安妲・阿卡迪（五年級生）著

步驟一：離開家，也離開妳愛的一切

明天我們要搬家了。

爸媽為搬家感到十分興奮。尤其是爸爸，他一直說個不停，說新房子多漂亮，我們一定會超愛。他們表現得像在為我們著想，但我並不想搬家。我喜歡布朗克斯，我所有朋友都在這裡，我甚至很喜歡這個他們說「太小」的公寓。

但十一歲時，你別無選擇。爸媽要搬，你就得搬。

總之，這是我失眠的原因。

我躺在床上一小時，眼睛盯著天花板，腦子完全清醒。我喜歡我的天花板。油漆有許多裂痕，給我一種安心的感覺，像是正中間有道裂痕像張臉。我把它命名為康士坦斯。

搬走後，我會想念康士坦斯。

「尼可？」我朝黑暗輕聲說。

父母說現在的家有個缺點，就是尼可和我必須住同一間房。他是男生，我是女生，所以我們不該住一起。其實爸在房裡掛了面窗簾，所以根本沒問題。我不介意和尼可住同一間。我喜歡睡覺時知道他也在房間裡，就在窗簾另一邊。

「什麼事？」尼可輕聲回答。

他醒著，太好了。「我睡不著。」

「我也是。」

「我希望能不要搬家。」

尼可的床墊發出響亮的咿呀聲，他翻身總會如此。「我知道。這不公平。」

聽到尼可也不想搬家，讓我心情好了一點。因爲爸媽太興奮，幾乎讓人以爲我們要搬去迪士尼樂園。

不過尼可受的影響沒我大。和我相比，尼可很容易交到新朋友。他根本人見人愛。從幼稚園起，我最好的朋友一直都是伊娜拉和崔妮蒂，而且我們再過三個月就要畢業，所以我不只會錯過好朋友的畢業典禮，還要跟一群我根本不認識的小孩一起畢業。

「也許那裡很爛。」尼可說：「爸媽會想搬回來。」

「可能不會。我覺得新房子眞的很貴。」

「對。他們說他們付不起呆款。」

「你是說貸款嗎？」

「不一樣嗎？」

我不懂貸款是什麼，但我知道那跟呆款不一樣。我非常確定。「我們接下來會住在新房子裡，直到我們上大學。」

他在窗簾另一頭不發一語。「好吧，也許不會那麼糟，也許我們會漸漸喜歡那裡。」

我無法想像。交新朋友、習慣可怕的大房子什麼的，我都無法想像。

「尼可？」我說。

「嗯哼。」

「我可以把窗簾拉開嗎？」

用窗簾隔開房間，其實是爲了我。爸裝窗簾時，媽跟我說這麼做是因爲：「妳是少女了，妳需要隱私。」但我整個晚上一直都想把窗簾拉開。

「好。」尼可答應了。

我爬下床，拉開窗簾。尼可把那床超級瑪莉兄弟的被子蓋到脖子，他的黑髮亂成一團。他朝我揮手，我也朝他揮手。

我記得爸媽從醫院帶回尼可的那天。媽說我不可能記得，因爲我當時才兩歲，大腦還沒有長記憶，但我發誓我記得。媽用嬰兒背帶將他背進家門，他好小好小。我不敢相信他這麼小！甚至比我的人偶娃娃還小。

我問能不能抱他，媽說可以，但要我非常小心。於是我坐在沙發，媽把他放到我腿上。她叫我撐著他的頭，我很仔細撐好了。我抱著他，他看起來好開心，但他其實看起來像個老頭。我後來把手指放到他小巧的嘴巴，他馬上吸吮起來。我記得我對他說：「我愛你，尼可。」

我會想念和弟弟共處一室的日子。

61

今天是搬家日。

爸開了輛貨車，他今天和幾個工作上的朋友一直在搬東西。媽一直吼說，他背會受傷，叫他小心，他老是回答好，但他其實從沒受傷過，所以我不懂我媽幹麼瞎操心。我看得出來他也覺得很白痴，但她每次這樣發脾氣，他都會讓著她。

我媽是個稱職的好媽媽。如果你忘了說明天上學要帶一盤米香，直到睡前才想起，她會馬上跑出門買米香和棉花糖，親手爲你做好，確認裝好，隔天讓你帶去學校（這是尼可最近發生的事，所以我沒亂說）。她就是那種平凡的好媽媽，深愛並照顧著我們。

但爸不一樣。

我爸基本上無所不能。像媽會出門買材料，準備好米香，讓你明天帶去學校。但要是跟爸爸說，我需要來自……我不知道，**中國的**米香，他也能搞定。我也不知道他怎麼辦到的，但他會在隔天上學前幫我拿到手。

而且他平時開的是大貨車，以前他會讓我坐在他腿上抓方向盤開車，但後來媽媽發現就生氣了，所以他現在不讓我開了。他說媽媽非常聰明，如果她說不安全，我就不能做。

新房子的房間很大。比我和尼可一起住的那個房間大上一倍。爸跟我說，我可以先選房間，因爲我是大姊，所以我選了角落那間。房間有許多窗戶，我讀書時可以向外看。

但我在新房間拆箱時，書才拿出來一半，我便哭了。

我太常哭了，大家都這麼說。但我又控制不了！我一難過就會哭。我不懂的是爲何別人都不常哭，就連尼可都再也不哭了。

我坐在床上哭時，爸爸經過我房間。他馬上放下手上的箱子，坐到我旁邊。「怎麼了，**piccolina**（孩子）？妳爲什麼難過？」

我抬起雙眼望向他。我幾乎和媽一樣高了，但爸比我們都高大許多。他來學校接我時，其他女生都說他非常帥，伊娜拉的媽媽也很喜歡他。但爸爸就是爸爸，我不會那樣看他。

「我想回家。」我說。

他皺起眉頭。「但這裡就是家，而且是更好的家。」

「我討厭這裡。」

「安妲，妳不是這個意思吧。」

看到他那麼失望，我就沒告訴他我是眞心的。如果能一彈手指，就再次回到小公寓去，我一定馬上這麼做。

「不然這樣，」他說：「妳給新房子一個機會。如果一年之後，妳還討厭這裡，我們就搬回去。」

「不會，我們才不會。」

「會！我向妳保證。」

「媽不會讓我們這麼做。」

他朝我眨個眼，用義大利文說：「那我們就不理她。」

我不相信他，但我心情好多了。再說我後來想了想，他可能是對的。一年之後一切都會不一樣了。也許到那時我真的會愛上這裡。

62

步驟二：努力適應——超級努力

我從來沒有轉學過。

每次有新學生站到全班面前，不得不自我介紹時，我總覺得他們好可憐。現在輪到我了。教室裡滿滿都是五年級同學，我站到大家前面，穿著我媽挑的、又癢又不舒服的粉紅色洋裝。百貨公司有件輕盈美麗的白色洋裝，我很想買來第一天上學穿，但不知爲何，我媽從不肯讓我穿白色，所以最後選了這件。而現在我完全不知道該說什麼。

「來吧，安妲。」我的老師是蕾納老師，她對我說：「告訴大家一些關於自己的事。」

我不喜歡蕾納老師。以前在布朗克斯，班上的瑪柯絲老師很年輕，她天天戴著可愛的紫色眼鏡，每週還會帶糖果給我們。蕾納老師年紀大概已好幾萬歲，我猜她臉上的肌肉已經老到動不了，想笑都笑不出來。

「我叫安妲，」我說：「來自紐約市。」

我望向蕾納老師，看這樣夠不夠。看來不夠。

「我喜歡讀書，」我說：「以前有學過芭蕾。」其實我九歲之後就沒上芭蕾了，但我希望這樣自我介紹就夠了。

還是不夠。

「我最喜歡的科目是英文，」我繼續說：「我爸是義大利人，所以我會說義大利文。」

「有人想問安妲任何問題嗎？」蕾納老師對全班說。

班上一個同學舉起手。「你爸是外星人，所以他是綠色的嗎？」

「他不是外星人。他是**義大利人**。」

「妳說外星人。」

我不知道該怎麼回答。這時第二個問題來了：「如果妳是義大利人，爲什麼妳最喜歡的科目是英文？」

「**我爸**是義大利人。」我解釋：「我在這裡出生的。」

「不是，妳不是。」另一個同學說：「妳才剛搬來這裡。妳怎麼在這裡出生？」

「我是說，」我說：「我來自紐約，這裡也是紐約。」

「這裡不是紐約市。」第一個同學說。

「但這裡是紐約州。」

「所以呢？」

蕾納老師讓其他同學又問了我幾分鐘問題。有的問題很正常，例如我有沒有最喜歡的電影或電視節目。但另外也有許多奇怪的問題，像是我爲什麼穿洋裝還要穿襪子？問我爸是不是外星人的那個同學，又問我相不相信外星人，以及我有沒有見過外星人。

回到座位時，坐我旁邊的男生盯著我看。眞的很煩，我最後問他：「幹麼？」

這時他說：「如果妳是外星人，妳是我見過最美的外星人。」

這話我根本不知道要怎麼回答。但這時蕾納老師要大家安靜，所以我不用思考該怎麼回應了。

午餐時間，坐我旁邊的男生跟著我到自助餐廳。我不知道方向，所以我其實是跟著其他人走，但我感覺他一直跟在我後面。當我排隊時，他排到我後面。

「嗨，安妲，」他說：「我是蓋博。」

「嗨。」我回答他。

在幼稚園或一年級時，班上所有同學的身材都差不多。但是到了五年級，有的同學會比其他人高大許多。像是有的同學身高只到我肩膀，還有的同學會像蓋博一樣，身高超高，彷彿一棵大樹擋在我面前。

「所以妳覺得這間學校怎麼樣？」他問我。

我一點都不喜歡。但我不能這麼說，於是我只聳聳肩。「還可以。」

「妳怎麼會搬來這裡？」

「我父母覺得這裡很適合孩子長大。」

「哦，一點也不。」蓋博瞪大眼睛，他這個樣子讓我聯想到尼可想養的螳螂。「妳知道幾年前有個小孩失蹤嗎？前一天他還在，隔天就不見了。」

我不知道他在說什麼。如果這座城鎮不安全，我父母絕不會帶我們搬過來。「我們學校嗎？」

「不是，他住在附近城鎮，但我們所有人都參加同一個夏令營。」蓋博聊到失蹤小孩的語氣，未免有點太興奮了吧。「他非常擅長射箭，我是比較會游泳。他叫布蘭登．朗迪。就像我剛說的，有一天放學後他沒回家，人不見了，也沒人知道他發生什麼事。」

「犯人通常是家人和親戚。」這話是我媽說的。我媽那次在看新聞，以為我沒聽他們說話，便對爸爸說了。

「不，不是。」蓋博堅持。「布蘭登父母和警方用盡辦法，但一直都沒找到他。」他朝我露出陰森的表情。「他現在可能死了。」

「也許他跑走了。」

「他才八歲！能跑去哪？」

想到有八歲小孩失蹤，我手臂起了一陣雞皮疙瘩。我決定每天都要跟尼可一起等校車。只要我們在一起就不會發生任何事。

「妳想要的話，」蓋博說：「我可以陪妳走回家，以免妳遇到危險。」

「我搭校車。」

就算我不搭校車，也不想和蓋博相處。雖然我想交朋友，但他好怪，鬈髮莫名稀疏，身上還有股臭味。他需要好好洗澡。我每晚都洗澡，因為媽說身上香香的很重要。

「好喔，」他說：「也許妳今天放學能來我家。」

「我媽不准，」我說：「我放學必須馬上回家。」

「還是改天？」他滿心期待問。

「可能吧。」

我不想跟蓋博相處，哪天都一樣，但我希望能敷衍過去，這樣他就不會纏著我了。但他不肯放過我。排隊拿食物時，他一直對我說話，後來他還跟著我，和我坐同一桌。我其實不想跟他坐一起，但我想總比落單好。

63

尼可和我從學校一起搭校車回家。他果然已經認識一大堆新朋友，但他仍坐到我旁邊。

「學校怎麼樣？」我問他。

「很不錯。」他說：「很多同學喜歡打棒球。」

我希望能像尼可一樣擅長運動。我擅長游泳，因爲爸有教我，但那不是團體活動。我甚至不覺得學校有我這個年級的游泳隊。我喜歡的另一件事是閱讀，但那也不是團體活動。

「幾個同學週末要去公園打棒球，」他說：「也許媽會讓我一起去。」

「總之小心點，」我說：「你知道有個叫布蘭登·朗迪的小孩幾年前失蹤嗎？他和你年紀差不多。甚至沒人知道他發生什麼事。」

「所以呢？」

「所以！他出事了。也許有人殺了他。」

「天啊，安妲。」尼可翻白眼。「妳擔心的比媽還多。」

他說得可能沒錯。我眞不知道我幹麼要擔心那麼多事。我眞希望自己能按個鈕把擔心關掉。

「擔心的話，」尼可說：「妳可以來看。」

我可能會去，但說眞的，我比較想和我同年紀的人相處。我今天一個朋友都沒交到。唉，除了蓋博，但是我不想在校外和他相處，光是在學校見到他就夠難受了。

「有自己的房間之後，你昨晚有睡得比較好嗎？」我問尼可。

他思考一會，搖搖頭。「沒有，我很害怕。我想念以前跟妳睡同一個房間。」

我很高興他這麼說。我昨晚獨自在房間裡，也是睡得不安穩。「我也想念跟你睡在同一個房間。」

「也許我們可以辦睡衣派對？」他提議。「我可以帶睡袋，睡在妳房間地板上。」

「或是我去睡你房間？」

「我們可以輪流。」他開心說。

校車抵達了羅可斯街，也就是我們住的無尾巷。尼可、我和住對街的小孩史賓塞下了車。史賓塞的媽媽已在路邊等著帶他回家，但我們的媽媽是在家裡等我們。我背包裡有家裡鑰匙。媽說如果我們到家，但她還沒下班，在她回到家前一切由我作主。

我們經過隔壁房子，我注意到有人在窗前。一定是我們的鄰居。他和爸年紀差不多，他看到我們時揮了揮手。尼可也朝他揮手，我也是，但我覺得很奇怪。我不知道那人爲何站在窗前看校車抵達。

這舉動有點奇怪。

64

步驟三：學習在新家生活

尼可怪怪的。

他放學後都會去洛威家，因爲他在打棒球把他們家窗戶打破了，所以必須做家事賠償。總之他天天都去，而且會待到媽到家前一刻才回家。我問他洛威家要他做什麼，他只回說是打掃。但我問他打掃什麼，他就不說話了。

無論他們叫他做什麼，都讓他變得悶悶不樂。洛威家甚至沒有寵物，有什麼好打掃呢？叫他把垃圾拿出去嗎？洗碗嗎？難不成叫他推大石頭上山，等他快到山頂時，石頭又重新滾回山腳？

如果是以前，我們共用一個房間，我一定會在睡覺時間好好問清楚。但現在尼可晚上都關在自己房間裡，不大和我說話。

今天晚餐他幾乎沒吃。媽做了馬鈴薯泥，拌了許多奶油和鹽，明明是他最喜歡的，但他只是把馬鈴薯泥弄成團，捏成不同形狀。所以吃完晚餐，我來到他房間，敲了敲門。我們共用一個房間那麼久，現在見面要先敲門，感覺還是好奇怪。

「我在忙！」他大喊。

「是安妲！」我隔著門說。

「還在忙啦！」

我試著轉動門把，門鎖上了。一個九歲的小孩，居然把門鎖上？感覺不大安全，出事怎麼辦？

哦，老天，我想法簡直太像媽媽了。太好了，我遺傳到無聊的媽媽。眞倒楣。

我決定明天早上我們一起去搭校車時再問他。我們每天只有一起去搭校車，還有一起走回家時，才能單獨相處。到了站牌，壞心的亞契太太會站在那，狠狠瞪著我們，尤其會瞪著尼可。但最近坐校車，尼可甚至不等我了。他早上會自己衝出門，而且等校車的時間，他幾乎連看都不看我一下。

所以今天早上我特別早起，以免他搶先跑出門。我來到樓下，尼可還不見人影。我想如果我動作快點，還有時間能吃碗玉米穀片，但我進到廚房，瑪莎已在打掃，我不想妨礙她。不過，聘請清潔婦來家裡打掃好奇怪喔。在布朗克斯，只有有錢的朋友家裡才會有清潔人員，而我知道我們並不有錢。

「妳想吃早餐嗎？」瑪莎問我。

我點頭。「妳能幫我拿玉米穀片嗎？」

瑪莎眼睛睜大。「早餐吃玉米穀片？」

我不懂她聽了爲何一臉訝異。早餐吃玉米穀片不對嗎？我是說，玉米穀片不就是爲了早餐而發明的嗎？

但話說回來，瑪莎很奇怪。她不怎麼說話，頭髮往後梳，髮髻綁得好緊，看起來扯得好痛，另外她會一直盯著媽媽看。隨時都盯著她看。我不懂她爲什麼這樣。

「我可以幫妳煎蛋捲和香腸。」她跟我說：「這才算正式的早餐。」

我來不及拒絕，說我時間不夠，可是她已打開冰箱拿出蛋盒。她伸手捲起袖子時，我發現她手腕上有一圈紫色瘀青，彷彿戴了太緊的手鐲一樣。

「妳是自己弄受傷的嗎？」我問她。

她全身僵住，蛋盒緊緊握在雙手中，眼睛看向自己手腕，便趕快拉了拉袖子試圖蓋住。「我……不是。」

「那妳爲什麼有瘀青？」我問，但我知道那不關我的事。

她眨了幾下眼。「我……我只是……」

她突然之間慌張起來。我不知道瑪莎是否遇到麻煩，也許我該幫助她。但我能怎麼辦？我才十一歲。我連自己的問題都解決不了。

說到自己的問題，我還正想要對瑪莎說什麼，便聽到前門碰一聲關上。尼可走了！糟糕，我就知道不該吃什麼笨早餐！現在還沒機會跟尼可說一句話，他就已經到了校車站牌。

「我要走了。」我跟瑪莎說。她看來鬆了口氣，慶幸不用再跟我多說什麼。她當然也不會想跟小孩傾訴她的問題。

65

今天爸來學校接我，帶我去吃冰淇淋。

以前我們在舊公寓時，他常這麼做。爸大半時間都陪著尼可，所以他說我們偶爾應該兩人出去玩。我原本擔心搬家之後他會沒空，尤其他想在新城鎮這邊發展事業，但昨天他跟我說，明天會開貨車來接我。所以我就站在學校外頭等他。

來到新學校之後，我只搭過校車，還沒被人載過，所以不確定要在哪裡等。我走到學校後面，因爲那裡有地方能停車。但後來大家都走光了，四周變得好安靜，我不禁想起布蘭登・朗迪——那個失蹤的孩子。

我一想到便害怕起來。他失蹤後到底發生什麼事？我是說，他不是從這個世界上消失，不是蒸發在空氣中，是有人**帶走了**他。

「安妲？」

起初我很慶幸聽到身後傳來同學的聲音。結果一轉身，發現是蓋博。他大概是我最不想見到的同學。

從上學第一天開始，連續好幾週，蓋博一直不斷糾纏著我。我後來找到幾個女孩一起吃午餐了，他也懂得閱讀空氣，沒硬要跟，但在餐廳排隊領餐時，他總是在我後面，還會一路跟著我，直到午休時間結束。我幾乎都不跟他說話，眞不懂他爲何一直煩我。

「妳在這裡幹麼？」他問我。「我以爲妳都搭校車。」

「今天有人來接我，」我說：「但我不知道我爸在哪。」

我環顧四周，發現車子從主幹道開不進來。路封起來了。所以我爸絕不可能找得到我。我必須繞出去，看能不能找到他。然後我要告訴他我需要一支手機，因爲我眞的需要。

「聽著，安妞，」蓋博說：「我想問妳一個問題。」

我很不想讓他問我問題。「對不起，我要去找我爸了。」

「好，但我只是要問妳一個問題。」蓋博懂不懂什麼叫拒絕？煩死人了。「妳覺得妳有空可以跟我約會嗎？」

「我爸媽不准我約會。」

這不算正式的家規，但我感覺只要我一問就會變家規了。但我不會問，因爲我不想跟蓋博或任何人約會。

「好吧，那我可以牽妳的手嗎？」

我這次甚至沒機會拒絕，蓋博直接抓住我的手。他手又濕又熱，非常噁心。我抽開手，但他沒退開，反而抓住我手腕。

「我不想牽手。」我說。他沒有再和我牽手，但他抓住我手腕。

蓋博仍聽不懂我說的。他手指愈抓愈緊，緊扣住我的手腕。「只要大概兩分鐘就好，安妲，拜託？」

「你弄痛我了。」我咬牙說。

「沒有，我沒有。」他堅持說。

我想硬把手抽走，但他抓得非常緊。我開始考慮我媽告訴過我的事，她說男生的雙腳之間非常敏感，如果踢他們那裡，他們就不會再纏著妳。但我還來不及試，就突然聽到一串憤怒的義大利文，然後我爸震耳的吼聲傳來：「**你在對我女兒做什麼？**」

蓋博馬上放開我的手腕。我爸爸衝過來，我這輩子第一次看到他這麼生氣。他脖子上浮出一條巨大又可怕的血管，右手握成拳頭。他似乎想把蓋博抓起來，折成兩半。要是他想的話，我相信他應該辦得到。我是說，我爸**眞的**很壯。

「我……對不起。」蓋博結巴說。

「不對！」爸手朝我比劃。「你要對**她**說對不起！」

蓋博快尿褲子了。「對不起，安妲！眞的對不起！」

爸像是差點就要動手把蓋博打成肉醬。爸湊到他面前，深色眼睛十分嚇人。我的眼睛也是一樣的顏色，但沒像他有時變得那麼可怕。

「如果你敢再碰我女兒，」爸斬聲對他說：「你會眞的明白什麼叫對不起。聽懂了嗎？」

「懂！」蓋博大喊。「我的意思是，不會！我……」

他的眼睛在我跟爸之間來回看，接著一聲都不敢吭，拔腿跑了。

爸爸看起來眞的很氣。我不知道以前有沒有看過他這麼生氣。起初他呼吸粗重，後來他冷靜下來，露出悲傷的表情。

「來吧，安妲。」他跟我說：「我們要聊一下。來貨車上。」

他在生我的氣嗎？我沒做錯任何事。我有嗎？我不想牽蓋博的手。但也許爸看不出我想離開。不過，他感覺不是眞的在氣我，他只是很……氣惱，對這一切。

我們一路走回他的貨車，他把車停在學校停車場。他下車後，一定到處在找我。我上車時本想坐到後座，但他叫我坐前座。

但我們在車裡坐著，他沒發動引擎。他只是不發一語坐在駕駛座。他低頭看向我手腕，蓋博抓過的地方。我皮膚上還留著紅色的印子，不知道之後會不會變瘀青。

「安妲，」他說：「剛才很可怕。」

我點頭。「但沒關係，因爲有你在。」

「這就是可怕之處，」他說：「剛才有我在。但下次我可能就不在，而我不可能永遠都在。」

我想他說得對，但同時我感覺他**眞的**永遠都在。每次我需要他，他就會出現。我無法想像有一天，我需要他時他會不在。像是剛剛蓋博纏著我，他馬上就出現，不知從哪冒出來，把蓋博嚇跑，拯救了我。

「我告訴過妹妹，我永遠都會在。」他幾乎是喃喃自語：「但後來……」

我的名字是爲了紀念我爸的妹妹。她叫安東妮雅，但她在我出生前已過世了。爸有時會聊到她，說他有多愛她，但他從未說過她是怎麼去世的。一定是發生了不好的事，因爲她相當年輕。

「如果有男生纏著妳，」他說：「妳就叫他住手。妳要很堅定。確認他有聽清楚。」我嚴肅點頭。

「但有時他可能不會住手。」爸爸眉頭皺起，深色眉毛間出現一道很深的皺紋。「如果發生的話……」

爸好一會不吭聲，像是在仔細考慮。最後他手伸進口袋，拿出他隨身攜帶的摺疊刀。那把刀是他父親給他的，上頭刻有他名字的縮寫。

「我跟妳一樣大的時候，我爸給了我這把刀。」他說：「現在我把它交給妳。」

「爸！」我大叫：「我不能隨身帶刀子！我會惹上麻煩！」

「如果沒人知道，妳就不會惹上麻煩。」他說。

我低頭看著他手中的刀。雖然我不該拿，但我心裡又很想要。我一直很喜歡這把摺疊刀，因爲它會讓我想起爸爸。我原本是猜他有一天會把刀給尼可，結果他卻交給了我。

「我拿刀要做什麼？」我問他。

「什麼都不做。」他說：「妳就隨身帶著，但妳絕不能拿來用。除非是眞的不得已。」

「可是……」我低頭注視那把刀，刀仍在他手中，刀刃已收起，但我敢說刀鋒一定很利。「你眞的覺得我可以……」

「除非是眞的不得已，安妲。」他重複一次。他摸著肚臍右側的區域。「妳把刀插在這裡。然後……」他手腕一扭。「轉一下刀。」

我抬起目光望著他。「你有刺過人嗎？」

「我？」他揚起眉毛。「哦，沒有。這只是……預防。」

他又將刀遞向我。這次我從他手中接了過來。

66

步驟四：開始懷疑可怕的眞相

週六下午，我在廚房考慮晚餐前要不要吃點零食，這時尼可從後門溜了進來。

早上之後我都沒看到他。但這陣子很正常。基本上，以前週末我是每分每秒都和弟弟度過，但現在他不是去打棒球，就是關在房間裡。有幾天我早上設法逮到他，和他一起走去校車站牌，並試圖跟他聊天，但沒有用。他不想說話。

所以我一整天沒看到他並不奇怪。怪的是，他竟從後門溜進來。更怪的是，他褲子前面全是尿漬。

尼可尿褲子了嗎？

「尼可？」我說。

他躲到廚房餐桌後面，不想讓我看到褲子，但我已經看到了。「幹麼？」尼可說。

「你還好嗎？」

「我很好。」他說：「我剛才在洛威家，喝水潑出來，灑到自己了。」

但我覺得不是。因爲他靠近之後，我聞到尿騷味。他看得出來我不相信他，露出一臉擔憂的樣子。

「不要告訴別人，好嗎，安姮？」他說。

「我不會說。」我答應他：「但……我是說……怎麼會……」九歲小孩怎麼會尿褲子？我記得尼可大約四歲時，有段時間會尿床，但那已是好久以前的事。

「我只是憋太久了。」他說。

我還是不懂。但他感覺很尷尬，可是我又不會怪他。「好……」

「妳發誓不會告訴任何人？」

「我發誓。」

「因爲妳說出去的話，就是打小報告。」

「我說了我不會說！」

他終於滿意，然後跑去房間換褲子。但我不禁懷疑到底發生什麼事。尼可這陣子本來就有點怪了，現在這件事更怪。我希望他能告訴我怎麼了，我希望他能回到以前的樣子。

我眞希望我們沒有搬來這裡。

67

至少我學校生活挺順利的。

我在學校成績一直不錯。我在以前學校全科都拿E。那基本上就是A，但當時學校評分系統很怪，他們怕拿A的人不好意思，於是把最高分改成E，意思是超出預期。我除了體育，全部都拿E。體育我只拿M（符合預期）。

蕾納老師出的作業比瑪柯絲老師多很多，但幸好我喜歡寫作業。長大後我想當小兒科醫生，所以我還要讀**超多年**的書。

數學作業寫到一半，我有點口渴，於是下樓倒水。怪的是，我下樓時，看到尼可消失在牆邊。

真的就是那樣。之前我不知道，但顯然是牆上有道暗門。尼可打開門，正要進去。他還來不及關門，我便出聲：「嘿！」

他瞬間抬起頭，看到是我，臉馬上垮下。「哦，是妳。」

我快步下樓，想看個仔細。「**那**是什麼？」

門開了一半，我往裡面看。那是個狹窄的小房間，跟我們浴室一樣小，或是再大一點。裡面沒什麼東西，只有幾本漫畫，而且裡頭黑漆漆的，只有天花板垂下的一盞燈泡。

「你不准告訴任何人，安妲。」尼可說：「這是我的祕密俱樂部。」

祕密俱樂部？真的？「這裡感覺不安全。」

「噁！」他大喊：「妳跟媽一樣！」

他想侮辱我，但說我像家裡最正常和理性的人，也沒那麼糟。只是我不喜歡他對我生氣。

「我可以進來嗎？」我問。

他臉皺起。「這是我的俱樂部，安妲。女生不准進來。」

其實我很清楚我是他在這裡唯一的朋友，因爲最近他在學校遊樂場總是一人，所以他如果不想跟女生玩，就沒人陪他玩了。史賓塞的媽媽早就禁止他去找史賓塞玩，只是爸媽還不知道。

「拜託？」

他終於點頭。我跟著他進到那個方正的小房間，他將門關上。關門時發出可怕的摩擦聲，我忍不住摀住耳朵。

一進入裡面，房間就感覺更小。從外面看已經很小，進到裡面感覺更封閉。簡直像是待在棺材裡，或像是被活埋，反正就這兩種感覺。

而且這裡好髒。地板上有一層灰，尼可這段時間走進走出的腳印清楚可見；角落有蛛網，代表這裡有蜘蛛。雖然說蜘蛛是益蟲，但我不喜歡鬼祟亂爬的生物。尼可很喜歡蟲，所以他不在乎。

我不禁想起那個失蹤的小男孩，布蘭登・朗迪。我想像他發現自己困在這樣的小房間中，身旁什麼都沒有，只有一小疊漫畫書。

「你眞的喜歡在這裡玩？」我問：「這裡好小……」

「對，我喜歡。」尼可頑固地說：「如果妳不喜歡，可以離開。」

我眞的不喜歡，也想離開。但我已經很久沒和弟弟聊天了，我不希望他覺得我是膽小鬼，不能跟他一起玩。

「沒關係，」我說：「我想留在這。」

我看向暗門，希望我們伸手要開時，它仍能打得開。萬一打不開呢？我們要怎麼出去？爸媽會發現我們在這裡嗎？我脖子突然一涼，冒出冷汗，但我仍坐到地上，來到尼可身旁。我們絕不會被困在這裡。無論如何，爸爸一定會找到辦法救我們出去。

「你記得你說過想辦睡衣派對？」我對尼可說。

「嗯哼……」

「也許我們可以來這裡辦？」

他搖頭。「不要。」

「爲什麼？」

「因爲我**不想**。」

我突然眼眶泛淚。我不知道發生什麼事。尼可爲何變得對我這麼壞？最糟的是尼可發現了，他皺起眉頭。

「妳老是哭，」他抱怨：「有哪件事不會讓妳哭？」

我用手背擦拭雙眼。「對不起。」

「如果妳要哭，那就出去。」

我想忍住哭，但沒那麼容易。我眞希望只要對自己說安妲，別哭了，淚水就馬上止住。尼可遞給我幾本漫畫，讓我感覺好了點。我試著專心看漫畫，不去想別的事。雖然我還有許多作業沒寫。

後來爸發現我們躲在這裡。爸媽都好生氣，總之我們再也不能進到俱樂部了。我很高興，因爲我一點都不喜歡這個俱樂部。

68

自從我爸吼過蓋博之後，他就沒來煩我，也沒再問我要不要約會。他甚至連靠近都不敢。

頭疼的是，現在又冒出個杭特。

我們一週有三堂閱讀課。那是我最喜歡的課，因為能去學校圖書館選一本書，利用課堂時間閱讀。我甚至不懂那怎麼能算是課，對我來說那簡直是休閒時間。但班上許多同學都在抱怨。

今天我選了路易斯．薩奇爾寫的兒童小說。露易絲．鄧肯之外，他是我最喜歡的作家。我讀過他寫的每一本書，現在我又開始重讀每一本，因為第二次讀有時更有趣。像你會注意到第一次讀沒注意到的細節。尤其他的「歪歪小學」系列。那可能是我最愛的系列，勝過《哈利波特》。第一集和第二集好好看，第三集也很好看，但我沒那麼愛。系列作的第三集往往都會變普通，所以不是他的錯。

我今天在讀《神童的煩惱》，這本是我的愛書，每次看都會哭。不過很多書我都會看到哭。讀到一半時，杭特坐到我桌子對面的座位。

「嗨，安妲。」他說。

我沒抬頭，但我回了嗨。

「安妲塔塔塔，」他說：「妳要跟我去約會嗎？」

他隔壁桌幾個朋友都在偷聽我們對話，暗自偷笑。我不知道這有什麼好笑。「不要，謝謝你。」

「爲什麼？」

「我不想要約會。」

「如果妳永遠不約會，」他說：「那妳要怎麼辦？嫁給一本書喔？」

隔壁桌的男生覺得這句話好笑死了。

從此之後，我們每次上閱讀課，杭特都會來我這桌，問我要不要約會。我覺得他其實沒有要約會——只是想嘲笑我。也許兩個意思都有。我以前的學校沒人聊過約會的事，但在這裡好像是種流行。

「你可以讓我好好看書嗎？」我求他。

「妳就只愛看書，」杭特說：「妳如果一直看書，以後眼睛會瞎掉。」

「才不是眞的。」

「是眞的。如果妳看太多書，妳的眼睛會掉出來。」

那完全不是眞的。我媽就喜歡看書，她眼睛沒有掉出來。平心而論，她書沒有我讀得多，應該大多數人都沒我多。有時我覺得我只想花時間在看書上。我好希望杭特別來煩我，讓我好好看書。

我想起爸給我的摺疊刀。那把刀就收在我的背包裡。我放在最底層，沒人會發現。如果老師知道我有刀，我一定會惹上大麻煩。最明智的做法是把它放在家裡的書桌抽屜。但爸耳提面命要我隨身攜帶，事實上，我也喜歡帶著。

但我絕不會使用。我甚至無法想像我會用它。

但這一刻，我有點想用。我敢打賭，我一拿出刀，杭特就會一溜煙跑了。

「安妲，」杭特說：「妳願意嫁給我嗎？」

其他男生又大笑。我真是受夠了。於是我抓起背包，走去廁所，我坐在馬桶上看書，躲了一整堂課。

69

我們今天要去海灘玩。

我喜歡游泳，但我不那麼喜歡海灘。我不喜歡沙在皮膚上的感覺。而且每次去完海灘，感覺全身都是沙。沙會卡在腳趾間，卡在手肘和膝蓋的皺摺，即使洗完澡身上也感覺還有沙。

「我也這麼覺得！」出發前我跟媽說的時候，她這麼回答：「可是我們搬家之後，我們都沒有一家人出去旅行，我覺得這趟會很好玩。況且妳喜歡游泳，對吧？」

「我想是吧。」

她朝我微笑。「還有妳可以帶書去喔。」

我把《神童的煩惱》放進背包。圖書館員讓我借回家，因爲我在學校沒時間看，但我好想看完。偏偏杭特一直來煩我，可惜爸不在場，不然就能嚇一嚇杭特，讓他別纏著我。

不知道媽媽遇到這種事會怎麼做。媽跟爸爸不同，她面對每件事都理性又冷靜。也許她會有辦法讓杭特滾開，畢竟我也不想拿出爸的刀，那太離譜了。

「媽。」我說。

她翻著我的抽屜，尋找那件仍然合身的泳裝。我今年長高不少，不久後就會需要新泳裝了。「嗯嗯？」

「如果有男生欺負妳，妳會怎麼做？」

媽放下手中的泳裝，頭咻一聲轉過來。「有男生欺負妳嗎？」

她臉脹紅。我不想讓她生氣。那天爸跟她聊天時，提到她血壓有點問題。我不希望我媽出任何事。

「不是我，」我馬上說：「是我朋友。我想幫助她。」

「哦。」她感覺冷靜下來。「很多霸凌者只是想要引起別人注意，妳不理他們，他們就會走了。」

「要是不理他們沒用呢？」

「重點是要清楚表達，妳絕不會容許別人欺負妳。」她猶豫一會。「當然是**用講的**。」

媽當然會說用講的，爸則會給我一把大刀。

我最後還是去海灘了，而且我真帶了本書，不過那天天氣晴朗，海水清澈，所以我可能到最後也讀不了幾頁。小時候我和尼可在海邊都玩得很開心，我想這次應該一樣吧。

但是到了海邊，感覺卻沒我想像中好玩。媽感覺快生氣了，尼可也怪怪的。

「你們好，尼可、安妲。」洛威先生對我們說。他身著泳褲，頭戴棒球帽。他身體超級白，跟媽一樣。

「嗨。」我說，但我弟弟沒回應他。

尼可沒答腔，他感覺毫不在意。「今天很適合來海灘，嗯？」

「對。」我有禮回答。

尼可仍不吭聲，我不知道原因。他去洛威家做家事好一陣子，後來他們才說他可以不用去了。我以為他會跟他們比較熟。我覺得去洛威家做家事應該沒那麼糟，尼可很討厭做家事，但他這次連一句話都沒抱怨過。

「一切都還好嗎？」我們走向大海時，我問尼可。沙子在我腳下滑動，感覺沙粒漸漸卡在腳趾之間。噁心的臭沙。

「沒事。」他說。

「你為什麼好像很氣洛威夫妻？」

「妳為什麼不管好自己就好，安妲？」他回嗆我。

尼可以前從不會這樣對我說話。我僵在原地，十分震驚。尼可繼續跑向大海，我也應該要跟上去，但如果尼可正在對我生氣，我就不想去了。事情不太對勁，但我不知道是什麼事。

我回望海灘我們放椅子的地方。媽媽坐在椅子上，洛威先生坐在她旁邊。她朝我揮手，我也揮手回應。

好，我不能讓這件事影響我心情。我不會讓我弟毀了這一天。

我跟著他們來到水中。爸很擅長游泳，我也是，但他不希望我游到他救不到我的地方。我在安全範圍內向外游，然後又游回去。游回去時，我發覺尼可在附近。這時我也發現，洛威太太在他旁邊，兩人在說話。我大膽游近，想偷聽他們在說什麼，但我耳朵進了水，聲音變得好模糊。

「連想都別想……告訴任何人……」洛威太太對尼可說：「你試試看……你知道你會惹上多大的麻煩嗎？」

這時尼可小聲說：「我不會說出去。我發誓。」

她……是在威脅他嗎？

我不知道他們在說什麼，但我不喜歡她的語氣。她在威脅他，我很確定。

我一邊游一邊想這件事，愈想愈氣。她怎能這樣對我弟說話？他們在說什麼？我氣到甚至失去了理智。後來我潛到水中，經過她的腳邊。

我不知道自己爲何這麼做，只覺得快氣炸了。等我回過神來，我已抓住洛威太太細瘦的雙腳，全力向下拉，將她拖入水中。她完全措手不及。

我馬上感到後悔。她沒料到自己會沉入水中，顯然無法自己浮出來。我不知道該怎麼辦，我不知道該怎麼救她。

我心裡想，萬一她因爲我溺死怎麼辦？我這下完蛋了！

爸爸當然趕來拯救了一切。他抓住她，將她拉出水面，結果她沒事。所以我最後沒有害她溺死。

70

步驟五：發現眞相

我好討厭長島。

我沒有半個朋友。我是說，眞正的朋友。我認識幾個可以一起吃午餐的女生，她們對我很好，但和我在舊家的那些老朋友不一樣。杭特幾乎每次上閱讀課都跑來煩我。尼可又幾乎不跟我說話，他還一直在學校惹麻煩。

我不用等一年之後再決定。我恨透這地方，未來也一樣。我不知道自己是不是要等一整年，才可以拜託父母搬回布朗克斯。

哦，我騙誰啊？我們絕不可能回去了。我們會永遠住在這裡。

我躺在黑暗的房間，試著睡覺。我小時候也曾經很容易就能睡著。讀幼稚園的時候，我根本不記得自己有沒有躺著睡不著的情況，但現在我天天都睡不著覺，每天晚上都直盯著天花板看。這邊的天花板裂痕甚至不有趣。我好想念舊家的裂痕，康士坦斯。

最後我爬下床，走到窗邊。住在這裡的唯一好處是天空晴朗美麗。隨時隨地都能看到月亮和許多星星，但就憑這些，還是不值得住下去。

我望向窗外，目光落在隔壁羅可斯街十二號。房子的燈都關了，但我依稀看到窗裡有動靜。我分辨不出是哪個房間。臥房嗎？

我不禁想到海灘發生的事。隔壁這家人有點怪怪的。為何尼可這麼討厭洛威夫妻？好奇怪。

我聽到身後傳來聲音。有人敲門。我跑回床上，不希望爸媽半夜抓到我在房中晃來晃去。我不確定自己該不該裝睡，但他們可能聽到聲響了，於是我說：「請進。」

門緩緩打開。我在黑暗中眨眼，不確定自己有沒看錯。是尼可，他手裡抱著睡袋。

「我今晚可以睡這裡嗎，安妲？」他問我。

「沒問題，」我說：「當然可以。」

我沒開燈，但我們的眼睛已適應了黑暗。尼可將睡袋放在我床邊的地板上。然後他爬進去。我在我的床上躺下。

「晚安，尼可。」我說。

「晚安，安妲。」

但我沒閉上眼睛。我望向睡袋中的尼可，他也回望著我。

這時我發現他雙眼噙著淚水。

「尼可，你怎麼了？」我問。

他沒馬上回答，因為他哭個不停。但幾分鐘後，他將一切都告訴我了。

71

「你不能告訴任何人。」尼可坦白之前對我說：「妳能發誓嗎？」

「好。」

「妳要發誓，安妲。」

「我發誓。」

他看著我，深吸口氣，然後開口。

事情發生在我們剛搬來不久。尼可打破了窗戶，並開始爲洛威夫妻做家事。他第一次去，只是做尋常的家事，像洗碗和拖地。但第二次去，他發現一件毛骨悚然的事：洛威家有個小房間，和我們家一樣，也藏在樓梯底下。

尼可在吸地時，發現牆上有一條門縫，那道門幾乎完全被書櫃蓋住。我弟就是個調皮鬼，他當然會推開書櫃，鑽進去。但那個房間不像我們家這個，裡面並非空無一物。

「裡面放滿了玩具，」他跟我說：「很酷的玩具。我們買不起的玩具。所以……因爲沒人在，我就覺得我可以玩一下那些玩具。但後來我在玩超酷的變形金剛卡車時，洛威先生逮到我，我嚇得一鬆手，把卡車摔壞了。」

洛威先生跟尼可說，玩具是收藏品，他摔壞的卡車非常昂貴。由於他一直在玩，家事也都沒做，再加上打破彩繪玻璃的錢，現在總共欠了洛威家上萬元。爸媽常在煩惱錢的事，雖然他們不希望讓我們聽到，都說得很小聲，但我們其實一直都有聽到。也因此尼可很怕爸媽要賠這麼多錢。

於是，洛威先生有個提議。他告訴尼可，他一直想自己製作玩具，如果尼可能幫他玩不同的玩具，告訴他最喜歡哪一個，他就不會要我們父母賠償那些被弄壞的東西。

「所以我去那裡一直在做這件事。」尼可向我解釋：「我完全沒做家事，都在小房間裡玩。洛威先生會從攝影機看我玩。」

洛威先生說，如果洛威太太知道他讓尼可玩玩具的話，她會很生氣，所以尼可在房間玩的時候要把門關起來。洛威先生用架在天花板的攝影機記錄，然後他會看。但有一天，尼可非常想上廁所，卻出不去。他一直大力敲門，結果沒人讓他出去。他嚇壞了。等洛威先生終於打開門，尼可已尿在褲子上。

洛威先生嘲笑他尿褲子，還說要會告訴尼可所有朋友，我弟只得求他別說。

在那之後，事情並沒有結束。不久後洛威太太發現了，於是她叫洛威先生去告訴媽媽，不要讓尼可再去他們家。即便如此，洛威先生仍私下叫尼可繼續過去。

「後來我跟他說，我不要去了。」尼可在黑暗中輕聲說。「我說我不能再來了。我不喜歡，而且我覺得在房間玩很無聊。還有，我……我很害怕。但他說我別無選擇。」

洛威先生告訴尼可，如果他不繼續去，他會告我們家，不只要賠償玩具和窗戶，也要賠償尼可在房間弄壞的其他玩具。他說我們會賠到無家可歸，父母會恨他一輩子。這招剛開始管用，但後來尼可說自己無論如何都會告訴父母時，洛威先生換了另一招。

「他說我如果告訴任何人小房間的事。」尼可說：「他會殺了我全家。他說他會先殺死爸爸，然後媽媽，最後是妳。」

他說到這裡時，哭了出來。我爬下床，來到他身旁，躺到睡袋上。我伸手抱住他。怪的是，我竟然沒有哭。基本上，我遇到什麼事都會哭，但我現在沒哭。

我很生氣。

「尼可，」我說：「洛威先生永遠傷害不了爸爸。爸爸比他強壯多了。」

「他跟我說他辦得到。他說他有經驗。」

我覺得他在騙人。洛威先生不可能對付得了爸爸。沒有人是爸爸的對手。洛威先生只是愛霸凌人、欺負人的傢伙。

「我們一定要跟爸媽說。」我說。

「不行！」尼可嗚咽說：「安妲，妳答應我不能告訴任何人！妳發誓了！」

「但這件事很嚴重。」

「如果妳跟任何人說，」他說：「我這輩子都不會再相信妳。」

尼可的深色眼睛反映出月光。他這話是發自內心的，但他才九歲。就算我說了，他也總有一天會明白，我做的是對的。對吧？

「妳答應我不會說的！」他提醒我。「妳最好遵守諾言，安妲。」

「好。」我終於說：「我不會告訴父母。我不會告訴任何人。」

尼可讓我伸手抱住他，好一陣子才不哭了，呼吸也漸漸平緩。他沉沉睡去。但我仍完全清醒。

我會守住我對弟弟的誓言。他透露的祕密，我不會告訴任何人。

但洛威先生必須知道，尼可絕不會再踏進他家一步。

72

步驟六：爲弟弟挺身而出

我們剛搬來，去洛威家吃晚餐之後，我就再也沒去過他們家。他們的房子比我們家更大、更豪華，但我眞心覺得我們家已經太大了。我等著洛威先生的賓士車開進車庫，確認他回到家。

我不知道自己要說什麼。但他必須知道，我很清楚他對我弟做的事，如果再有下次，我會告訴父母，而且我不怕他。

聽我說完，他就不會再騷擾尼可，我也不用告訴爸媽。但走出家門前的最後一刻，我決定帶上爸給我的摺疊刀。我並不打算使用，只是覺得隨身帶著比較安心。我把摺疊刀放進牛仔褲口袋，然後用T恤蓋住，不讓別人看到。

現在我感覺好多了。

我走捷徑，從後院直接進到他們家。爸在他們家後院整理樹籬。他工具的聲音非常大，大到我不得不摀住耳朵。明明是園藝工作，那聲音卻像在鋸金屬。聲音大到他根本沒發現我走向後門。我一度想朝他揮手，但我後來想到，如果他看到我，就會問我來做什麼，所以最好不要讓他知道我在這。

我敲了敲後門，但這裡太吵了，屋裡的人根本聽不到。我考慮繞到前門，但後來我轉動門把，發現門沒鎖，於是自己開門進去了。

我絕對有看到洛威先生的車開進車庫，但屋裡異常安靜。我沒聽到樓上傳來腳步聲或任何聲響。聽起來像是根本沒人在家。「有人在嗎？」我大聲問。

沒人回答。

我不知道他去哪了，但感覺屋裡沒人在。也許是在洗澡之類的。我想先離開，晚一點再過來。

但走過屋子時，我經過了樓梯間。正如尼可描述，牆邊有座書櫃，剛好放在我們家暗門的位置。如果我推開書櫃，會找到暗門嗎？

我腦中浮現這念頭，內心就一陣好奇，現在我一定要親眼看這房間了。

書櫃不算重，因為上面沒幾本書。我全身靠著書櫃，用力去推。書櫃滑動之後，便能順順地輕鬆推開。果不其然，後面出現一道狹窄的暗門。

暗門藏在書櫃後面，沒用壁紙蓋住。這暗門看來和我們家的一模一樣，也是可以由外向內推開，但門上有個小巧的鑰匙孔。這個鑰匙孔讓我很緊張。我記得尼可曾說自己想離開房間，結果門卻打不開。

我突然想到，如果洛威先生將他關進去，並用書櫃擋住，沒人會知道他在裡頭。畢竟爸媽一直以為他是來做家事，就只有尼可和洛威先生知道真相。

我盯著門的輪廓。我不是個好奇心重的人。我不需知道每一道門後面的景象。那比較是尼可會做的事。這個房間眞實存在，我只需要知道這點就好。

話說回來，進去看一眼有什麼關係？

我緩緩打開了小房間的暗門。

73

房間和我預料得不一樣。

我們家樓梯下的房間是個空蕩蕩的空間。但這間房裡全是……**東西**。

我看得出來尼可爲何深受吸引。感覺他這輩子玩過或想擁有的玩具全都在這裡。變形金剛、卡車、模型車、模型人偶，大多數玩具看來最近都有人玩過了。房間比我們家那間來得亮，裡面有燈的開關。尼可提過，洛威先生在天花板有裝攝影機，但我在天花板四周都沒看到，也許他後來拆掉了。但房間最古怪的是另一頭的角落。

那裡有一張床。

一張小床，尺寸是給比尼可年紀更小或差不多的小朋友睡。床框是白色的，上面有塊沒有彈簧的薄睡墊，乍看之下像一張簡陋的摺疊床。床上蓋著一條百衲被，上面每一塊棉都繡著不同的昆蟲。

雖然我知道不該這麼做，但我仍走向那張床，用手摸過被子。被子感覺很僵硬，彷彿已經多年沒人使用。我猜尼可在房間時，都是在地上玩。我拉開被子，然後……

我的天啊。

白色的床單上全是深棕色的汙痕。床中間的顏色最深，但床單上下都是飛濺的汙漬。

我不知道尼可有沒有拉開過被子，看到我眼前的畫面，或者這就是他認眞看待洛威先生威脅的原因。

「安妲？」

我聽到身後的聲音，趕緊轉過頭。屋裡好安靜，因此我以爲沒人在。我實在是太笨了。明明看到車開進車庫，明明知道洛威先生在家。他可能待在樓上之類的，也許他是躲了起來。靜靜地等待著，靜靜地看著。

現在他出現在**這裡**。出現在房間中，在我面前。

他穿著卡其色休閒褲和襯衫，襯衫衣領的釦子已解開，領帶鬆鬆掛在脖子上。他額頭有一層汗珠，在頭頂的燈光下散發光澤。他頭髮稀疏，每一束頭髮感覺都被汗水浸濕。

我張開嘴想擠出話，卻發不出聲音。我想告訴洛威先生，不准他再纏著我弟弟。我想告訴他，除非必要，不然尼可絕不會再回來這裡。我想保護我弟弟。

但現在也許有危險的是我。

「妳在這裡幹麼，安妲？」洛威先生似乎一點都不生氣。他發現我在這，似乎挺高興的。「妳把書櫃推開了？」

「我只是……」我尖聲說：「對不起。我以爲……」

我爲何要道歉？呃，我聽起來跟我媽一樣。就算她沒做錯事，也老是在道歉，結果**我**現在也一個樣。我是說，我的確未經允許闖進他家。但是**他**把我弟弟關在這房間。還有床單上這些汙痕是怎麼回事？看起來好可疑，像乾掉的血跡。

「妳在偷看東西。」他說。

我不答腔。

「妳有告訴父母妳來這裡嗎？」他問我。

「有。」我說。

他嘴唇扭曲，露出笑意。「妳在說謊，安妲。」

「我沒有！」

「小孩說謊我一眼就看得出來。你們的反應好明顯。」

我想逃出房間，但洛威先生擋在出口。不只如此，他還拉上了門。但他不可能上鎖。因爲他和我在裡面，所以不可能……對吧？

「我覺得……」他說著朝我走近一步。距離太近了，因爲這房間非常、非常狹小。「我覺得妳來這裡，完全沒跟任何人說過。」

我後退一步，撞到了身後的牆壁。洛威先生目光向下瞄了床墊一眼。看到床單上的血跡。

「哦，安妲。」他說：「妳眞的不應該拉開被子。」

我一口氣憋在喉嚨。「我現在想離開了。」我擠出話。

他頭歪向一邊。「是嗎？」

「對。」

「事情是這樣，」他說：「我不確定我能信任妳。妳弟弟很擅長保守祕密，但我感覺妳不一樣。」

我記得尼可尿褲子回家的事。現在我怕自己會發生一樣的事。我不知道自己這輩子有沒有這麼害怕過。

「我能保守祕密。」我尖聲說。

洛威先生不像爸爸、弟弟和我，他眼睛的顏色很淡。所以我能看到他瞳孔漸漸變大。

「我覺得妳辦不到，」他說：「這代表……」

他現在靠得非常近，我聞得到他惡臭的氣息。我扭動身體，不知道自己能不能擠過他。我必須逃走，可是這房間非常小，門就在不遠處。只要……

「我不能讓妳走，安妲。」他說。

我想起蓋博告訴我失蹤小孩布蘭登．朗迪的事。我之前就想像他是困在這樣的房間。之前想到那畫面我就嚇壞了，結果現在竟然自己身陷其中。或許我就會像布蘭登那樣，以後再也沒人會見到我了。

但我有一樣布蘭登沒有的東西。

我手伸進口袋，握住爸爸的摺疊刀。爸給我之後，我在房間練習過怎麼用。我照著爸爸的手法做，練習快速收放刀刃。洛威先生盯著我的臉，所以他沒看到我將刀從口袋拿出，放出刀刃。他沒看到刀在燈光下閃閃發亮，直到我用力將刀刺入他肚子，正中爸告訴我的地方。

然後我把刀子一轉。

洛威先生長聲哀嚎。我讓他痛不欲生。雖然像媽說的，踢男人的雙腿間是最痛，但我眞的不想攻擊那裡。總之這招有效果就好。洛威先生跪倒在地，手抱著肚子。

「臭婊子。」他抽著氣。

我沒時間思考了。我衝過他身旁，將門掰開，然後趁他來不及站起，再次將門關上。我注意到門上的鑰匙孔，但我沒有鑰匙，沒法上鎖。於是我做了唯一能做的事。我馬上逃出這棟房子。

我來的時候爸爸在後院工作。但是現在他不見了。我不知道他去哪了。也許他回我們家的車庫拿工具？我不知道。我想找他，但我也好想快點回家。

我回到家跑上樓，衝到主臥室找他們，但裡面空無一人。我還站在門口，就聽到身後傳來腳步聲，聲音愈來愈大。

哦，不。

是洛威先生。我應該要想辦法堵住門，或是再刺他一刀，或是確認我殺死他了。但我卻笨到丟下他。現在他跟著我回家了。

他要來殺我了。

但我轉身時，我肩膀落下。來的不是洛威先生，是尼可。他站在走廊，嘴巴張大。

「安妲？」他一臉嚇壞了。「妳怎麼了？」

我這才低頭看衣服。上衣有幾塊小血跡，但我右手全是血。摺疊刀上也全是血。可是我完全沒發現。

「安妲？」尼可又問一次。

「哪裡……爸在哪裡？」我結巴說。

「他應該是在車庫拿工具。」尼可皺眉看著我沾滿血的手，以及我手中的刀。「安妲，發生什麼事了？」

「我……」

我不能告訴他。我怎能告訴別人我做了什麼？

「安妲？」

「我……我想我可能殺了洛威先生。」這段話從我嘴中衝出。「我想他可能死了。」

「什麼？」

我想擦拭眼中的淚水，結果卻愈弄愈糟，把臉抹得全都是血。「我沒告訴任何人你說的事。我發誓。可是我想跟他談談。我想叫他不要纏著你。」

「安妲……」

「他不肯讓我離開小房間。」我哽咽。「所以我不得不……」

我們兩人低頭看著刀，上面全是洛威先生的鮮血。他一定死了。我用刀刺了爸叫我刺的地方，還轉了刀。他倒到地上時，臉上失去了血色。

哦，天啊。

「我必須去找爸爸。」我脫口而出。

尼可眼睛睜大，一臉驚慌。「妳不能告訴爸。妳不能跟任何一個大人說。講了妳就完蛋了。」

「爸絕不會讓我出事……」

「這不是他說了算。妳知道小孩做壞事會怎麼樣，對吧？」他咬著下唇。「他們會把妳從父母身邊帶開。妳必須去小孩的監獄，叫什麼少年……光顧所？我朋友說他哥哥偷東西之後被關進去。而且那還只是偷東西。妳是**殺了**人。」

我放聲大哭。尼可說得對。就算洛威先生做了壞事，我也不可能跟別人說我殺了他，還想躲過懲罰。

「那我該怎麼辦？」我問。

「有人看到妳嗎？」

我搖搖頭。

「那沒人會知道是妳，對吧？」

我低頭看著手中的刀，發現他說得對。我可以把刀上的血跡沖掉，塞到抽屜最裡面。衣服的血跡也能洗掉，只要把衣服藏到衣櫃，就沒人會知道。

什麼事都不會發生。

第四部

米莉

Part Ⅳ

MILLIE

74

我女兒殺了人。

我十一歲的女兒拿刀刺了一個人，現在這人死了。聽完整個經過，我眞的好希望她沒殺了他，因爲這樣我才能徒手將他活活打死。

我一定會讓他吃足苦頭。

「對不起，媽。」她泣不成聲，幾乎說不出話。「我不想殺他。我只是想逃出房間。」

我一點都不生女兒的氣，她不需要對我道歉。一想到這一切都在我眼皮底下發生，我就感到**噁心**。送尼可去做家事的是我。平心而論，我當時完全不覺得這件事有什麼危險，還認爲能讓尼可學習爲自己負責。我完全無法想像……

「這不是妳的錯，安妲。」我抱住女兒細瘦的身體。「妳做了妳該做的。我……要是我也會做出一樣的事。」

我下手的話，恐怕不只如此。

「妳穿的上衣在哪裡？」我問她。「有血跡的那件？」

她擦乾雙眼，越過房間，走到粉紅矮櫃翻找了一會，最後拿出她那天穿的深藍色上衣給我。我瞇眼找才看到血跡，但我知道警察爲何沒發現，他們根本不認爲會在小女生的抽屜裡發現證物。

「我拿到水槽好好洗過了。」她說。不過要是警察去查的話，輕輕鬆鬆就能驗出強納森的血跡。

我將衣服拿在手裡，不確定該怎麼做。我眞的該讓女兒去自首嗎？

「我不想被關進監獄。」她抽著鼻子。「但我不希望爸爸爲我頂罪。」

原來恩佐早就知道了。他一發現迻女兒的摺疊刀是兇器，瞬間就明白刺死強納森的是安妲。於是他馬上認罪。我眞是恨死他這樣了，但也因此更愛他了。

「妳不會被關進監獄。」我向她承諾：「我向妳保證。我們會打電話給爸的律師，她會解決所有的事情。我發誓。」

我一定要打給西西莉雅。我要在恩佐爲了保護女兒，做出像認罪這類傻事前，趕緊告訴她一切。

我不想讓安妲聽到這通電話，但我也不想在她脆弱時，留她一人獨處。雖然我再三向安妲保證她沒做錯事，但她仍餘悸猶存。我必須陪在安妲身邊，於是我走到她房間外，讓門敞開著，一邊看著她，一邊按下西西莉雅的號碼。

幸好西西莉雅馬上接起。「米莉？一切都沒事嗎？我剛到警局。」

「沒事，」我吸口氣：「但我聽到一個非常重要的消息。」

我盡快告訴她一切。整個過程，她都保持沉默，但我中間聽到她幾度倒抽口氣的聲音。安妲告訴我的事，我很難重述細節。說實話，這件事令我作嘔。我說完該說的話，終於可以停下來時，簡直如釋重負。

「老天，」西西莉雅吸口氣：「這眞是……」

「我知道。」

「該死，恩佐。」她對自己說。「他最好別趁我不在場，對警方說任何一句話。我要趕快過去跟他解釋清楚。」

「快去讓他知道這些。」我說：「如果他以為安妲會被判刑，一定會跳出去頂罪。一定要讓他知道女兒是自我防衛。她沒做錯任何事。」

「而且她才十一歲。」西西莉雅提醒我：「法院不會把這年紀的孩子視為成年人，也不會起訴她。恩佐要是認罪，就是白白犧牲自己。」

「拜託，西西莉雅，別讓他做傻事。」

「別擔心，米莉，」西西莉雅說：「我非常有說服力。」

我掛上電話，讓她去忙了。我獨自一人陪著我的孩子。我眼前有個艱鉅的任務，我必須讓一切恢復正軌。

我不知道洛威家的小房間裡究竟發生過什麼事。要是強納森敢碰我兒子一根手指，我一定……好吧，我想我也不能殺他了，但我會放火燒了他的墳，或……我會前往死後世界向他報仇。我不敢**相信**尼可因為害怕我們必須賠償玩具，連去他家好幾個月。聽到這些我心都碎了。

這一切過後，我們全家人會需要心理治療。那人對我們家做的事太可怕，我一定要救出丈夫，並一起幫助孩子走出傷痛。

75

恩佐目前關在拘留室。據西西莉雅所說，他已正式被逮捕，按了指紋，也拍了檔案照。明天會有保釋聽證會，但我們根本付不起保釋金。

我好想知道他的狀況，但唯一的消息來源只有西西莉雅。我幫孩子向學校請假，我的工作已請太多次假，同事一定氣死了。我花許多時間和孩子討論這段時間發生的事。我知道尼可有狀況，但我卻莫名不在狀況內，還誤以為他腦袋出了問題，以為這都要怪我基因不好，結果事實上，全是強納森．洛威的錯。

「爸很快會回來嗎？」我們一起吃晚餐時，尼可滿懷希望地問。我做了奶油通心粉，卻因為心焦如焚，連加不加起司都不管了。

「我希望是。」這是我最真實的答案。

「但他沒有做錯任何事。」安妲小小聲說：「為什麼要進監獄？」

「就算告訴警察你沒做錯事，他們也不可能直接放人。」我對他們解釋：「但別擔心，他有個很厲害的律師，所以很快就能回家了。」

如果我一直重複這麼說，也許一切會成眞。

吃完晚餐，我用微波爐爆了些爆米花。我竟奇蹟似的沒再烤焦，於是我讓孩子坐到沙發上邊看卡通，邊吃爆米花。等我把頻道轉到電影台時，手機響起。號碼是當地警局。

我跳下沙發，按下通話鍵，邊接起電話邊往廚房走，話筒那頭傳來熟悉的義大利口音：「米莉？」

我淚水幾乎奪眶而出。「恩佐！哦，我的天啊……我不敢相信他們讓你打電話……」

「我有五分鐘。就這樣。」

五分鐘根本不夠，但至少是個開始。「你這白痴，幹麼認罪？」

「爲了安妲。爲了她和尼可，我什麼都會做。妳不會嗎？」他小聲說，像是怕人監聽。

「會。」我承認：「我會。」

「也是爲了妳，米莉。」

這些話就夠了。我眼眶充滿淚水。「但我們需要你。拜託。她不會因爲這件事出事，她才十一歲。」

「米莉，她用摺疊刀割他喉嚨。這對她來說，非常不利。」

聽到他這句話，我心頭一驚。強納森．洛威身上有兩處刀傷。安妲說自己爲了脫身，刺了強納森一刀。當時安妲說到這裡，已泣不成聲，我便不忍再追問下去了。但以我女兒的身高，就算強納森站到她面前，她也絕對割不到他的喉嚨。

所以我只能自己想像當時發生的事。我那天發現強納森是在客廳，而不是在小房間，所以肚子那刀一定沒能讓他倒下。他可能想追安妲，後來才倒在客廳。安妲可能這時繞了回來，趁他倒在地上，劃開他喉嚨，以絕後患。

但如果安妲真的認定他傷害了尼可，又威脅要追來，那麼安妲也只是做了該做的事。只不過這種行為仍然很難辯稱是自我防衛。

「那不重要，」我說：「恩佐，我們需要你回家。少了你，我們不知道該怎麼辦。拜託你，說出眞相，讓西西莉雅處理。」

「我不會把女兒交給警方。不要。絕對不要。」

我眞氣他這麼固執。但換作是我，我也會做一樣的事。

「你向警方認罪了嗎？」我問他。

「還沒。」他說：「西西莉雅不准我認罪。但明天……」

「拜託你千萬不要這麼做，」我哀求他：「我知道你覺得自己在幫助安妲，但她看到爸爸入獄，不會比較好過。那會毀了她的生活。你不明白嗎?你必須回家，我們會想辦法解決這件事。」

背景有個聲音朝他大喊。五分鐘到了。

「米莉。」他聲音急促。「拜託妳告訴孩子我愛他們。無論發生什麼事都一樣。」

「我們也愛你。」但我覺得我才說第一個字，電話就斷了。

恩佐今晚會在冰冷不適的拘留室度過。但其實現在是夏天，所以拘留室會是炎熱不適。說不定過了今晚，他會明白下半輩子在牢房度過是很不明智的決定。

至少我是這麼希望。

76

我晚上幾乎沒睡。

在牢房過夜的是恩佐，但輾轉難眠的是我。我不斷回想自己入獄的事。當時我身邊都是人，但我一直感到好孤獨。我總覺得自己不屬於那裡。我覺得所有人都覺得自己不屬於那裡。

我希望恩佐了解那種痛苦，不要輕易放棄人生。

隔天早上我決定親自送孩子上學，至少表面上還維持住正常生活運作。我陪他們走到校車站牌，毫不意外的是，珍妮絲一如往常拉牽繩帶著史賓塞。

珍妮絲一臉不屑。「眞沒想到會在這裡看到**妳**。」

「我就住那裡，」我說：「爲什麼不能在這？」

珍妮絲甚至不覺得自己的話荒謬。「我是說，妳丈夫做出那麼可怕的事。妳還出來拋頭露面，難道不覺得丟臉嗎？」

我眞不敢相信她竟當著我孩子的面說這句話。我搬過來，爲了敦親睦鄰，一直忍受她胡說八道，但我受夠了。現在我很確定，我們怎麼樣都不會再住這裡了。

「我丈夫什麼都沒做，珍妮絲。」我說：「妳完全誤會了。」

她哼一聲。「哪有可能。長那樣的男人總會惹上麻煩。」

她覺得我丈夫是因爲長太帥，所以成了殺人犯？「恩佐是個好人。」我語氣堅定。「我不需要隔壁的八婆來說三道四。所以妳就管好自己的事，可以嗎，珍妮絲？」

珍妮絲嘴巴張大，她顯然是不習慣挨罵。我望向孩子，自從父親被逮捕之後，我這還是第一次看到他們臉上浮現淡淡的笑容。

孩子平安上了校車後，我走路回家。來到前院草坪時，那輛熟悉的道奇跑車停到路邊。駕駛座車窗搖下，警探班尼托．拉米瑞茲伸出頭來。

「米莉，」他說：「上車。」

拉米瑞茲是這世上我最信任的警察，但要我毫無理由坐上一輛警車，我仍感到不自在。

「我再不到兩小時就要去恩佐的保釋聽證會了。」

「我們得聊聊。」他語氣十分嚴肅。

「什麼事？」

「米莉，妳可以進車裡嗎？拜託拜託？快點啦。妳希望趕得及去聽證會吧？」

哦，搞什麼鬼啦。

77

「我猜你知道安妲的事了。」坐進拉米瑞茲跑車副駕駛座後，我對他說。

「對。」他說：「西西莉雅全跟我說了。」

「她殺了強納森．洛威。」雖然我內心一角仍不相信，我女兒怎麼可能割開一個男人的喉嚨。

「聽起來是那變態活該。」

「但還是她下的手。」

他聳聳肩。「有其母，必有其女。」

我臉一皺。安妲不知道我的過去，也許我坦白跟她說，會讓她感覺好一點……不，我不能告訴她。我不希望她看不起我。

「所以你想跟我說什麼？」我問。

拉米瑞茲注視我，眼神和我丈夫一樣深邃而嚴肅。「是舒瑟特．洛威。關於她，有件事我要跟妳說，但妳不能跟任何人透露。」

「好……」

「我說眞的，米莉。講這些會害我丟飯碗。」

這話勾起我的興趣。「我不會告訴任何人。我保證。」

「警方調查了樓梯底下的房間。」他說：「妳猜他們找到什麼？」

要是他說裡面有個小孩的骨骸……「我不確定自己想知道。」

「米莉，他們發現舒瑟特．洛威的指紋。」

我花了一會才明白他的意思。如果小房間裡有舒瑟特的指紋……

她知道這個房間。她知道這房間裡發生的一切。**那**就是她不希望尼可去她家的原因。不是因爲她擔心他打破東西，或弄得一團亂。她不希望他去，因爲她知道她丈夫是個變態。

結果她仍讓他去了。她怎麼可以這樣？萬一強納森傷害尼可或安妲？萬一……

「我要殺了她。」我抽口氣。

「她接下來的處境……」他說：「恐怕會比這還慘。他們在房間還找到別的東西。」

他接下來說的事噁心到我差點吐得整車都是。

「她現在住在旅館，」他告訴我：「警察打算帶她到警局偵訊。我想先告訴妳。」

拉米瑞茲說的話讓我腦中一團亂。舒瑟特知道。她明明什麼都**知道**。她丈夫犯下惡行，現在她將以共犯的罪名遭到起訴。如果這不叫正義，什麼叫正義？

但這不會改變一個事實，安妲依舊殺死了強納森。而恩佐也絕對會爲了不讓女兒入獄，情願一輩子待在監獄裡。

這時我靈光一閃。我也許有辦法能扭轉局勢。

「拉米瑞茲，」我匆忙說：「警方去逮捕舒瑟特之前，我們有時間和她說話嗎？」

他濃密的眉毛揚起。「妳在開玩笑，對吧？」

「我必須跟她說話。」

「執行勤務時，我不能帶著妳。我會**被開除**。」

「那就算了。」我手指在牛仔褲上敲打。「那載我去旅館，我自己去找她說。」

「不行。我不會讓孩子的母親也因殺人入獄。」

「拜託，」我說：「你欠我一次，拉米瑞茲。」

「其實我欠妳至少十次。」他搔搔下巴的鬍碴。「妳到底要找她說什麼？」

我朝方向盤點點頭。「先開車，我在路上跟你解釋。」

78

拉米瑞茲開到城鎮郊外，停在一間時髦旅館前。這種旅館感覺房間內會有水療設備，床單每小時會更換。換言之，是一間我做夢都住不起的旅館。

旅館人員拿了鑰匙去泊車，我們一起走進旅館來到櫃台。拉米瑞茲手伸進口袋，拿出警徽，滑過桌面。「我是紐約警局的拉米瑞茲警探，要找一名旅館房客，她叫舒瑟特．洛威。」

接待人員拿起電話，打去舒瑟特房間。他告知是紐約警察來訪之後，馬上同意我們上樓。「她的房間位於十樓，走廊盡頭。」接待人員告訴我們。

我直直走向電梯，拉米瑞茲加快腳步跟上我。電梯牆面全是鏡子，讓我覺得一陣反胃。但也許我反胃是因為我要見到她了，她的丈夫威脅了我兩個孩子，她卻袖手旁觀。要不是安妲插手，天曉得他會對尼可做出什麼事。

「我不大確定，米莉，」拉米瑞茲說：「我寧可帶她去警局照規矩來。」

「拜託給我一個機會。」我對他說：「這是我讓家人平安脫身的唯一機會。我們一定得試試。」

他只搖搖頭。

電梯叮一聲抵達十樓。我走出電梯，大步往舒瑟特房間走去。拉米瑞茲小跑步跟上我。我直奔她房間一步沒停，到門口我就舉起拳頭用力敲，拉米瑞茲在一旁看了只是搖頭嘆氣。

「等一下！」門後傳來聲音。

過一會，旅館門打開。舒瑟特站在那裡，身穿旅館的白色絨毛浴袍，領子上印有旅館名。她塗了口紅的雙唇擠出甜美的微笑，但她一看到門前是我，笑容瞬間消失。

「妳來幹麼？」舒瑟特兇巴巴說。

「阿卡迪太太是跟我來的，洛威太太。」拉米瑞茲說。

她目光在我們身上來回，有一瞬間，我很確定她會當我們的面甩上門。那也是她合法的權利。「你眞的是紐約警察？」她問他。

「我向妳保證我是警察。」他說：「如果方便的話，希望妳讓我和阿卡迪太太進門，我有個提議能讓我們大家都能少受點罪。」

她一手插到腰上。「給我看你的證件。」

拉米瑞茲按照要求，手再次伸到口袋，拿出警徽。他拿給她看，她花了一點時間檢查，活像是她眞能分辨警徽眞假。但只要她能放心就好。

「好吧，」她語氣勉強：「你可以進來一下，但我正要洗澡。」

「我想旅館的浴室很不錯。」拉米瑞茲走進旅館房間時說。舒瑟特有機會將我關在門外，但她沒把握住，我設法和他一起溜了進去。「但沒像妳家的那麼舒適。」

「謝謝你。」舒瑟特語氣僵硬。「我現在不能回去了，原因你們也清楚。」

「喔，我知道。」他停在寬敞的特大雙人床前。「妳想坐下嗎，洛威太太？」

「我覺得我們不用聊太久。」

他一邊嘴角勾起。「也是。」

「所以你想要跟我說什麼，警探？」

「好，其實，」他說：「事情是跟妳家有關。妳知道警察進去調查了一下。」

她翻白眼。「這不用你說，畢竟那是犯罪現場。」

「他們調查了每個角落。」

她眼睛瞇起，我察覺她眼中閃過一絲恐懼。「什麼意思？」

「我是說，」拉米瑞茲說：「他們調查了樓梯下方的小房間。」

我一直盯著舒瑟特的臉，所以我親眼看到她臉色瞬間慘白。我發誓，要不是拉米瑞茲在我旁邊，我一定會挖出那女人的眼睛，我甚至想把她心臟給掏出來。

「我……我不知道你在說什麼。」舒瑟特結巴說。

「不知道？」拉米瑞茲深色的眉毛單邊揚起。「所以妳不知道妳家一樓樓梯底下，書櫃後面有個小房間？」

她緩緩搖頭。「我想我們剛搬來時，我有看到一間儲藏室之類的，但我們後來沒有使用那空間。」

「眞奇怪。」他略有所思。

「不會吧，」她說：「那是強納森的房子，我是後來搬進去的，所以我也沒看過房子的平面圖。」

「妳做房屋仲介，卻從沒看過自家的平面圖？」

她聳聳肩。「這已經是我們的房子了，也不打算賣掉。我爲什麼要看？這樣犯法嗎，警探？」

「但有件事很怪。」拉米瑞茲凝視著她。「那個房間到處都有妳的指紋。妳不知道那個房間的話，爲什麼會這樣？」

他進門時她不肯請他坐下，現在她自己卻臉色蒼白坐到床上。看到她害怕，我內心無比滿足。她活該。

「妳知道警察在那個房間還找到什麼嗎？」拉米瑞茲問她。

她只默默搖頭。

「我們驗出一個孩子的血跡和ＤＮＡ，他叫布蘭登・朗迪。」他說：「他三年前失蹤了。我們談話的當下，警方正在挖掘妳家後院。妳知道他們會找到什麼嗎？」

舒瑟特感覺快要窒息，完全說不出話來，拉米瑞茲在車裡告訴我這消息時，我也是這個模樣。但她很倒楣，因爲我現在說得出話了。

「妳是謀殺男孩的幫助犯，舒瑟特。」我咬牙對她說：「妳這輩子都要在監獄度過，而且妳活該。」我喉嚨哽咽。「妳明知道自己丈夫殺了一個孩子，卻沒跟任何人說。妳讓妳丈夫逍遙法外，還讓別的小孩進到家裡！妳怎能這樣？妳到底有什麼毛病？」

舒瑟特一聲不吭，把臉埋入雙手良久。

「洛威太太？」拉米瑞茲說。

舒瑟特臉抬起時，雙頰全是淚水。「我後來才知道布蘭登的事，我發誓。如果我早知道……」

「但妳**的確**知道了。」拉米瑞茲低吼：「妳知道他做了什麼事，可是妳沒報警，沒跟任何人說。」

「那有什麼意義？事情都發生，已經太遲了！」

眞是噁心透頂。珍妮絲說幾年前有小孩失蹤，當時我還覺得她說得太誇張，尤其舒瑟特當時還解釋那孩子沒失蹤，只是虛驚一場。沒想到珍妮絲說的才是眞相。一個孩子慘死在小房間裡，在舒瑟特口中竟然只是「太遲了」。

「我也很恨他啊。」她用手背擦去眼淚。「我甚至無法忍受和那人待在同一個屋子。但我和他住在一起，是爲了看住他，確保他不會再做壞事……像是**那種事**。我是在預防其他小孩受害。」

我瞪著她。「哇，妳眞是聖人耶。」

「米莉，」她低聲說：「如果我報警，妳**知道**我的人生會怎麼樣嗎？我會是殺害兒童兇手的妻子。妳知道那是什麼樣的人生嗎？」

我搖搖頭。「妳眞是壞透了，舒瑟特。」

至少有她垂下頭，還懂得羞愧。

「拉米瑞茲警探原本要帶妳回警局。」我說：「但我說服了他。我們要給妳另一個機會。」

舒瑟特抬起頭，訝異地望著我。我望向拉米瑞茲，他朝我點頭，於是我繼續說。「妳要承認自己殺了丈夫。說妳殺他是因爲妳發現了他在那個小房間做的事，所以房間內才都是妳的指紋。妳可以說是自我防衛。」

「妳要我說謊？」她倒抽口氣。

「妳有另一個選擇，」拉米瑞茲提聲說：「第二個選擇是妳讓恩佐·阿卡迪無辜背負殺人罪入獄，然後我們會以謀殺兒童共犯的罪名起訴**妳**。相信我，我們絕**不會**對妳手下留情。」

舒瑟特睜大眼睛望著我們，搖著頭。「可是我沒有殺強納森。」

「妳下手的話，也沒人會怪妳，對吧？妳找個好律師，這個妳負擔得起，搞不好妳根本不必坐牢。但是如果法院判定妳是殺童案共犯……甚至大家**認定**妳也參與，我們都知道會發生什麼事……」

她深吸一口氣。我們給她兩個可怕的選擇。有一秒鐘，我幾乎快要同情她。但後來我想起了她做過什麼。

「那恩佐刀上的血跡怎麼辦？」她問。「警察跟我提了。」

「恩佐將刀留在妳家。」拉米瑞茲聳聳肩。「妳用那把刀殺死妳丈夫，後來還給恩佐，想消滅物證。」

舒瑟特垂下頭，看著自己雙手。無論她決定爲何，她的人生終將永遠改變。「我可以考慮一下嗎？」她小聲問。

拉米瑞茲看手錶。「妳可以考慮，但我可以告訴妳，維勒警探已在路上。他隨時會到。」

她斷斷續續抽口氣。「你們可以離開我房間，讓我換衣服嗎？」

拉米瑞茲同意了。我們得在維勒警探發現我們插手之前溜走。我們走出房間後，旅館門大力關上，我站在原地死瞪著那道門。我確實不喜歡舒瑟特．洛威，但也沒想到她道德如此淪喪。我不敢相信她爲了自己名譽，選擇掩蓋如此可怕的罪行。我望向拉米瑞茲，我看得出他也在想同一件事。

「這全是爲了妳和恩佐，米莉。」他說：「我會盡我所能梳理案情，讓他脫身。」

「所以我們扯平了。」我說。

「沒有，我覺得我還是欠妳不少。」

我耳朵湊近旅館門上，聽著裡頭的聲音。「要是她想自殺怎麼辦？」

「她不會自殺。她會不擇手段活下來。這種人我一眼就看得出來。」

「你覺得她會怎麼決定？」

他無奈一笑。「她會承認殺死丈夫，我非常確定。因爲她不想背負另一個罪名，讓大家恨死她。」

我希望他是對的。我需要丈夫回家，而且我希望這場噩夢到此結束。

但我有種預感，我覺得這件事短時間內還不會結束。

79

舒瑟特・洛威承認自己殺死丈夫強納森・洛威至今已快兩週。

我們一家四口在廚房吃早餐。不到兩週以前，我根本不敢想像我們四人能坐在一起。但現在恩佐已經回家。舒瑟特認罪後，對他的指控全都撤銷了。

安妲在整起案件中的角色，就只有我們知道。

「我喜歡巧克力碎片鬆餅。」尼可一邊說，一邊開心吃著我做的鬆餅。

恩佐在桌子對面朝我露出微笑。由於過去幾週的事，他仍滿臉倦容，但他現在在家，這是最重要的事。我們一家人都在療傷。經歷了那一切，尼可尤其需要長期心理治療，但沒關係。我們會慢慢恢復的。

我們不會被洛威夫妻做的事打垮。

「再上學一週，」恩佐提醒孩子：「就要放暑假了。我們要去旅行，對吧？」

「去哪？」安妲問。

「對啊，去哪？」我問，因爲我這才聽說我們要出門旅行。

「可以再討論，」他說：「但我覺得我們需要離開這裡一會。」

他說得對。我們確實需要離開一會。今年夏天，我們會把房子賣了。經歷這一切後，我無法想像自己繼續在這裡生活下去。我們會找個便宜的地方，以免被帳單壓得喘不過氣。也許我們該搬到一個完全不同的地方。重新開始感覺也不錯。

「我想去迪士尼樂園。」尼可興奮地提議。

「我也是！」安妲說。

「佛羅里達夏天熱死了。」我提醒他們。

「那是迪士尼**世界**，媽。」安妲糾正我：「迪士尼樂園在加州。」

加州？她認真的嗎？我想的是去紐澤西海岸玩一玩。我望向恩佐，他聳聳肩。我想我們今年夏天不會去加州，四張橫越全國的來回機票我們負擔不起。但我不忍心打破他們迪士尼樂園的夢。

校車快要來了，於是我們催促孩子出門搭車。校車正要開走時，黑色道奇跑車駛進無尾巷。我雖然很高興見到老朋友，但有警察把車停在我家草坪前，仍不免感到一絲焦慮。但恩佐一派輕鬆。拉米瑞茲下車時，恩佐朝他招手。「Buongiorno（早安），拉米瑞茲！」

拉米瑞茲也朝他招手。他看到我表情馬上說：「我單純來拜訪，米莉。事情一切順利。」

感謝老天。

「你想進來嗎？」我問他。

「不用了。」他說：「今天很忙。我只是剛好來到附近，想看看你們倆過得怎麼樣。一切都好嗎？」

「我們很好。」恩佐說：「這一切都謝謝你。」

「孩子呢？」拉米瑞茲問：「他們都能調適嗎？」

「可以。」我回答，但有點猶豫。

「米莉很擔心安妲。」恩佐開口。

他說得對。我不想承認，但我對女兒做的事一直耿耿於懷。我知道強納森・洛威是個糟糕的人，他死了活該，但我一直想到他躺在地上，喉嚨被人劃開的畫面。

而下手的是我女兒。

「安妲不會有事。」拉米瑞茲向我保證。「聽著，她只是做了她不得不做的，米莉。妳能理解吧，對不對？」

「我想可以。」

「是我的錯，」恩佐說：「是我給她那把刀。我爸在同樣的年紀給我那把刀，我以為沒關係。我只是希望她安全，但我們現在是在不同的世界了。」

但我不怪恩佐。那把刀保住了她的性命。如果她那天沒帶摺疊刀，天曉得她會發生什麼事。

我只是為她拿刀做的事感到不安。我們從未聊過她怎麼會割破強納森的喉嚨。

「總之，」恩佐說：「你太忙不能喝杯咖啡，那找一天晚上來吃晚餐吧，好嗎？」

「其實……」拉米瑞茲拉了拉領帶。「我晚上有個約會。」

一時間，我將安妲的事拋到腦後，嘴上出現大大的笑容。「約會？**眞的假的？**」

拉米瑞茲也朝我微笑，笑容裡帶著興奮和緊張。「說來難以置信，西西莉雅介紹了她母親給我認識。這只是我們第二次約會，但我們在電話上聊了很多，然後……我知道事情還早，但我很喜歡這女人。她眞的不簡單。」

這絕對是本世紀最保守的說法，我聽了差點大笑。「她確實不簡單。」我附和。

「也許你可以退休了。」恩佐逗他說。

「才不要。」拉米瑞茲說。

但要說最後誰能說服他退休，肯定是妮娜．溫徹斯特。

「總之，」他說：「我要走了。但你們有需要的時候，叫我一聲。」

拉米瑞茲上了車，我們目送他離去。我也要去工作了，但我最近很難專心。丈夫能出獄我很高興，但我仍非常擔心孩子。尤其是安妲。

「米莉，」恩佐說：「妳別擔心那麼多。」他又補一句：「這對妳血壓不好。」

「我的血壓現在正常了，非常謝謝你。」

眞的正常了。我每天都有量，上一週，數值十分完美。

「那我們好好保持。」他親吻我臉頰。「安妲不會有事。她媽媽沒事，她也會沒事。」

他說得對。我只是必須一直反覆告訴自己，安妲沒做錯任何事，在我心目中她是個英雄。

但我是她的母親，我就是會擔心。所以我會繼續看著她，繼續擔心。

80 安妲

閱讀課過了一半。

我坐在窗戶旁的座位，看一本叫《蝴蝶夢》的書，作者是英國小說家莫里哀。這是本老書，但令人毛骨悚然。我讀的時候一直起雞皮疙瘩。再過一週學校就放假了，我希望能來得及看完。

要是看不完的話，就是那個叫杭特的男生害的。

他不理我一陣子，但今天他又回來復仇了。閱讀課一開始，他便坐到我對面，對我說的第一句話是：「妳週五要不要跟我出去玩，安妲？」

「不要，謝謝你。」我冷淡回答。

「那週六晚上呢？」

「不要。」

「週日？週一？」

我頭埋到書裡，乾脆不理他。遇到像他這種男生就應該不要理他。如果你忽略他們，他們就會走了。至少媽媽是這樣說的。

「安妲。」他說話像用唱的一樣。「有人寫過關於妳的歌嗎？」

我沒抬頭，完全不答腔。

「我要寫一首關於妳的歌。」然後他開始唱：「安妲啊啊啊。我去爲她買了蛋塔啊啊啊。然後她和我一起約會啊啊啊。」

圖書館員聽到杭特在唱歌，嚴厲地瞪我們兩人一眼。「安妲、杭特，請安靜！」

如果圖書館員覺得我們在胡鬧，她會沒收我們的書，罰我們坐在角落。我眞心想看完這本書。

「拜託你不要鬧，」我說：「你會害我們被處罰。我只是想讀完我的書。」

「才怪，妳才不想！」他說話沒在管音量。「妳只是假裝喜歡看書，想欲擒故縱。這是我爸教我的。」

「你爸錯了。」

「我爸永遠不會錯。至少他沒有因爲殺人被關進監獄。」

他說這句話讓我火大。爸沒有殺洛威先生。但他回家後，跟我說如果他知道洛威先生對尼可做的事，他會跟我做出一樣的事。

警察仍扣著爸爸的摺疊刀，也就是我拿來刺洛威先生的那把刀。我眞希望刀仍在身邊。我可能永遠都拿不回來了。眞難過，因爲我眞的很愛那把刀。

但話說回來，我不需要摺疊刀。

我放下手中的《蝴蝶夢》，從座位站起，然後坐到杭特旁邊的座位。他沒預料到我會這麼做，他眉毛揚起。

「杭特，」我說：「我要你知道一件事。」

他朝我咧嘴一笑。「什麼事？妳終於要答應了嗎？」

「不是。」我直直凝視著他，和他四目相交。「如果你現在再繼續纏著我，那今晚我會趁你睡覺時，溜進你房間。」我稍微停頓一下看看他的反應。「然後你早上醒來，拉開被子，就會看到你血淋淋的蛋蛋放在你旁邊。」

他大笑。「什麼？」

「你聽到了。如果你再煩我或其他女生，我會在你睡覺時把你閹了。」我從我最近讀的書裡學到了「閹」這個字。我覺得我沒用錯。這個字代表切掉別人的睪丸。

我喜歡他臉色瞬間慘白的樣子。我看他努力想扳回一城。「妳……妳不能做這種事。」他結巴說。

「嗯，也許不行。」我說：「但我覺得我辦得到。你想試試看嗎？」

從他的表情看來，我覺得他不想嘗試。他從座位彈起，一步步退開。「妳是神經病。」他說。

我只聳聳肩，朝他微笑。

他跌跌撞撞離開，一心只想遠離我，腳差一點絆倒。我想他再也不會來煩我了。我希望他也別再去煩**任何一個**女生。

我拿起書，繼續閱讀，但在這之前，我朝窗外看了一眼。外頭一片灰暗，我幾乎能透過玻璃看到自己的倒影。說來好笑，因爲我有深色的頭髮和眼睛，我一直覺得自己和爸爸長得一模一樣。但如今我看著窗戶上模糊的倒影，我發覺自己長大了，五官變得更像我媽。在這之前，我都沒發現。

我長得和她一模一樣。好好笑。

尾聲

瑪莎

我住在離長島很遠的汽車旅館裡。

離開之後，傑德沒有來找我，我總算漸漸感到放心。他之前警告過我，如果我敢逃走，他會來追殺我，並撕下我的頭皮，但他至今都沒出現。總之如果他眞的追來，我有恩佐給的槍。這點讓我很安心。

但我很擔心錢的事。傑德把我薪水都拿走了，所以我身上只剩下私房錢，再加上恩佐勉強湊給我的一點點錢。我可以偷偷去工作，但來到新的地方，沒人介紹的話，很難找到工作。這必須花點時間，但我工作認眞又勤勞，態度也很積極。我等著逃離那怪物、等著重獲自由，已經等了好久。

阿卡迪一家人搬到隔壁時，我就知道我脫身的機會來了。

許多年前，我年紀尚輕，人生仍充滿希望時，我到一個有錢人家工作。他們家正値青春期的兒子，認爲凡是他看上的，就該屬於他。我非常討厭他，尤其我看過有女孩哭著跑出他房間。我幫他更換沾有女孩血跡的床單時，他還在一旁嘻嘻哈哈。

三個月後，他死了。

那是我第一次聽說威廉米娜．卡洛威這人，也就是後來的米莉．阿卡迪。她被控殺害了我雇主的兒子。我認爲那傢伙罪有應得，活該受米莉制裁，但陪審團不這麼想。米莉因爲殺了他而入獄服刑。

米莉和她英俊的丈夫來看羅可斯街十四號的房子時，我一眼就認出她來。當然她老了許多，但我馬上知道是她。她的樣子令人難忘，尤其她的眼神，有種難以言喻的特質。我簡單上網搜索一會，馬上確認了她的身分。

那一刻，我知道能讓我逃離傑德的就是米莉。我需要她搬進那棟房子。

但社區的房子總是賣到天價。阿卡迪夫妻在出價大戰中絕不可能得標。於是我幫了他們一把。有人想買房子，我便和他們聊天，故意提到屋頂有漏水，或閣樓有發霉，於是他們一個個都棄標了。最後如我所願，阿卡迪夫妻以相當划算的價格買下這棟房子。

米莉一搬來，我巴不得馬上告訴她一切。我一直往窗外望，看向她家，等待機會和她獨處，傾訴一切。我相信她會幫助我。但即便我開始爲她工作，卻總是找不到時機。每次我想開口，都會僵在原地。

結果最後幫助我的不是米莉，而是她丈夫恩佐。他對我很好。他爲了幫助我，勉強湊出些錢給我，還不讓我拒絕。

即使如此，我仍怕我逃亡時，手上的錢不夠用。所以在我離開旅館、踏上旅程之前，我又去了舒瑟特．洛威家最後一次。我把車停在後面，以免她愛管閒事的鄰居通風報信。洛威家有一堆我能拿去典當的珠寶和貴重物品。

說出這種話，我其實充滿不安。我不是賊。我這輩子一向誠實正直過日子。這全是我丈夫逼的。我希望我永遠不會再見到他。

我打算花十五分鐘，翻一翻舒瑟特的珠寶。我知道哪些珠寶她常戴，哪些她掉了也不會放心上。她有一大堆珠寶，每一件都價值不菲。三、四樣珠寶就足以讓我度過難關。

但沒想到，我去洛威家時，洛威先生剛好回來了。我以為他白天不在，所以我拿著舒瑟特的三條項鍊下樓時，被他嚇了一大跳。我看到他呼吸粗重，站在客廳樓梯旁，身體抵著靠牆的書櫃，好像在用身體推。他大聲發出悶哼，然後彎下腰，手緊按著肚子。我不知道他為何想移動書櫃。他看起來一用力就很痛苦，因為他每踏出一步，臉就皺成一團。

「她在哪？」他低聲咕噥。「那小婊子跑去哪了？」

我還來不及想通他到底在說什麼，他已抬起雙眼，看到我了。他知道我今天沒排班打掃，馬上一臉狐疑。

「妳，」她低吼：「妳在這裡幹麼？」

「我……我在打掃。」我結巴。但我身上顯然沒有打掃用具。

要不是我左手拿著一把項鍊，也許還能蒙混過關。如果我帶著皮包進門，把項鍊收在裡面，命運便會不一樣了。

「妳在偷我們家東西！」他大叫：「我就知道！我**告訴過**舒瑟特她的珠寶是妳偷的！我**告訴過**她應該要開除妳！」

「不是。」我拚命解釋：「我沒有……」

但洛威先生氣瘋了。他大吼大叫，痛罵我是個手腳不乾淨的賊。他說了許多難聽的話，說他要打電話報警，他們會把我關進監獄。這段時間，他都一直按著肚子。我當時腦中唯一想到的是，如果我因偷竊被捕，傑德會怎麼對我。

他可能會親手殺了我。

突然之間，我看到了咖啡桌上有把開信刀。說眞的，一切發生得很快。我抓起桌上的刀。我眞的只是希望他別再說了；我只是希望他別再嚷著要打電話報警。但等我回過神來，他已倒在血泊中，喉嚨的鮮血噴湧而出，成爲一具死屍。

我一定要跑。沒有時間清理了。尤其我聽到米莉在敲門。

我衝出後門時，恩佐剛好回到自家後院。我眞怕他看到我，但他的手被工具割傷，正在想辦法用上衣止血。他分神了，沒看到我衝向停車的空地。

後來我在新聞上看到恩佐被捕，他爲我做了那麼多，我對他感到格外愧疚。他明明沒什麼錢，卻仍幫助了我。他眞是個好人，他不該代我入獄。我差一點就要打給警方，坦承自己殺死了強納森·洛威。但就在我撥電話之前，一則新聞出現，讓我無比震驚。

舒瑟特坦承自己殺了丈夫。

我不明白這是怎麼回事，但讓舒瑟特·洛威坐牢，我心裡沒有一絲內疚。她是個十分惡劣的人。

過去兩週，我以爲警方會查出眞相。我以爲警方一定會拿著強納森·洛威謀殺案的逮捕令，來敲我汽車旅館的房門。但全都沒發生。

他們沒來逮捕我，甚至沒來找我問話。
我想沒人會懷疑女傭。

致謝

哇，這一段不可思議的旅程，開始於二〇二二年四月《家弑服務》的出版。我眞不敢相信這本小書能登上《紐約時報》暢銷榜，還能擁有上百萬名讀者。由於讀者迴響熱烈，我自然想讓米莉的故事繼續下去，於是有了《家弑絕招》，現在又出版了《家弑對決》。

我想感謝Bookouture數位出版社出版了家弑系列，尤其感謝Ellen Gleeson對我的寫作和米莉角色上的建議。誠摯感謝我的文學經紀人Christina Hogrebe，還有Jane Rotrosen經紀公司的團隊，他們一直相信並支持我。感謝Sourcebooks團隊不屈不撓帶著《家弑對決》拓土開疆，進入更多讀者手中。不勝感激！

感謝在校稿過程中，讀過稿件的每一個人：我母親、Pam、Kate和Val。我相信你們一定很煩，因爲我一直拿稿子給你們，不停地說：「抱歉，這可能還需要修改。」總之，我現在只想告訴你們，我內心充滿感激。

最後萬分感謝超級支持我的讀者！這一切能成眞，全是因爲你們！你們敲碗想看「家弑系列」第三集？好啦，書到你們手中了！

Eurasian Publishing Group
圓神出版事業機構
用心與你對話・視野無限寬廣
寂寞出版社
Solo Press

www.booklife.com.tw reader@mail.eurasian.com.tw

Cool 056

家弒對決【盯好你的鄰居！《家弒服務》系列驚奇逆轉】

作　　者／芙麗達・麥法登（Freida McFadden）
譯　　者／章晉唯
發 行 人／簡志忠
出 版 者／寂寞出版股份有限公司
地　　址／臺北市南京東路四段50號6樓之1
電　　話／（02）2579-6600・2579-8800・2570-3939
傳　　真／（02）2579-0338・2577-3220・2570-3636
副 社 長／陳秋月
副總編輯／李宛蓁
責任編輯／朱玉立
校　　對／李宛蓁・朱玉立
美術編輯／林雅錚
行銷企畫／陳禹伶・林雅雯
印務統籌／劉鳳剛・高榮祥
監　　印／高榮祥
排　　版／杜易蓉
經 銷 商／叩應股份有限公司
郵撥帳號／18707239
法律顧問／圓神出版事業機構法律顧問　蕭雄淋律師
印　　刷／祥峯印刷廠

2025年5月　初版
2025年8月　4刷

定價 420 元　ISBN 978-626-99436-5-4　

你知道有一類電影講的是人對奇怪事物的狂熱，比方會讀心術、崇拜惡魔、住在玉米田或類似地方的邪門小孩？要是想幫這種電影找演員，這女孩肯定入選。甚至用不著試鏡，導演看她一眼就會說：好，就是妳，演邪門小孩三號。

——《家弒服務》

國家圖書館出版品預行編目資料

家弒對決【盯好你的鄰居！《家弒服務》系列驚奇逆轉】 / 芙麗達．麥法登（Freida McFadden）著；章晉唯 譯. -- 初版. -- 臺北市：寂寞出版股份有限公司，2025.5

368面；14.8×20.8公分（Cool；56）

譯自：The housemaid is watching.

ISBN 978-626-99436-5-4（平裝）

874.57　　114003193